PROTECTION

CLOSE TO YOU

HAPPINESS

BLESSING

LOVE IS LOVE

YES I DO

Close to you
近距離愛上你
HIStory4

小說作者 夏天晴　原著編劇 邵慧婷、藍今翎

Contents

楔子

愛情是可以從不同角度發生在任何時間點和關係上。

或許那份愛，是當你每天都過得很難受，彷彿一個人站在高處，處處都是危機的時候，某人正向你伸出手，告訴你，你可以依靠他。

從那刻開始，你依戀起了他的溫暖，渴望牽起他的手，走向你所規劃的未來。

或許你一直渴望愛情，卻擔心家人對你失望，而將這份寂寞隱藏起來。

彷佛只要遺忘了寂寞，就能浮起笑容度過每個日子。

直到他告訴你，會陪你坦承一切，陪你一起面對問題。

那一刻起，你發現自己不再是孤軍奮戰，因為他總是能察覺到你的痛苦，能在你害怕而雙手顫抖的時候，緊握住你的手，給予你能坦承一切的勇敢。

也或許他是你稱兄道弟的同事兼室友，五年的革命情感讓你對他的喜好瞭若指掌。

然後在某一天，你不顧一切從危險中拯救了他，不同以往的他深深烙印在你的心底，使你發現自己再也不能容忍其他人占據在他的身邊。

又或許，他有許多你無法忍受的缺點，這五年室友的相處時間，讓你淡化了這些，甚至對他日久生情，從朋友昇華到戀人，讓你不禁訝異地回想：如果當初不是自己答應配合演出，又怎麼會與他假戲真做？

愛情，無關性別，只因為是你……

第一章

男人快步穿梭在公司走廊，明亮的光線照亮了他的側顏，使他臉上的笑容看起來特別溫暖。

「總監早。」

「早安。」他向擦身而過的職員微笑道聲早安，走往會客室。

這裡是幫即將步入禮堂的新人提供婚禮策劃服務的MUSE WEDDINGS，為了替婚宴做最完善的細節設計以及提供頻繁的溝通協調，公司內部一直處於忙碌狀態，今天也不例外。

他從會客室裡拿走資料後，便聽到資料櫃傳來了聲響，立刻上前幫忙，替下屬許少芬撿起文件。

少芬露出頗有魅力的笑容向他道謝，他也紳士地勾起一抹淡笑。即便感受到少芬對他的好感，他的心卻沒有一絲心動的感覺。

因為他喜歡男人。

他叫葉幸司，今年二十八歲，是MUSE WEDDINGS的設計部門創意總監，他喜歡為別人營造幸福的感覺，但他自己卻沒交過女朋友。因為他從國中就發現，他喜歡的是男人。

想著這些的同時，葉幸司往樓下走去。

一杯咖啡正好出現在他面前，香氣讓他提神，很快就猜到來人是誰。

葉幸司轉頭一看，露出帥氣笑容的男人正倚靠在牆邊，爽朗地對他說：「熱拿鐵不加糖。」

遞給葉幸司咖啡的男人叫做蕭立呈，業務部一組的經理，個性豪爽直接，非常爺兒們重義氣。團體裡有他就不怕冷場，認為男人做事就要不拘小節，而且一定要會耍帥。

蕭立呈記得他的喜好，這體貼的舉動讓葉幸司的心突然暖和了起來，接過熱咖啡。

「謝謝。」

「小事啦。你那麼辛苦，讓我服務一下。」

蕭立呈說完，便順手撥了撥頭髮，以最帥氣又帶點痞味的笑容向周圍的女同事們打聲招呼。

「妳這個髮飾很好看耶，遠遠就看到了。」

葉幸司在一旁觀察蕭立呈與女同事的互動，由衷佩服起蕭立呈很能贏得女同事的歡心，然而就在這時候，和蕭立呈相談甚歡的女同事們突然睜大雙眼。

「他來了！他來了！」女同事激動地朝電梯方向呼喊著。

蕭立呈與葉幸司順著女同事指的方向望去，走出電梯的男人正是藤沐仁。

「今天還是一樣優雅啊。」女同事陶醉在藤沐仁帥氣高冷的模樣，另一位女同事則不可置信地盯著手機。

「我拍到照片了！」

「什麼！快傳給我！」

讓女孩子激動不已的男人叫藤沐仁，業務部二組的經理，身姿英挺，走姿優雅，明明只是身在普通的室內燈照下，他的身上卻像聚集了所有的光線，整間公司都像是他的伸展臺，是公司有名的高冷王子。因為他不管對誰都冷冷淡淡的，所以女孩子們都只敢暗戀他，不敢主動靠近他。做事一板一眼，偶爾會放冷箭，但他其實有顆柔軟細膩的心。

葉幸司、蕭立呈、藤沐仁，他們三人是公司的鐵三角，好哥兒們。

葉幸司發現了藤沐仁，正要抬手向他打聲招呼的時候，手機突然傳來訊息鈴聲。他深怕錯過公事趕緊拿出來查看，螢幕上的畫面卻讓他愣住了。

不僅是葉幸司的手機，連正在傳送藤沐仁照片的女同事也接收到了訊息。那是一張蕭立呈露出精實胸肌與腹肌的半裸照片。

照片主人湊到女同事身邊，極度自信地摸著自傲的肌肉表示，「男人就是要看身材，貨真價實，妳們可以摸喔！」

藤沐仁實在看不下去蕭立呈的行為，走到蕭立呈與葉幸司的身邊，瞪著蕭立呈。

「你這種說法，是可以告你性騷擾。」

「我是被摸，又不是摸人。」

「只要造成困擾，就是騷擾。」

接收到藤沐仁嫌惡的目光，蕭立呈委屈地向女同事喊冤：「妳們覺得困擾嗎？」

藤沐仁知道在蕭經理面前，她們會不敢說，便想給她們一劑強心針，「沒關係，妳們說。」希望藉由她們來打醒這個粗神經的男人。

女同事們被兩對視線注視，面面相覷，不想得罪任何一方。

「那個……我們還有事情先走了……」語畢，女同事們匆忙逃離現場。

蕭立呈落寞地望向女同事逃離的身影，不滿藤沐仁潑他冷水。

「你看看你，把女孩子都嚇跑了。」

藤沐仁不想理睬蕭立呈而撇開頭，這一轉，看見了葉幸司竟然拿著咖啡，瞬間皺起眉頭。

「你這幾天不是熬夜，還喝咖啡？」

「我……」

葉幸司的話還沒說完，蕭立呈就搶著反駁：「因為，每天早上喝一杯咖啡是小葉的習慣。」

這麼心急回話，想必買咖啡的始作俑者就是蕭立呈！藤沐仁便搶走葉幸司手中的咖啡，針對立呈說：「熬夜傷身，咖啡傷胃，你有沒有常識。」

「什麼叫做我有沒有常識啊，你才沒有常識咧。」蕭立呈馬上回嘴。

藤沐仁給了葉幸司胃藥。

「謝……」

葉幸司還沒好好道謝，蕭立呈就不甘心地搶走葉幸司手中的胃藥。
「咖啡不能喝，藥也不能隨便亂吃！」
胃藥被蕭立呈半路劫走，這讓藤沐仁更加不悅。
「這是胃藥，藥性溫和。」
「我這杯咖啡也是加了奶，是鮮奶，不是奶精，也不會傷胃！」
他們誰也不讓誰，夾在中間的葉幸司只能無奈地苦笑，他還有重要的事要忙，便打算離開戰場。
「今天設計部門有新人報到，我先走了，你們繼續。」
見葉幸司提步向前，蕭立呈便伸手拿走藤沐仁手中的咖啡，跟上幸司的腳步，把整排胃藥往後拋，被藤沐仁穩穩地接住。
原本葉幸司想從蕭立呈與藤沐仁的紛爭中退場，卻沒料到兩人緊跟在後，一同走進設計部門。
「你們業務部的跟我來設計部幹麼？」
「胃藥。」藤沐仁將胃藥再度遞給葉幸司。
蕭立呈也把咖啡遞給葉幸司，「光吃胃藥怎麼夠，瞧你累的。」
「謝謝。」
葉幸司就把胃藥和咖啡都收下了。原以為這樣兩人就會乖乖回到業務部，一旁的蕭立呈卻說：「這禮拜輪到你做晚餐，我提議我們吃外面，我請客，他出錢！」蕭立呈指著藤沐仁。

「為什麼是我請？」

「不要以為我不知道，小葉我跟你說，他們業二組接了一個很大的CASE喔！」

蕭立呈摟著藤沐仁的肩膀，賊笑地要藤沐仁請客。但藤沐仁不想就這麼白白請客，甩掉蕭立呈那動不動就喜歡亂碰的手，趁機酸了一把。

「這個月我們確實會贏，是可以請客安慰你這位loser。」

蕭立呈卻完全沒有察覺到藤沐仁的用意，反倒還因為能被請客而開心地再度摟緊藤沐仁的肩膀。

「爽快，我來找餐廳。」

藤沐仁與蕭立呈同時出現在設計部門，引起職員們小小的騷動，這其中包括了少芬，她見到葉幸司回到部門，立刻上前向總監報告狀況。

「總監，新來的花藝設計師劉美芳到了，在會客室。」

葉幸司聞言正要去會客室見新進員工，蕭立呈的臉色突然變了。

劉美芳……

蕭立呈的腦海裡突然湧現許多回憶，讓他頓時一臉錯愕，複誦一遍名字「劉美芳！」，並朝少芬指的方向望去，努力想看清楚待在會客室裡的女孩長相，卻又不敢上前確認。

葉幸司與藤沐仁對蕭立呈的舉動感到疑惑，而待在會客室的女孩似乎聽到他們提起自己的名字，起身望向他們。

見到女孩正朝這裡看來，蕭立呈馬上轉身，背對女孩，横著走，匆匆離開設計部門。

「他怎麼了？」葉幸司狐疑地望著快步離開的蕭立呈。

蕭立呈一向很喜歡跟女孩子聊天，但此時的他見到劉美芳卻落荒而逃，葉幸司認為這行為極度反常。

「中邪了吧。」藤沐仁也不解地望向離去的蕭立呈。

「你去看一下。」

葉幸司因為還要會見設計部門的新人，就拜託藤沐仁去看看蕭立呈的情況了。

＊＊＊＊＊

此時，蕭立呈正站在男廁鏡前，仔細審視儀容。撥順頭髮、調整衣著，對鏡中的自己賞了一記帥氣的笑容。但他看了覺得可以更帥，於是食指中指併攏，在鏡前耍帥燦笑。

被葉幸司託付重任的藤沐仁，見到此景後忍住了翻白眼的衝動後發問：「你現在是腦袋抽風，還是顏面神經失調？」

見到戰友到來，蕭立呈立刻湊到藤沐仁身邊，要藤沐仁幫忙看看他現在的狀態。

「你過來幫我看一下，怎麼樣比較帥。」

藤沐仁面無表情地盯著跟平常沒兩樣的蕭立呈，「隨便，反正怎樣都差我一點。」

「我是認真的，我怎樣笑比較真誠？」

蕭立呈是超級自戀狂，現在卻沒自信到要藤沐仁幫忙，不免讓他有些擔憂，「到底發生了什麼事？那個劉美芳跟你有什麼關係？」

蕭立呈小聲地回著：「還沒關係……」

「什麼意思？」

蕭立呈開始慌張了起來：「她……」

「怎樣？」

蕭立呈語帶心虛地說著：「她……」

蕭立呈一直不把話說完，藤沐仁已經沒了耐性，大喊：「快說！」

「她是我的初戀……」說完，蕭立呈感到害臊，就對藤沐仁露出靦腆的微笑。

藤沐仁錯愕地瞪大雙眼，那個神經大條、老是狀況外的蕭立呈，因為初戀的現身，竟然慌張地躲在男廁裡練習微笑!?

既然把話說開了，蕭立呈決定下班後在老地方向好友們說說他與劉美芳的往事。

蕭立呈與劉美芳的家住得很近，從小就認識，一直到他升上高中後，劉美芳搬家才分開。

他自幼就很喜歡劉美芳，想和她玩在一起，但因為當時年紀太小，容易害臊，這份心意始終沒有傳達給本人知道。雖然沒有對劉美芳正式告白，但蕭立呈自認有積極表達這份情感給劉美芳知道。

在劉美芳去公園玩的時候，他上前偷掀劉美芳的裙子。

在劉美芳玩溜滑梯的時候，去扯劉美芳的辮子。

在劉美芳和其他朋友玩一二三木頭人的時候，他用沾滿泥土的手拍在劉美芳的裙襬上，把她的衣服弄髒。當其他朋友嘲笑劉美芳穿了髒衣服的時候，他又上前打跑那群朋友。

蕭立呈一臉得意地述說過去的風光事蹟，但聽在好友耳裡，根本就是討打又招人厭的行為。

「你確定你那樣是喜歡嗎？」葉幸司不敢相信蕭立呈對劉美芳做過這些。

蕭立呈點點頭。

「我聽了只想打你。」藤沐仁面無表情地瞪著蕭立呈。

「我承認啦，我小時候的個性是惡劣了一點，但是喜歡女孩子不就是要吸引她的注意嗎？」

「吸引她殺了你？」藤沐仁怎麼也沒想到會聽見如此荒唐的初戀回憶。

蕭立呈趕緊提振一下士氣，「哎呀，不要糾結過去了，我們要展望未來。現在老天爺讓我和她再次重逢，這就是緣分啊。」

葉幸司認為蕭立呈太過樂觀，不免婉轉地提醒他，「我覺得她看見你的時候，有可能……不會像你現在這麼開心。」

「我當然知道，所以我想請你們幫我啊，協助我展現優點她看，讓她知道我已經脫胎換骨，和以前完全不一樣！」

蕭立呈是個下定目標就積極展開行動的男人，既然決定要追劉美芳，他便要勇往直前！

如此這般，蕭立呈不斷進行腦內規劃，直到晚餐時仍滔滔不絕。

面對他這份有勇無謀的決心，藤沐仁潑了他冷水，「初戀都是沒有結果的。」

「你忙都還沒幫，下什麼結論！」蕭立呈眼看就只剩下葉幸司這個幫手，他就像在大海漂流中抓到唯一的浮木般，用手指在桌面走路，走到葉幸司的方向，趁機抓住葉幸司的手不放。

「小葉，我就只有你了，你幫幫我啊——」

藤沐仁立刻拍開蕭立呈的手，保護葉幸司，不讓他蹚這渾水。

「自己造業自己扛！」

蕭立呈立刻改變目標，抱著藤沐仁，想討好藤沐仁。但冰冷的藤沐仁根本不理會他的撒嬌，只好示弱裝萌地蹭著藤沐仁的手。

「好嘛，我扛，這頓我請，你們就幫幫我啦。」

藤沐仁一聽到蕭立呈要請客，便將菜單攤在葉幸司面前。

「你不是喜歡吃海鮮嗎？就來個焗烤龍蝦吧。」

葉幸司明白藤沐仁的用意，便順他的意思點了一堆菜，鮭魚排、牛小排、一夜干、雞腿肉、干貝捲、龍蝦甚至連 4980 元的清酒都叫上桌了。

當滿桌的菜全上桌，蕭立呈立刻神色大變，葉幸司對他多變的情緒不禁笑出聲來。

葉幸司的笑容，正深深落在某人的眼底。

就在他們所處的居酒屋一隅，穿著帽T、戴著棒球帽的男人正觀察他們的動靜。儘管周圍的客人喝醉後吵得要命，這些噪音都沒能打擾到他欣賞葉幸司的一舉一動。

然而他好不容易能見到葉幸司，卻又得接收其他人與葉幸司親密互動的畫面，喜悅和不悅的雙重心情使他眼神逐漸黯淡，臉色也跟著沉了下來。

直到葉幸司他們吃飽結帳，他等了一會兒，也才結帳走出店外，提步返家。

更深夜靜，男人走回住處，走進自己的房間，臉色陰沉地滑開手機。

螢幕中是他方才在居酒屋偷拍的照片，全是以葉幸司為主，然而每張照片裡不免會有蕭立呈或藤沐仁入鏡。他們與葉幸司友好的畫面令他不爽，憤而將手機扔到床上，轉而啟動電腦。

電腦桌面有一個他珍藏的資料夾，裡頭有許多葉幸司在不同時期拍的照片，也有些是他偷拍的。

只有看著螢幕中葉幸司的照片，他那張面無表情的臉才有了一絲笑容。

他凝視著葉幸司，說：「我一定要得到你。」

＊＊＊＊

隔日一大早，葉幸司在公司吃早餐，就在此時，劉美芳走進辦公室。

身為上司，他上前主動關心劉美芳的工作狀態，順便替蕭立呈套點交情。

「還適應嗎？」

劉美芳剛入座，見到總監來打招呼，又立刻起身，恭敬地回應：「很適應，王姊教了我很多。」

「不用這麼緊張，等一下我帶妳去其他部門認識一下。」

「好，謝謝總監！」

猶如算準了劉美芳進公司的時間，蕭立呈提了好幾袋咖啡走進設計部門，爽朗地向部門同事打聲招呼：「各位早安啊！我帶咖啡來囉。」

葉幸司和劉美芳聞聲回頭，同事們很驚訝，也不知道是吹什麼風，竟然能免費得到業務一組經理的招待。

「Wilson 怎麼這麼好，請大家喝咖啡！」同事們開心地將咖啡傳遞下去。

「我聽說設計部門來了新同事，老闆說過各部門要相親相愛，所以提咖啡來交流感情啦！」蕭立呈為了給劉美芳留下好印象，不惜砸錢請全部職員喝咖啡。

劉美芳還沒察覺到蕭立呈就是她的兒時玩伴，只是單純認為他是個體貼同事的好人。一旁的葉幸司見劉美芳露出笑容，認為蕭立呈此舉似乎得到劉美芳的好感，便趁機替蕭立呈製造與劉美芳面對面的機會。

「你是知道新來的同事特別漂亮，所以特地來看的吧。」

被總監點名，劉美芳不好意思地害臊微笑。而蕭立呈更是豪爽帥氣地走向劉美芳，自我介紹著：「妳好，我是業務部業一組的蕭立呈，妳可以叫我 Wilson。」

聽到這名字，劉美芳瞬間收起笑容，過去不愉快的種種回憶浮現眼前。那個時常捉弄她的男孩，與眼前的蕭立呈逐漸重疊在一起。

「蕭立呈……你家住在南機場。」劉美芳用十分排斥的眼神仔細打量蕭立呈。

「對啊！」

「你讀新和國小、萬華國中，外號叫『蕭耶』！」

蕭立呈頻頻點頭，非但不在乎劉美芳的眼神，還因為劉美芳記得這些而大為驚喜。

「妳還記得喔！」

一旁的葉幸司繼續替蕭立呈製造機會，「原來你們認識啊！這麼巧，那中午一起吃午餐？」

劉美芳卻果斷地拒絕，「我看不用了。」

她忍不住排斥地往後退縮，臉色沉了下來。

但蕭立呈沒有察覺到劉美芳產生的敵意，還開心地說：「當然好啊！敘舊而已怕什麼，該不會說著就想哭了吧！啊！我想起來了，妳小時候的外號叫做流鼻涕嘛！」

蕭立呈愉悅地說出在場只有他知道的外號，然而他不曉得，綽號的主人現在非常不高興，眉頭都快皺在一起。

此話一出，連葉幸司也跟著傻住了，已經不曉得該怎麼幫蕭立呈圓場了。

＊＊＊＊

午後，蕭立呈站在頂樓的天臺，緊抓著欄杆，努力想撐住身體。

藤沐仁正在他身後，使力踩著他的背，想把他給踹下樓。

「你乾脆跳下去，我不介意幫你，放手！」

藤沐仁氣得想把蕭立呈給推下去，葉幸司著急地勸說：「你不要那麼用力，他真的會掉下去。」

蕭立呈仍不洩氣地朝天大吼：「我不會死，我不會屈服的！我要再接再厲，繼續努力！」

「努力個屁啊，照你這樣幹，根本就是拉仇恨值，你真的喜歡她嗎？」藤沐仁對蕭立呈追女孩的方式傻眼到不行。昨晚才說要脫胎換骨，今天卻一樣糟糕幼稚！

此時的藤沐仁對蕭立呈已經到了恨鐵不成鋼的地步，連踩他的力氣都想省了，便收回長腿。

蕭立呈逮到機會，抱緊藤沐仁的腿，要好友別放棄他：「真的啦！藤藤，我真的喜歡她啦！你發揮你的魅力幫幫我啦！她是我的初戀，我下半輩子的幸福就靠你了。」

他又蹭又摸的，藤沐仁的情緒似乎也緩和了些，葉幸司就趁機替蕭立呈說點好話：「沐仁，我想劉美芳一聽到立呈的名字就想起他，也不是對他完全沒有感覺的，再加把勁搞不好有希望。」

儘管葉幸司在一旁幫腔，藤沐仁依舊冷靜地認為，「希望是用來幻滅的！」

「我不要幻滅，藤藤，你說的我都聽，幫幫我！」

蕭立呈說完仍抱著藤沐仁，葉幸司也繼續替他求情，藤沐仁又氣又無奈地瞪著蕭立呈。兩位友人都這麼求他了，實在沒辦法不去管蕭立呈。

……也只好這麼辦了。

午休前，藤沐仁回到公司，罕見地不是走回業務部門，而是轉往設計部門。

他那優雅和高冷的姿態，一路上吸引了許多同事的目光，但他仍和往常一樣，冷淡地無視對他投以熱切視線的同事們。

因為他的目標只有一個，他想速戰速決。

他走向正要把資料盒擺到高處的劉美芳。因為劉美芳的身高不夠高，只能踮起腳尖用力往上推，他的手就從高處出現，幫助她將盒子推進櫃子裡。

劉美芳趕緊回頭道謝，這一看，才發現幫忙的人竟然是公司裡赫赫有名的高冷王子。藤沐仁一臉微笑地看著她，她不禁在內心暗暗想著：好帥啊～

「妳應該就是設計部的新人吧？妳好，我是業務部第二組的經理，我叫藤沐仁。」說完，藤沐仁向劉美芳伸手。

沒想到會被藤沐仁點名，劉美芳害臊地回握藤沐仁的手。「我叫劉美芳。」

「不知道有沒有這個榮幸和妳一起吃個飯，拉近設計部與業務部之間的感情。」

劉美芳還沒來得及回答，就聽見四周傳來的騷動聲。

從藤沐仁走進設計部門開始，同事們就緊盯著他不放。目睹他替劉美芳放資料，主動向劉美芳自我介紹，還邀劉美芳吃午餐！這震驚程度讓他們嚇到手中的杯子都掉到地上了。

劉美芳剛進公司，還不習慣這樣的場景，「他們……」

「我知道有家餐廳很不錯，差不多是午餐時間，我們一起去吧！」

藤沐仁不在意其他人的行為，邀請劉美芳吃飯，劉美芳也欣然接受了邀約。

同事們目送兩人離開後，紛紛拿起手機傳送藤沐仁的最新情報——史上頭一遭，高冷王子藤沐仁竟然主動邀請新人劉美芳吃午餐！

就在訊息滿天飛的時候，藤沐仁帶領劉美芳來到氣氛極佳的獨棟餐廳，替劉美芳推開餐廳門，讓她先走進餐廳。

入座前，藤沐仁向劉美芳推薦：「這家餐廳的青醬義大利麵非常好吃，妳一定要嘗嘗看。」

「真的嗎？我很喜歡吃青醬……」劉美芳話說到一半突然止住了，因為她看見蕭立呈就坐在餐廳裡，還向他們開心地揮手打招呼。

「你們來啦！這邊！」

「Wilson 和我各自帶領業務一組和二組，找妳一起吃飯，希望往後合作愉快。」

藤沐仁替劉美芳拉開椅子，紳士地請她入座。劉美芳心想，藤沐仁是因為工作關係邀她一起吃午餐，也不好意思因為私人恩怨而擺臉色給蕭立呈看，只好點點頭，順著坐下。

藤沐仁坐到與蕭立呈同一邊的位置，對於藤沐仁的大力幫忙，蕭立呈即刻轉身對他豎起大拇指，藤沐仁則無語地經過他。

三人入座後，蕭立呈對著劉美芳說：「想吃什麼儘管點，千萬不要客氣，我們都認識那麼久了……」

藤沐仁立刻踩了蕭立呈的腳，讓他痛得突然抿緊嘴脣，不再多說什麼會勾起劉美芳討厭的話題。

為了不讓場面冷場，藤沐仁稍微改變了話題，向因為蕭立呈突然住口而感到疑惑的劉美芳說著：「我聽幸司說，Wilson 的外號叫『蕭耶』，我覺得超級貼切，小孩子果真都很誠實。」

藤沐仁藉由酸蕭立呈來緩和彼此的氣氛，果真奏效，劉美芳臉上立刻有了淡淡的笑容。

「他小時候超像瘋子，上一秒笑，下一秒就跟你哭，他父母以前最常做的就是帶他去廟裡收驚。」

「那看來沒什麼效果，他現在還是不正常。」藤沐仁調侃著蕭立呈，幽默的語調緩解了劉美芳對蕭立呈的敵意，還不禁噗哧一笑。

能得到劉美芳的笑容，蕭立呈就不計較被藤沐仁逮到機會大酸一把了。

這時，服務生來到他們這桌，詢問是否要點餐，蕭立呈便趁機表現紳士，向劉美芳說：「女士優先。」

「我要一個青醬義大利麵，甜點是芒果奶酪，飲料是冰奶茶。」

劉美芳點完後，藤沐仁還沒找到他要的餐點，邊翻著菜單邊說：「怎麼沒有……」

蕭立呈馬上意會到藤沐仁要找什麼，「螺旋麵嗎？沒有，不過這裡有筆管麵。」

「那要搭配……」

蕭立呈立刻推薦他，「配上焗烤起司的料理或是濃郁的波隆納肉醬、蔬菜醬都很適合。」

「可是……」

「想吃青醬也可以選貝殼麵。」

「那……」

「東方美人茶吧，你喜歡吧？還可以緩和濃厚的口味。」

劉美芳很驚訝地往蕭立呈和藤沐仁身上來回看去，兩人明明只是各翻菜單，沒看著彼此，卻很有默契地了解彼此想要表達什麼，宛如蕭立呈對藤沐仁的喜好瞭若指掌。

藤沐仁把菜單放回桌面，對服務生說著：「青醬海鮮貝殼麵，熱的東方美人茶。」

蕭立呈接著點：「番茄肉醬寬麵，甜點來一個紅豆抹茶蛋糕，一個焦糖布丁，熱美式，謝謝。」

蕭立呈連甜點都替藤沐仁決定好了，他們的默契讓劉美芳感到驚訝不已，不自主地帶著笑容，看看藤沐仁，再看向蕭立呈。

藤沐仁察覺到劉美芳正滿臉笑容地盯著他與蕭立呈，不解地問著：「怎麼了？」

這聲音讓劉美芳趕緊回神，「喔！沒有、就……感覺你們……好有默契……」

「我們認識五年了。」藤沐仁這一說，勾起蕭立呈過往的回憶。

「他是我前輩，我剛進公司，他每天帶我跑業務，把我每天操得累到回到家倒頭就睡……」

五年前，他跟著藤沐仁負責一組難搞的客戶，對比他整個人像洩氣一樣趴在桌上，藤沐仁依舊維持冷靜的態度，和他待在會議室。

藤沐仁看著趴在桌上什麼也不想做的他，提醒著：「客戶的要求你聽到了嗎？重做一份提案給我。」

「還做啊？這都已經是第五次拜訪了，又不是什麼大案子。」

蕭立呈認為都被退件這麼多次，對方肯定是個奧客，要來鬧事，他不明白藤沐仁這種時候還忍。

「那什麼是大案子？」

藤沐仁冷冷地盯著他。

老實說他才剛進公司，也沒接觸過什麼大案子，一時之間也不曉得標準在哪，愣愣地對藤沐仁說：「至少要一百萬左右的案子……」

藤沐仁蹙著眉頭，不留情面地當眾糾正他的觀念，「婚禮對每個人來說，一生一次，每個案子都是大案子。沒有這個體認，就不要來做婚顧的業務。」

「我只是覺得沒必要浪費時間，那客戶根本是故意刁難。」

「客戶愈刁難，愈能展現業務的能力。」

「不是這樣說，做業務也要懂得時間成本。」他不以為然地駁回藤沐仁的話。

「如果不喜歡我的作風，就另外找人帶你。」

藤沐仁說完，便逕自往前走，想離開會議室。但蕭立呈豈會就此服輸！

他起身對著藤沐仁的背影說著：「我才不要，我就要把你的看家本領都學走，成為一個比你更優秀的業務！」

蕭立呈回味這些往事便會心一笑。這五年來，跟藤沐仁產生非常多的革命情感，當然這之中不免得挨藤沐仁的白眼、瞪眼或是不留情面的責罵。

「自己體力不行，要懂得自我檢討。」藤沐仁瞪著身邊的蕭立呈。

「我體力比你好，好嘛！每次打籃球我可以打一整場，你打一半就不行了！」

說起打籃球，蕭立呈又想起他們兩人在戶外打球的回憶。

藤沐仁的運動神經明明就很發達，運球、側身穿過、轉身輕跳，總能突破他的防線，射籃得分。

正當他想展現自負的運動神經給藤沐仁瞧瞧時，卻不見藤沐仁的蹤影。找遍全場，才發現藤沐仁已經到場邊喝水休息了。

也因為藤沐仁每次打球都很快下場休息，球場儼然成了他的天下，他也不浪費機會，奮力甩帥投籃。每一次進球，他都興奮地看向藤沐仁，想炫耀自己的得分，而藤沐仁也很了解他在想些什麼，敷衍了事地為他拍手。

蕭立呈仔細回想，那時的藤沐仁是不是在敷衍他。

「你每次都撐不到最後。」

藤沐仁不免皺起眉頭，「我是討厭流那麼多汗。」

「流汗才有男人味好不好，你看看你，老是待在冷氣房裡面，手都這樣冰冰的。」

蕭立呈邊說邊搓著藤沐仁的手，還呼呼熱氣給那隻冷冰冰的手，動手動腳的碰觸讓藤沐仁嫌惡地抽手，兩人就像完全忘了劉美芳的存在。

然而劉美芳一點也不在意被他們忽略，那對燦若星辰的雙眼正緊緊盯著藤沐仁與蕭立呈之間的密切互動，一邊喝著水，一邊勾起了微笑。

結束午餐之約，劉美芳難掩愉悅的心情，踏著輕快步伐走進辦公室。回憶餐廳時蕭立呈與藤沐仁的互動畫面，不禁低喃著。

「蕭耶是不是……有點喜歡藤經理？」

＊＊＊＊＊

下班後，蕭立呈到超市買了一大袋食材，裡頭全是藤沐仁喜歡的水果。要討藤沐仁歡心還不簡單！他可是跟藤沐仁相處了五年的男人，藤沐仁喜歡喝什麼，討厭吃什麼，全都記得清清楚楚。

蕭立呈比葉幸司和藤沐仁早一步回家，把東西拿進廚房，挽起袖口就開始料理起這些水果。

藤沐仁也在蕭立呈之後返回住處，想說蕭立呈為何沒等他就先離開公司。只見蕭立呈在廚房哼歌切水果，他也假裝沒看到，走回自己的房間，脫去在外面奔波後沾染了灰塵的西裝，換了件居家服，打開房門就聽見果汁機運轉的聲音。

不曉得蕭立呈又在打什麼主意，此時的藤沐仁決定不去管他，坐到沙發上滑著手機。

不久後，果汁機運轉聲停止了。蕭立呈端著剛打好的果汁走到藤沐仁面前。

「蘋果、芒果、火龍果，都是用你喜歡的水果打成的果汁，而且沒加糖！」

蕭立呈滿臉笑容遞出果汁，藤沐仁卻遲遲沒有伸手拿取，對於這杯「蕭立呈的特製果汁」有些遲疑。

「我已經試喝過了，相信我，你絕對會喜歡！」蕭立呈邊說邊對藤沐仁眨著眼，明顯正在討好他。既然都說到這個地步，他就勉為其難地接過杯子，喝了一口，果然是他喜歡的味道。

「嗯，還不錯耶。」

見藤沐仁滿意地點點頭，蕭立呈立刻快步走到沙發背後，替今天的助攻手按摩肩膀。

「請問這樣力道你還滿意嗎？」

「輕一點。」

「沒問題。」

藤沐仁閉上雙眼，忙碌了一天，他正享受蕭立呈的討好按摩。

就在他專心享受按摩的時候，一股熱氣突然觸著他的耳畔，耳裡全是蕭立呈吐出的氣音。

「你覺得她會喜歡什麼禮物？」

熱氣讓藤沐仁立刻摀住耳朵，閃開了距離。不敢相信自己竟對蕭立呈的氣音臉紅，心底燃起了莫名的火氣，瞪向蕭立呈。

「跟你說過多少次，不要在我耳邊說話！」

「我知道耳朵是你的敏感帶，我只是想讓你舒服一下咩。」蕭立呈自認為摸透藤沐仁的喜好，完全沒察覺到藤沐仁在生氣，還翻過沙發，一屁股坐到藤沐仁的身邊。

「我是在報答你喔。」

「無聊！」

藤沐仁放下杯子，想離蕭立呈遠一點，卻被蕭立呈伸手抓住，被拉回沙發。一時之間，他感受到蕭立呈正用全身的重量壓制他，將他困在沙發上。

「你還沒跟我說，她喜歡什麼禮物。」

「我怎麼會知道她喜歡什麼？」

「你怎麼可能不知道，你最會察言觀色了，最瞭解人性，幫我分析一下啦！」

藤沐仁回想著帶劉美芳到義式餐廳吃飯時的種種跡象，便不耐煩地說著：「送花吧！」

「為什麼？」

「從公司到餐廳的路上不是有間花店，我今天發現來回經過花店時，她都會多看幾眼。」

蕭立呈由衷佩服藤沐仁的洞察力，「你真的好瞭解女人喔，閱人無數喔！」邊說，邊故意鬧著藤沐仁亂摸一把，從胸膛慢慢往下摸……

藤沐仁立刻抓住蕭立呈的手，順勢推開了對方。

「不要亂摸。」

「這麼緊張幹麼！」蕭立呈不怕死地再度靠近藤沐仁，「該不會是太小，所以不給摸？」

「幼稚，多大了你啊！」

「肯定比你大。」

「放屁！」

「哎唷！不服氣那來比啊！」蕭立呈說完，就伸手脫藤沐仁的褲子，藤沐仁當然不想比，用力推開他，兩人就一拉一扯地倒在沙發上。

剛回家的葉幸司目睹了這一切。

「你們在幹麼？」

蕭立呈邊拉扯邊回答：「比雞雞大小。」

「我不想比！」

兩位室友互相拉扯想脫掉對方褲子的行為十分幼稚，葉幸司對此無奈地搖著頭，提著食材走進廚房，準備料理今晚的菜色。

「這麼喜歡雞，剛好，今晚我要炸雞。」

葉幸司說完，蕭立呈和藤沐仁就停止了所有的動作，互看了一眼，然後各自把褲子穿好，正襟危坐，等葉幸司的晚餐。

＊＊＊＊

得知劉美芳可能喜歡花的情報後，蕭立呈便送花和寫了小卡給劉美芳。

葉幸司為了蕭立呈的幸福，偷偷錄下劉美芳把花完好插在杯子裡的影片。在三人聚在茶水間的時候，將手機遞給蕭立呈看。

蕭立呈沒料到劉美芳會接受他的花，開心地播放影片，孰不知劉美芳只是不忍心把花丟掉。

「她雖然把卡片丟掉，但她把花收下啦，而且還把它插起來喔。」

葉幸司說這話是想安慰蕭立呈，但只要劉美芳肯收下他的花，蕭立呈就開心地歡呼出聲，頻頻感謝好友們對他的幫助。

「藤藤，你真是太厲害了，她真的喜歡花啊！想當年，我把最喜歡的糖果、玩具還有參考書送給她的時候，她一眼都不看，全都丟了，還當著我的面把參考書給燒了。」

蕭立呈不可置信劉美芳會收下他的花，藤沐仁則不敢相信都經歷過這種過去，蕭立呈還想追劉美芳。

「聽起來她真的好討厭你。」

「但是現在她把花收下啦！這是好兆頭，好的開始就是成功的一半，只要我再接再厲，戀愛成功指日可待啦！」蕭立呈開心地再次重播劉美芳的影片，臉上溢滿幸福喜悅的笑容。

藤沐仁並不像蕭立呈和葉幸司想得這麼樂觀，他認為蕭立呈根本不可能追到初戀，「他這初戀根本不可能成功，我覺得應該要適可而止，給他當頭棒喝，認清事實。」藤沐仁起身想打醒蕭立呈，葉幸司趕緊拉住他。

葉幸司想替蕭立呈加油打氣，便勸著藤沐仁：「如果到時候真的失敗，那我們再好好安慰他就好了。」

儘管藤沐仁對此感到不耐煩，卻聽了葉幸司的話，沒有打斷蕭立呈的喜悅。

「有夠麻煩！」

看著藤沐仁沒多說些什麼打擊蕭立呈的話，葉幸司的笑意更濃了。

「其實你對立呈也很溫柔。」

藤沐仁一愣，回想如果是平常的他，根本不可能忍耐地坐在這裡，甚至是為了別人的初戀，去邀請女孩吃午餐，就因為對象是蕭立呈……

不，他怎麼可能因為對象是蕭立呈而變得溫柔！他很抗拒葉幸司的這句話，走向蕭立呈，迅雷不及掩耳的速度搶走那支手機，直接把影片給刪了。

「喂，你幹麼刪啊！」

儘管蕭立呈驚訝而放聲喊著，藤沐仁仍冷靜地刪完將手機還給葉幸司，「現實是殘酷的，要往前走就不要緬懷過去。」語畢，藤沐仁便掉頭離開。

蕭立呈哀號著，他第一次送給美芳禮物的影片沒了，早知道就把影片先傳給自己備份了。

「他在發什麼神經啊！小葉。」

葉幸司看著藤沐仁逐漸遠去的身影，尷尬地說著：「我想……他可能不喜歡被人說很溫柔吧？」

「溫柔？他？小葉，你不要再熬夜了，腦子都出問題了。」蕭立呈擔憂地摸摸葉幸司，看他有沒有哪裡不舒服，否則怎麼會把「溫柔」兩字和高冷的藤沐仁擺在一起呢。

葉幸司被當作病人，便莞爾一笑，和蕭立呈離開茶水間。

＊＊＊＊

劉美芳才剛進公司不久，就有人天天送花，前陣子還被藤沐仁邀請吃午餐，少芬不免八卦地走到她身邊。

「是誰送妳花啊？」

「我不知道……」即使知道是蕭立呈送的，她也想避免日後尷尬，而隱藏了對方的身分。

「不是有卡片嗎？裡面沒寫名字？」少芬邊說邊伸手想拿，劉美芳趕緊搶先一步把卡片拿在手裡。

「上次沒寫，我想這次也不會寫，反正我不在乎，是誰送的不重要。」

任憑少芬好奇送花的人是誰，也不好打擾準備要開始工作的她。

少芬回到座位後，劉美芳就看著桌上的那束花。再這樣下去，部門職員就會發現是蕭立呈送來的花，往後彼此都會很尷尬，她得和蕭立呈做個了結。

於是她決定去堵蕭立呈，把話給說清楚。

＊＊＊＊

晚間，在老地方的日式居酒屋內，就見蕭立呈身邊有一堆空酒瓶，喝了一堆不夠，還灌完手中的啤酒，然後就抱著手裡的空瓶，哀傷自己為何還如此清醒。

「喝那麼多啤酒幹麼，又喝不醉。」

藤沐仁冷淡地回應：「因為明天還要上班。」

葉幸司喚著服務生收走桌上的空瓶，阻止蕭立呈想再點酒買醉。

「她只是要你以後不要送花，又不是告白被拒絕，你不要太難過了。」

即使葉幸司溫柔地想安慰蕭立呈，蕭立呈卻回想起劉美芳在男廁堵他，對他說的話。

「但是當面說送花讓她很困擾，我還是很難過啊。」他可是頭一次被女生這麼拒絕，一時之間承受不了打擊，難過得五官全揪在一塊了。

葉幸司不忍看他這副模樣，繼續安慰他，「立呈，公司裡還是有很多女孩子喜歡你，你可是我們公司的兩大男神……」

藤沐仁和滿臉擔憂的葉幸司不同，他冷靜地看著手錶，數著：「三、二、一，復活！」

藤沐仁響指一聲，蕭立呈果真立刻抬起頭，一改方才的憂愁，充滿鬥志地宣示：「不行——我是不會放棄的！我要屢敗屢戰，再敗再戰！」

蕭立呈能振作起來是好事，但葉幸司就怕蕭立呈衝過頭又做出什麼惹劉美芳生氣的事，便提醒他：「下次千萬不要造成女孩子的困擾，這樣很容易被討厭的。」

「你放心，我不會造成她的困擾，我要在不知不覺間攻陷她。」

藤沐仁倒是很好奇，「不知不覺中？要怎麼做？」

蕭立呈賊笑地看著兩人，似乎已經從方才喪氣的短暫時間擬定好下一個作戰計畫。

「哼哼哼，就是『隱身』起來啊！」

藤沐仁與葉幸司不解地面面相覷。

蕭立呈所謂的隱身，就是跟蹤劉美芳，從中找出劉美芳的喜好，並且不讓劉美芳發現他。

舉凡便當店、飲料店，蕭立呈都悄悄地躲在街角、電線杆、路樹的後方，觀察劉美芳喜歡吃的便當口味、點了什麼飲料，然後用手機記錄下來。

就在公司的茶水間裡，劉美芳邊泡著咖啡邊與王姊聊天，蕭立呈則藏身於茶水間門外，偷聽劉美芳平常喜歡聊的話題。

「王姊，妳也喜歡啊！」

「是啊！」

「太好了！以後我們就可以互相交流了！」

「跟妳講我超資深的，我已經有二十年的資歷。」

「好厲害喔。」

劉美芳沒想到在公司裡能遇到資深同好，激動萬分地拉著王姊的手。

蕭立呈想知道她們的共同興趣是什麼，決定去堵王姊，問個清楚。

當王姊正要進入電梯箱時，突然一隻手出現，嚇得王姊趕緊按下「開」，蕭立呈硬是擠了進來。

現在電梯箱只有他們兩人，簡直是問話的大好機會，蕭立呈便清了清嗓子問著王姊。

「王姊，妳跟新來的劉美芳感覺很要好，很有話聊？」

「還好啦。」

「妳們不是同好嗎？」

此話一出，王姊整個人傻住了，回想剛剛在茶水間與劉美芳聊天時，有大聲到把喜好傳開嗎？

「我都聽說了，妳是資深的！二十多年了？」蕭立呈笑咪咪地裝作知道她們在聊什麼，期待能套出她們的興趣。

王姊不可置信蕭立呈會聊這話題，欲言又止地望著他，如果他沒那個興趣，聊起來會很尷尬，便疑惑地問起蕭經理：「蕭經理……也是啊？」

「我是啊！」既然想成為她們聊天的同伴，蕭立呈就順勢點了頭。

王姊訝異地遮嘴，沒想到公司的鐵三角成員，居然跟她們有一樣的喜好，滿滿的喜悅湧上心頭。

「喜歡這個的男生不多耶，你居然也是！」

蕭立呈看王姊又驚又喜地，覺得局勢倒向了他，便趁機想卡一個與劉美芳聊天的位置。

「會嗎？我跟其他男生不一樣啦。那我可以加入妳們嗎？」

「非常歡迎呀！」

此時，王姊正雀躍地跟他聊了很多，且裡頭一直提及某個英文，那像是縮寫，蕭立呈雖然不懂聊天內容，但依然陪笑點著頭。

＊＊＊＊＊

「所以你加入什麼組織？」

「ＢＬ啊。」

「什麼？」

午餐時間，蕭立呈與藤沐仁聚在會議室吃午餐，他不明白王姊一直跟他說的英文，認為聰明絕頂的藤沐仁也許知道這個詞，便唸得再清楚一點。

「B、L！」

「那是什麼？」

「應該是什麼英文字母的縮寫吧，我也不好意思問太多，不然顯得我什麼都不知道。你英文不是很好嗎？幫我翻譯翻譯什麼叫做BL？」

兩人一面吃著午餐，一面蹙眉推敲。

「Base Line（基準線）？Biological Laboratory（生物實驗室）？Body language（肢體語言）？」

藤沐仁把腦海裡的單字都說出來了，但蕭立呈認為應該更貼近日常會接觸的事物。

「我覺得是板南線，Bannan Line！」

「還是貿易常用術語，bill of Lading（提貨單）？」

蕭立呈覺得王姊聊起話題的時候，臉上盈溢著幸福笑容，應該不是這種嚴肅的術語。

「不是那麼嚴肅的。王姊看起來不像會研究這種的人。」

藤沐仁實在想不到其他的內容，既然是女孩會聊的話題，也許是她們很在意的地方，「難道是胸圍線（Bust Line）？」

「喔？有可能喔！女人都在意胸部大小，可是王姊說，不是很多男人喜歡這個，女人的胸圍男人怎麼可能不喜歡，還說她是資深的……」

「我上網查一下好了。」藤沐仁拿起手機，查詢英文單字。

蕭立呈還是覺得繞回去貼近生活的話題比較好，「我覺得比較像板南線，王姊和美芳應該是捷運迷。」但是捷運迷的男生也很多啊，到底是什麼呢……

在兩人陷入苦思的時候，葉幸司拿著便當走進會議室，正好聽到他們在聊板南線。

「誰和王姊是捷運迷？」

「劉美芳啊，小葉，我跟你說，我最近一直偷偷觀察劉美芳，想說多瞭解就可以攻陷她。結果王姊告訴我，她喜歡ＢＬ。」

葉幸司很驚訝聽到這個情報，對蕭立呈說：「ＢＬ？她是腐女!?」

「腐什麼女？捷運迷！」蕭立呈似乎沒聽過這專有名詞。

藤沐仁發現葉幸司知道，「你知道ＢＬ是什麼？」

葉幸司面對眼前這兩名直男，乾笑地解釋：「ＢＬ不是板南線，ＢＬ是boys love的縮寫。」

兩人一口同聲地複述，「boys love!?」

意思是，劉美芳喜歡看男男相戀!?

在蕭立呈驚呼的同時，劉美芳正把便當擺著，滑著手機，是一張張藤沐仁與蕭立呈的照片，她默默地浮現出笑容。

「只要有愛，ＢＬ就無所不在。」

第二章

「妄想帶給心靈上更多的滿足……男人的友情就是姦情！」

儘管他們身在居酒屋裡，桌上擺滿他們平日喜愛的菜色，臉上卻沒有半點下班後的喜悅之情。此時的蕭立呈和藤沐仁十分嚴肅地盯著手機搜尋出來的相關訊息。

「ＢＬ是真愛，不是為了傳宗接代。」

「不要念了……」藤沐仁揉著眉心，越聽越難受了。

但已經陷入迷惘中的蕭立呈根本聽不見周遭的聲音，繼續複誦網路上的用詞解釋。

「兩情若是長久時，又豈在攻攻受受？攻？受？這是什麼？」

對座的葉幸司環顧四周，就怕鄰座客人聽到蕭立呈的話，尷尬又坐立不安地勸著蕭立呈，「你小聲一點……」

「不是小聲的問題，是根本不用管。」藤沐仁出手奪走蕭立呈的手機，不讓他繼續念下去，「其實你不一定要了解ＢＬ的世界，還是可以跟她找到共通話題。」

蕭立呈不敢相信藤沐仁關掉了他所有的搜尋網頁，那是因為在電梯裡，王姊跟他說劉美芳很喜歡這個啊！

「王姊一直強調劉美芳很喜歡ＢＬ，有十年腐女的資歷，所以跟她聊ＢＬ才是迅速拉近距離的方法！」

「可是惡補了一整晚，你弄懂了嗎？你了解什麼是ＢＬ？我怎麼想也想不懂，怎會有女孩子喜歡看男人喜歡男人呢？」藤沐仁想趕快讓蕭立呈平息情緒，好讓這頓飯吃快一點。

「這確實是個博大精深的世界，如果我弄清楚了，美芳一定會覺得我很用心，瞬間對我卸下心房。」

當蕭立呈要拿起手機繼續查閱的時候，藤沐仁阻止了他。

「但是我們短時間裡很難弄清楚，你這樣一知半解跟她聊，很有可能多說多錯，自暴其短。加上你小時候的黑歷史，更有可能讓劉美芳誤會你在糊弄她，甚至嘲笑她。」在蕭立呈燃起熊熊鬥志的時候，藤沐仁的話猶如冰刃，狠狠地消滅他的熱情。

藤沐仁說得很有道理，蕭立呈緊張起來。

「那我現在該怎麼辦？」

「你現在就先別那麼積極，只要淡淡地噓寒問暖，像朋友一樣，爭取讓她知道你沒有攻擊性，已經不是以前的小屁孩了。」

「我覺得沐仁說得很好，這樣做比較保險。」葉幸司在一旁附和藤沐仁的說法。

「可是她那麼抗拒我。」

「路遙知馬力，日久見人心，你不要急在一時，未來的日子很長。」藤沐仁說。

蕭立呈覺得沐仁說得有道理，便決定遵照好友們的指示，繼續前進！

「立呈你放心，我跟劉美芳同部門，一有機會我會幫你跟她說好話的。」

蕭立呈見葉幸司這麼幫忙，立刻握住幸司的手，「小葉，謝謝你，我最愛你了～！」

葉幸司催促著蕭立呈菜都要涼了，要他趕快吃。

＊＊＊＊

隔日，劉美芳走進辦公室，王姊就立刻上前告訴她一件天大的祕密。

「他是腐男!?」

劉美芳驚呼之餘，趕緊摀住嘴，深怕其他同事會聽到，她們降低音量聊著昨天發生的事。

她不敢相信蕭立呈與她們有共同興趣，但王姊卻猛點頭，好像煞有其事。

「他親口跟我說，他對BL也很有興趣。」

蕭立呈是怎樣的人，劉美芳怎會不清楚！這之中必有蹊蹺。她搖著頭說：「不可能，他騙妳的，我在他身上完全感覺不到一點點腐的雷達。」

「我也是感覺不到呀，不過腐男是稀有動物，也許是他藏得很深。」

一聽到「藏」這個字，劉美芳想起上次一起吃午餐時，蕭立呈與藤沐仁的互動，要說他是腐男，不如說他是……

「我倒覺得他藏的不是腐男的身分，搞不好他其實是深櫃！」

「妳為什麼這麼說，有證據嗎？」王姊立刻搖著她，要她把知道的事情從實招來。

「難道妳都沒發現他跟藤經理很像是一對？」劉美芳突然雙眼亮晶晶地，分享她綜觀的結論。

「一對？妳搞錯了啦，他們跟葉總監是鐵三角，好哥兒們，我以前還看過蕭經理的女朋友，長得挺漂亮的。」

「所以我才說深櫃啊！不然我們中午邀總監一起吃午餐，好好旁敲側擊一番。」

兩人欣喜地走到總監的座位旁。此時，葉幸司正忙著公事，不知是不是上午處理太多文件，此時的他感到身體有些沉重，但見到她們到來，仍堆出了笑容。

「怎麼了？」

「總監，我們有事想跟你聊一聊，中午你有空一起吃飯嗎？」

「好啊，我聽立呈說，妳喜歡吃雞腿飯，公司附近有家簡餐店的雞腿飯很好吃，不然就那家吧。」葉幸司很自然地帶出蕭立呈的名字，希望劉美芳知道蕭立呈可是用心瞭解過她的喜好。

王姊知道總監說的是哪間，「可是那家中午生意很好，常常排隊要排很久。」

葉幸司查看了時間，「現在時間差不多，走吧。」

當葉幸司起身準備要離開時，忽然感覺一陣暈眩。

「總監你還好嗎？」

劉美芳發現總監有些異狀，「你臉有點紅耶，是不是發燒了。」

葉幸司抬手摸著自己的額頭，才發現已經發燒了。

王姊見他狀況不妙，勸著總監，下午還是請假去看醫生，她們會幫總監分擔下午的工作。

＊＊＊＊＊

在葉幸司的住處前，某人正轉開門鎖，悄悄走進室內。

傅永傑就像進出自己家一樣，目光掃視四周。他不喜歡葉幸司與其他人合租的住處，冷漠地注視共用的區域，直到走進葉幸司的房間，看著裡頭留有葉幸司的生活軌跡，他才放鬆心情，不再對這個住處抱持厭惡。

他摸著床沿，很自然地坐在葉幸司的書桌前，打開電腦，並拉開抽屜，檢查裡頭的東西。

抽屜裡沒有新奇的物品，電腦的瀏覽紀錄也和平常的習慣一樣沒有特別變化，他便點了幾下滑鼠，瀏覽葉幸司使用的聊天室。

「很好，最近都沒有跟網友聯絡。」

傅永傑心情甚好，正要繼續查看時，客廳傳來開鎖的聲音。他動作迅速地將電腦強制關機，走出房間，躲到後陽臺。

葉幸司一邊講電話一邊走進客廳，「……我剛剛去看醫生了，醫生說就只是小感冒而已，他開了藥給我，叫我等一下多休息……嗯，晚餐喔，我想吃清淡一點的東西……等等，沐仁打給我，先這樣了。」

葉幸司看著插撥名單，笑意更濃了。

「喂，沐仁……我已經到家了，對，是立呈打的，你不要生氣，他沒有一直煩我，好，我現在馬上去休息，好，拜拜。」

葉幸司聽話地掛斷電話，從公事包裡拿出診所的藥包，配水把藥吞了。拿著公事包準備進房休息，但走到房門口卻發現門是開的。

「我早上忘了關門嗎？」葉幸司疑惑著，但高燒讓他沒有餘力去深究此事，便推門進入房間。

身體發燙出汗令他難受，一進房他便開始脫掉外衣，渾然不知此刻的傅永傑正從後院的窗戶，窺視著只脫到剩下底褲的他。

「沒想到藥效這麼快……」葉幸司換好居家服，躺上床。

為了能趕快康復回到工作崗位，葉幸司拿起手機轉為靜音，決定好好休息。他躺進舒適的被單，有安眠作用的藥效令他很快就有了睡意。

靜待了一陣子，直到屋內靜悄悄地不再有任何聲音，傅永傑才走出後院，小心翼翼地走進房間，慢慢靠近床邊，凝視已經熟睡的葉幸司。

伸手摸著幸司發燙的額邊，伏低身子，緩慢地靠近，近到彼此的雙脣幾乎都要疊上的時候，他卻又挪開身子，輕語著。

「我會在你清醒的時候親你。」

＊＊＊＊＊

得知葉幸司發燒請病假回家，蕭立呈與藤沐仁就在下班時間一起去買要給葉幸司吃的「清淡晚餐」。但兩人對於「清淡」各持不同意見，以至於跑了好幾間餐廳，比平常預定的時間還晚回家。

開鎖的同時，蕭立呈忍不住對藤沐仁挑的晚餐有些意見：「……雖然說要清淡一點，但是你什麼調味都不加，這不叫清淡，叫沒味道。」

蕭立呈邊說邊走進屋內，藤沐仁卻停下腳步，蹙起眉頭。

「怎麼了？」蕭立呈不解地望著正在憑空嗅味道的藤沐仁。

「你有聞到什麼嗎？」

蕭立呈跟著嗅，但餓著肚子的他只聞到……「晚餐！」

藤沐仁白眼了他，決定不採納蕭立呈的意見。慢慢走進屋內，嗅覺優於常人的他認為屋子裡似乎有他們以外的氣味。

「你去看看有沒有什麼東西不見，我聞到陌生的氣味。」

「真的假的？」蕭立呈半信半疑地環顧四周。

似乎是聽到玄關有騷動聲，葉幸司穿著睡衣從房間走出來，迎接他們。

「你們回來了！」

蕭立呈趕緊走到葉幸司身邊，關切著葉幸司的病況，順道想弄清楚是否真的有藤沐仁所謂的陌生人入侵。

「小葉一整個下午都待在家，問他最準。」

「發生什麼事了？」

「藤藤說家裡有陌生人闖入，你中午回來的時候有發現什麼東西不見嗎？」

聽蕭立呈這麼說，葉幸司回想當時回到家就立刻吃藥睡覺，沒有特別注意到有誰闖入。

「有人闖進來？沒有啊，我回來的時候就一個人，也沒有東西不見。」

聽葉幸司這麼說，蕭立呈便放下心來，把手上的晚餐放到餐桌，就知道藤沐仁太過多慮。

「聽到沒，不要大驚小怪的，要是真的有人闖進來，小葉也不會好端端地睡了一下午，沒被劫財劫色。」

葉幸司沒想到會有「劫色」這危機……

可是藤沐仁依舊認為有人來過屋內，「可是我進門的時候，確實聞到一股不是我們三個人的味道。」

藤沐仁向來直覺很準，葉幸司忍不住又擔憂起來，「真的嗎？」

藤沐仁點著頭，葉幸司就到浴室看看。蕭立呈心想如果藤沐仁的嗅覺這麼靈敏，那是不是也能判斷出他的味道？他就走到藤沐仁身邊，緊挨著藤沐仁。

「你聞得出來我們三個人的味道？那你說說看我是什麼味道。」

藤沐仁半瞇著眼，冷眼瞪著一臉壞笑的蕭立呈，就算不用特別去聞，他也感覺到蕭立呈身上有一股……

「一股酸味。」

「怎麼可能！我每天都洗澡耶，你一定是沒聞清楚，再給你一次機會，來！我什麼味？」蕭立呈使勁往藤沐仁身上靠，藤沐仁想閃躲，卻被逼到牆邊，拚命掙脫又擺脫不了蕭立呈的抓縛。

「你這怪力男，讓開。」

「不要害羞，聞嘛！」

「我不想聞。」

「你不聞，那我聞你的。」

蕭立呈把臉湊到藤沐仁的頸肩，努力想嗅出他的味道。殊不知吐出的熱氣讓藤沐仁感到嫌惡加害臊，使力推開蕭立呈，卻因為盡全力仍推不動蕭立呈，惹得他大吼。

「聞個屁啊，你給我讓開聽到沒有！」

蕭立呈玩心大起，不管藤沐仁做任何抵抗硬是要聞。

檢查完廚房和浴室，確認無異狀的葉幸司就看著他們推來推去，早已習慣他們的相處模式，便逕自走去餐桌，準備享用蕭立呈與藤沐仁為他準備的晚餐。

藤沐仁已經沒有退路，他直接捏住蕭立呈的鼻子，蕭立呈就乾脆咬了藤沐仁的頸肩，這一咬讓藤沐仁忍不住發出慘叫聲。

於是，藤沐仁的頸肩處出現了一排牙印。

吃完晚餐，藤沐仁回到自己的房間，瞪著鏡中被咬的痕跡，對於蕭立呈竟然像野獸一樣用啃咬反擊，氣到不行。

「這個蕭立呈是屬狗的。」

葉幸司也待在藤沐仁的房間，笑笑地看著事後總是一臉氣憤的藤沐仁。如果真的討厭蕭立呈，藤沐仁大可以選擇無視或冷漠對待，但藤沐仁沒有這麼做，不管蕭立呈說了或做了什麼，他總會回應蕭立呈進而吵架，這就是所謂的越吵感情越好的意思吧。葉幸司一邊想著，一邊替藤沐仁的脖子處塗上消腫藥膏。

藤沐仁原本還在生氣，但他聞到葉幸司身上飄出不同以往的味道，就想湊近聞個仔細。

葉幸司對藤沐仁反常的舉動有些訝異，下意識往後躲開。

「你不要咬我，我不加入戰火。」

「不是，你換香水了？」藤沐仁往他身上嗅了幾下。

「沒有啊。」

「你身上有……那股陌生的味道……」

「有嗎？」

葉幸司聞了聞領口，聞不出什麼氣味。

「我沒聞到？可能是沾到別的東西了吧！你別想太多了，你有時候就是太敏感，其實我還挺好奇，你當初怎麼會願意跟粗神經的立呈一起住。」

藤沐仁不加思索地回答，「我的目標是在三十歲買房子，分租是最省錢的做法。」

「那不就剩一年能跟你當室友了。」想到這，葉幸司不免有些難過。

「就算我買了房子，也歡迎你當我室友。」

「那立呈呢？」

藤沐仁表情瞬間冷卻，「我會在陽臺擺個狗窩。」

葉幸司想像了蕭立呈住在狗窩的畫面，不禁噗哧一笑。這一笑，葉幸司同時感覺到身體比白天時好很多了，這都要多虧蕭立呈與藤沐仁，讓他能放鬆心情好好吃頓晚餐，聊著輕鬆愉快的話題。

＊＊＊＊

總監才請假一個下午，隔天的設計部門就比平常忙上好幾倍。劉美芳扭動脖子舒展筋骨，把手上的工作告一段落後，就趁這短暫空檔前往茶水間泡杯咖啡提神。

誰知還沒走近，卻聽見茶水間裡有人正談論起她的事情。

「……有夠假的，明明就是蕭經理送花給她，還說不知道是誰送的。」

「你別亂說啊！」

劉美芳尷尬地站在門口，這明顯是少芬和 Dan 的聲音。

少芬拿出手機給 Dan 看，螢幕上是之前劉美芳丟在垃圾桶的小卡。

卡片上清清楚楚寫著蕭立呈，Dan 馬上就成了少芬的戰友，「厚，最討厭這種說謊的女生。」

「對啊，蕭經理看起來很喜歡她，她卻故意擺臉色給蕭經理看，她心裡一定在暗爽。」

「蕭經理好可憐喔，這樣被玩弄。」

少芬與 Dan 兩人一搭一唱，殊不知他們在茶水間討論的劉美芳，正站在外頭，邊聽邊皺起眉頭。

＊＊＊＊＊

身體好轉的葉幸司返回工作崗位。他一出現，就引來王姊和其他同事湊到座位旁關心起他的病情，這之中也包含劉美芳。

少芬搶在大家面前關心著葉幸司：「總監，你就是前陣子熬夜太操勞了啦！」

王姊也跟著附和：「有什麼需要做的都分派給我們，我們會一起完成。」

「是啊，不要一個人全扛，大不了一起加班。」Dan 也附和起王姊的提議。

被設計部門的同仁們熱情關切，葉幸司的心裡瞬間暖了起來。

「謝謝大家，以後我會多注意身體狀況，昨天的工作麻煩你們分擔，今天中午我請大家喝飲料。」

大家雖然很不好意思要總監請客，但喜悅全都寫在臉上。

「公司附近開了一間很棒的飲料店。」

王姊對大家說著，少芬趕緊跑回座位。

「我來上網查一下有什麼種類，等一下傳給大家看。」

少芬和 Dan 回到座位查詢店家，將菜單傳給部門職員，大家紛紛回座位去收飲料菜單，只剩下劉美芳還站在原地，欲言又止地望著葉幸司。

「怎麼了？還有事嗎？」葉幸司不解地看著劉美芳。

劉美芳像是鼓足了勇氣，才開口問他：「總監，我想請你幫個忙，我想約業務一組的蕭經理吃午餐。」

相較於大家聽到劉美芳的話，個個一臉錯愕；此時的葉幸司反而驚喜萬分，迫不及待想把這件好消息告訴蕭立呈。

＊＊＊＊

大樓的天臺上，就見蕭立呈興奮地朝天歡呼。藤沐仁也替他開心，脣角勾起一抹淡笑。

「她主動約我出去，她主動喔！」

「幸司跟我說了。」

「而且還是兩個人單獨一起吃，就我跟她兩人喔！」

藤沐仁聽到這裡，笑意更濃了，「聽到了。」

蕭立呈說到這裡，便開心地把手伸向藤沐仁，「帶來了嗎？」催促著藤沐仁趕快把『那個』拿出來，藤沐仁就把捲好的一條領帶還有一瓶香水遞給他。

「我怕這條必勝的領帶不夠威力，還把我每次談案子都會噴的香水也帶來了。」

「太好了，那也給我來一點吧。」蕭立呈趕緊把領帶換成必勝這條，藤沐仁則拿著香水，往蕭立呈身上噴。

「這味道比你平常的濃耶，我喜歡。」

藤沐仁瞪著把領帶打歪的蕭立呈，上前替他調整領帶，同時再三叮嚀他：「你一緊張就會不經大腦說話，這一次就算再怎麼緊張，說話前都要三思，不要馬上脫口而出。不然就是開口前先深呼吸一次，緩一緩再說。」

蕭立呈始終不明白別人會認為藤沐仁待人高冷，在他心裡，藤沐仁是多麼體貼的男人啊！現在他的心就因藤沐仁而特別溫暖，笑得也比以往還要燦爛。

「你真是我的貼心藤藤，我決定了，等我跟劉美芳結婚，一定請你上臺當證婚人。」他邊說邊摸著沐仁的後頸。

「好啊，我期待。」

「包在我身上，Fighting！」

有了這兩樣必勝的輔助道具，蕭立呈踏著愉悅的步伐赴約。

他一進餐廳便找到劉美芳的身影，心底記得藤沐仁提醒的事，先深呼吸克制住那股興奮過頭的情緒，再緩緩漾出帥氣笑容，保持穩重形象地走向劉美芳。

「我沒遲到吧？」

「是我提早來了，我已經看好要點什麼，你先點餐。」

劉美芳指著桌上的菜單。

「小葉、幸司說妳有話要跟我說？」

「是……你先點餐吧，我怕等一下說了，你就沒心情點了。」

劉美芳的回話讓蕭立呈有點緊張，笑容也跟著僵硬起來。

不行，不管發生什麼事，他都要勇往直前追求劉美芳，畢竟藤沐仁和葉幸司都幫他這麼多了，怎麼能辜負他們的好意。

蕭立呈一派輕鬆地回著：「我們是老交情了，這麼多年沒見，妳要跟我說的話，應該不會不好到哪裡去吧，哈哈哈。」

聞言，劉美芳就皺起眉頭，蕭立呈嗅到一股危機感，同時止住笑聲。任他怎麼樂觀，也覺得劉美芳待會要說的，可能不是好事……

「蕭耶，我知道你在公司人緣很好，大家都很崇拜你，我也知道你肯定有所改變，跟小時候不一樣，但是，我不想跟你有牽扯。」

劉美芳說的話和蕭立呈心中期待的完全相反，情急之下，他便對劉美芳坦言：「我是腐男，也喜歡BL！」

「不，你不是。」

蕭立呈沒有後路了，他堅定表示：「我是！」

劉美芳緊盯著蕭立呈，想從他的眼底察覺一絲說謊的蛛絲馬跡。儘管蕭立呈很是心虛，但雙眼仍不畏懼地與她對視，兩人互看了許久，劉美芳決定用其他方法考驗蕭立呈。

「BL劇《HIStory 系列》在哪個平臺播出？」

「我不看電視劇。」

「說三本你喜歡的BL漫畫。」

「我……記不住書名。」

劉美芳已經很確定答案了，最後丟出殺手鐧：「什麼是總攻？總受？鬼畜？菊潔？瓜潔？」

面對劉美芳一連串的問話，蕭立呈無言以對，的確，他是不知道，可是為了更靠近劉美芳，他可以學，他想和劉美芳有共同興趣，進而拉近彼此的距離！

沉默的片刻，讓劉美芳篤定了答案。

「我不知道你刻意接近我到底是想幹什麼，我也不想知道你是不是還算計著要再惡整我，我只是想安穩地在公司……」

即便劉美芳已識破謊言，蕭立呈仍想力挽狂瀾，不等劉美芳說完，就搶著反駁：「對，我不是腐男，可是我也對男人有興趣啊！」

此話一出，不光是劉美芳愣住了，連說話的主人也愣了，意識到自己好像說錯話，立刻改口：「不是，我的意思是，我也可以培養BL的興趣，也可以試著當腐男，讓我們可以有共同話題，重新培養感情、從朋友做起……一起分享，一起腐BL……」

蕭立呈慌張地替自己的話圓場，眼前的劉美芳只是愣愣地望著他，對他剛剛的發言已經腦補了許多畫面。

上次與藤經理一起吃飯時，劉美芳的腐腐雷達就嗅到了兩人身上激起的曖昧火花。

劉美芳的雙眼緊盯著蕭立呈，恍如看見了蕭立呈隱藏在深處的真實自我，似乎還想更進一步探索著什麼。蕭立呈有種自己的心被看透似的，緊張了一下。

倏地，劉美芳抓住了蕭立呈——

「你……是不是喜歡藤經理？」

蕭立呈立刻收回手。

「不是！我沒有！」即便藤沐仁是他五年的同居人，是他在公司裡最想贏的對手，是最了解他的人，但要扯到喜歡，怎麼可能……

「我喜歡的是女人，我一點也不喜歡男人。」

「你很了解藤經理的喜好，會注意到他各種表情變化，你們默契很好，幾乎是一個眼神就能了解對方在想什麼。」

蕭立呈想反駁，他也有調查劉美芳的喜好啊！但想想又把話給吞了回去。畢竟論深入程度來說，他的確更知道藤沐仁的喜好。

劉美芳再次握住蕭立呈的雙手，露出蕭立呈從未見過的、非常和善且友好的笑容。

「如果你喜歡藤經理，我會盡一己之力，幫你追到他！今後，我們就是盟友了。」

蕭立呈看著劉美芳都笑得這麼燦爛了，實在不好繼續解釋下去，就讓劉美芳摸著手，也用笑容回應劉美芳。

＊＊＊＊

晚間，三人到了老地方居酒屋吃晚餐。三人舉起啤酒撞在一起，慶祝著蕭立呈的戀情有了重大進展。

蕭立呈喝了一大口啤酒，「明天要上班，所以今天還是只能喝啤酒。」

葉幸司和藤沐仁一聽都笑了，沐仁還拍了蕭立呈一把。

「一頓飯，把她的ＬＩＮＥ都要到了。我很好奇，你是怎麼瓦解她的心房，讓她對你改觀？」

說到這，蕭立呈難掩心虛，支吾其詞，「就……BL啊！」

葉幸司也很想知道是怎麼辦到的，跟著問：「不是怕多說多錯嗎？難道她沒發現你的破綻？」

「當然有被發現，不過我虛心受教嘛！她人很好，很容易就接納我，願意教我，你們看！」蕭立呈把螢幕顯示的「BL同好會」群組現給兩位好友看，以茲證明，並繼續說：「我就跟她說，我剛對BL感興趣，是初階，想要多了解，她就很熱心要指導我。」

葉幸司看著螢幕上顯示的群組，不禁讚嘆，「連同好會都成立了，接下來就是藉這機會更了解彼此，拉近距離，那你要多展現自己的優點給美芳看。」

「我知道。」蕭立呈欣喜地點著頭。

「看來在你的婚禮上，跟你一起上臺的日子不遠囉！」藤沐仁沒忘記蕭立呈說要他當證婚人的事。

蕭立呈便抓住藤沐仁，趁機把話說得更明白點，「是啊！不過這才是一開始，往後還是需要『你』多多的幫忙。」

葉幸司不解蕭立呈怎麼只叫藤沐仁幫忙，「我也可以幫你啊！」

蕭立呈心虛地看著兩人，「呵呵，那太好了，一起幫、一起幫！」他不敢把話說清楚，就怕藤沐仁知道後不願意配合。

他們並不知道蕭立呈對劉美芳說自己對男人感興趣，甚至被誤會成他喜歡藤沐仁。

不過該開心慶祝的時候，蕭立呈從來不會缺席。他決定不再煩惱，開心地大口吃肉，喝著啤酒，偷偷觀察正與葉幸司說話、笑得十分喜悅的藤沐仁。

對比他們三人歡樂的氣氛，此時，傅永傑正埋伏在三人的住處附近，夜晚的寒意使他搓了搓凍僵的手。

傅永傑算準了他們下班後，吃完晚餐回家的時間，果真不久後，一輛計程車停靠在附近，他立刻走到路樹旁。

微醺的葉幸司步履蹣跚地靠在藤沐仁身邊，笑著對藤沐仁說：「難得立呈這回這麼認真，身為好朋友的我們……一定要幫他……」

「只能幫到底了，不然怎麼辦？」

這時，一陣風吹向兩人，不巧，正有灰塵飛進了葉幸司的眼睛。他不舒服地揉了起來，藤沐仁見他有異狀，立刻關切著：「怎麼了？」

「好像有東西飛進我的眼睛。」

眼看葉幸司都把眼睛給揉紅了，藤沐仁趕緊阻止他：「別揉，我來……」

藤沐仁輕輕地幫葉幸司吹著眼睛，想把灰塵吹開。但因為有段距離，看在傅永傑眼中，卻以為藤沐仁正親吻葉幸司，他氣得緊握拳頭，正想上前揍開藤沐仁的時候，蕭立呈正好離開計程車。

「剛剛那臺計程車的條碼超難掃。」蕭立呈漫步跑向兩人，發現葉幸司的一眼變得好紅，趕緊關切著，「怎麼了？」

「沒事，剛有灰塵跑進眼睛裡，現在好多了。」

「沒事就好，回家吧！」

三人有說有笑地走回住處，全然沒發現躲在角落的傅永傑。

此時，傅永傑那對猶如刀子般的目光正瞪向藤沐仁。

＊＊＊＊

隔日下班時間，傅永傑戴著口罩，滑著手機，在街邊等著某人。

手機螢幕上是一張張葉幸司與藤沐仁的照片，就算有蕭立呈在裡面，但照片中藤沐仁和葉幸司明顯都比較靠近，最後一張，則是藤沐仁溫柔地幫葉幸司擦拭臉頰的畫面。

看見這系列的照片，傅永傑的眼神逐漸變得黯淡無光。他緊緊握著手機，瞧著某個方向。

這時間婚顧公司的職員都下班了，身為業務部經理的藤沐仁與設計總監葉幸司也隨後一起走出公司。

「晚點還有事，你小心騎車。」藤沐仁說完，目送葉幸司騎車離去後便轉身往前繼續走。

傅永傑想上前攔住葉幸司，但才跨了一步，又掉頭，像是不經意地跟上藤沐仁。

此時的藤沐仁並不知道自己被傅永傑跟蹤，傅永傑越走越近，想起上次在他們的住處附近撞見藤沐仁吻葉幸司的那幕，就再也無法壓抑內心燃起的嫉妒之火，伸手搭上藤沐仁的肩膀，在藤沐仁轉過身，一臉疑惑之時，狠狠地揍了過去。

藤沐仁吃痛地壓著腰腹，痛到跪在地上。傅永傑對他來說是一個陌生人，不明白這陌生人為何突然揍他，而且還冷眼瞧著他的痛苦。

「這是擊中肝臟部位的感覺。」

藤沐仁意識到此人帶來的危機感，但他痛得呼吸困難，無力起身，沒辦法即時逃開。就在這時，一個熟悉的聲音從遠方傳來。

「喂！你幹麼——」

傅永傑聞聲回頭，就見一記拳頭往他臉上揍了過來，傅永傑猝不及防地往後一摔，跌落紙箱堆中。揍他的人正是蕭立呈，傅永傑趕緊爬起身，踉蹌地往旁逃走。

「藤藤，你沒事吧，我送你去醫院。」蕭立呈趕緊前去關心藤沐仁。

藤沐仁只是搖搖頭，深呼吸了幾次，平緩疼痛後開口說著：「我沒事……只是太……他媽的痛……人呢？」

此時，揍藤沐仁的陌生人已不見蹤影，蕭立呈不爽地蹙眉大罵：「媽的！要是被我找到人，我一定痛扁他一頓，讓他爸媽都認不出來！」

蕭立呈想看凶手逃到哪個方向，往前走了幾步，就在紙箱堆的前面發現了一條項鍊，他撿起了那件重要的證物。

＊＊＊＊

回到三人的住處，藤沐仁躺在沙發上，蕭立呈正用冰敷袋幫他按著，一旁的葉幸司相當擔憂藤沐仁的傷勢。

「還很痛嗎？」

「已經不痛了，不用敷。」

藤沐仁想坐起身，蕭立呈仍堅持把他壓回沙發，要他再多冰敷一陣子。

「不行！剛才你痛得幾乎走不動……我覺得還是直接去醫院比較好。」

「去醫院還不如報警。」

藤沐仁說完，葉幸司就陷入沉思之中。他思考藤沐仁方才轉述的經過，對方是看見藤沐仁後出拳揍過去，也許不是隨機傷人，而是鎖定藤沐仁，便問：「沐仁最近有跟誰結怨嗎？」

藤沐仁皺眉思索了一下，「沒有，不過他靠近我的時候，我聞到幾天前出現在家裡的那股陌生味道。」

蕭立呈和葉幸司聽了都覺得驚訝，隨即兩人都嚴肅起來。

「你的意思是，前幾天有人闖進我們家，而今天那個人又攻擊你？」葉幸司推測完，藤沐仁認同地點點頭。

「從明天開始，你不可以單獨一個人，得要我或小葉陪著。」蕭立呈很嚴肅地告訴藤沐仁，要他別太看輕這件事。

「我今天是沒有防備才會被打到。」

「就算有防備，誰知道他會不會突然拿出武器？」蕭立呈邊說邊拿出手機，「我覺得你說得對，還是報警好了。」

但光憑口述，似乎很難找到犯人。藤沐仁感到苦惱地說：「可是附近沒有監視器，報警也沒有證據可以證明我被攻擊。」

「我就是證人，對了，還有證物。」蕭立呈起身，從他的西裝口袋裡拿出一條項鍊。

葉幸司一見到這條項鍊，整個人都愣住了。

「給我看一下。」

蕭立呈將東西交給葉幸司，是一條羽毛墜飾的項鍊。葉幸司很希望心裡所想的那個人不是犯人，便再次和蕭立呈確認。

「你確定是那個人掉的？」

「肯定是。我揍了他一拳，他整個人跌倒，一定是那個時候掉的。」

藤沐仁對葉幸司持續觀察項鍊的行為感到疑惑，便問：「難道你知道這項鍊是誰的？」

面對負傷的藤沐仁，葉幸司苦笑地點點頭。這條項鍊的主人，葉幸司再清楚不過了。

＊＊＊＊

隔天早晨，葉家的餐桌上放著早餐。

葉幸司的父親葉智輝正坐在餐桌前滑著手機看新聞，李晴芳則從廚房端出荷包蛋。

葉智輝感慨地看著社會新聞，「現在年輕人逞凶鬥狠比我們那個時代狠，都不知道做父母的會有多擔心。」

「孩子會在外面打架，做父母的也要檢討。」李晴芳溫柔地回應葉智輝，看餐桌還少了一人，趕緊朝房間大喊：「傅永傑出來吃早餐！」

李晴芳喊完，就坐下來替老公盛一碗稀飯放到他面前。

「謝謝媽咪。」餐桌頓時充滿了兩人世界甜蜜的粉紅泡泡，而傅永傑就打開房門，頂著臉上一塊瘀青走到餐桌前。

葉智輝見到傅永傑臉上的傷，擔憂地問著：「你的臉怎麼了！」

而李晴芳卻心裡有數地深鎖眉頭。

傅永傑平淡地回著：「被揍的。」

李晴芳質問他：「為什麼被揍？你惹到什麼人？」

「我攻擊人，以為他落單，沒想到他朋友出現，所以我就被揍了。」

傅永傑說這句話的時候語氣很冷淡，好像不認為自己有錯，這平鋪直述的話讓葉智輝聽著都傻了。李晴芳見狀，忍不住發怒責備起傅永傑。

「你想上社會版啊！我和你爸還要不要做人？」

「你們一個姓葉，一個姓李，我姓傅，就算登全名，也想不到你們身上。」

傅永傑這完全沒有想反省的態度，惹得李晴芳怒火中燒。

「看樣子你揍人還都設想好了，難怪當年我問你要不要改成跟你爸同姓，你不肯。」

傅永傑不認同李晴芳的推論，但也不想把計畫說出來。

「我不改是有別的打算。」

「什麼打算？」

葉智輝不明白傅永傑有什麼原因不能改姓「葉」，但傅永傑沉默不願回答。

「你爸在問你話呢！」李晴芳說話時加重了語氣，正要繼續凶他，葉智輝就出聲阻止了李晴芳的怒火。

「妳別凶他，他平常有問必答，但是不想說的時候，你怎麼問也沒有用。」這幾年相處下來，葉智輝是懂傅永傑的，所以他想等傅永傑想說的時候再說。

「我是怕他幹出什麼犯法的事。你也聽到了，他已經開始攻擊路人了。」

提起攻擊，葉智輝便擔憂地問著傅永傑：「你沒被人看到臉吧？」

「我戴口罩，附近沒有監視器。」

「你聽聽，都計畫好了，邪惡要扼殺在搖籃裡才行，爸比～」

李晴芳想要葉智輝與她站在同一陣線，好好教育傅永傑。但這時候，家裡大門突然響起開鎖的聲音。李晴芳和葉智輝先是一愣，傅永傑也頓了一下，然後嘴角緩緩勾起笑容。

李晴芳欣喜地起身迎接，「是幸司回來了。」

「不是說這陣子很忙，怎麼會突然回來呢？」葉智輝雖然這麼說，但能見到許久不見的兒子，心底其實非常開心。

「爸、媽，我就知道家裡的早餐一定很豐盛，所以特地沒吃早餐就過來。」葉幸司看著桌上的美味早餐，李晴芳趕緊邀他入座。

「聰明。來，坐下坐下，我去拿碗筷。」

「謝謝媽。」

葉幸司的現身令傅永傑臉上有了一絲的笑容，但對比之下，葉幸司卻板著嚴肅的面容，注視傅永傑臉上的瘀青。這證據足以讓他無法反駁心底的那個答案，便無奈地對傅永傑說：「吃完早餐，我有話要跟你說。」

「好。」

＊＊＊＊＊

吃完早餐，葉幸司與傅永傑走到房間。

把房門關上後，葉幸司就拎起一條項鍊，將之放在傅永傑的書桌上。

傅永傑看到項鍊，很自然地拿起來查看。

「我就知道是那時候掉的。」

葉幸司不敢相信傅永傑竟然沒有一絲愧疚的感覺，這樣冷血的態度或許來自於傅永傑小時候發生的事。而身為哥哥的他，必須立刻糾正傅永傑，便語帶沉重地問：

「為什麼要攻擊我的室友？」

「我不喜歡他。」

傅永傑看著項鍊的鍊子斷了，今後也不能戴了，就很乾脆地把它收進抽屜裡。

「這樣也不能打人啊，況且你根本不認識他，他和立呈平常都很照顧我。」

「我也可以照顧你。」

「傅永傑，我很認真地在跟你說這件事。」

葉幸司板起嚴肅的臉，那表情確實很不高興。

傅永傑不想讓葉幸司露出這種表情，微低著頭並垂下眼簾，表現出像是認錯的模樣。

「對不起。」

「你要道歉的對象不是我。」

「好，我去跟他道歉。」

傅永傑不要葉幸司生氣，很乾脆地答應了。面對馬上就服軟的他，葉幸司也不好再責罵下去，便問起先前發生的事情。

「你前幾天來我家了？」

傅永傑點點頭。

「你怎麼會有鑰匙？」

「有一次你把鑰匙忘在家裡，我送去還給你之前就配了一副。」

葉幸司希望傅永傑可以光明正大來他的住處玩，而不是偷偷摸摸地潛入。

「你想來找我隨時歡迎，不必偷配一把鑰匙。」

傅永傑馬上變了語氣，再次強調，「我不喜歡你那兩個室友！」

「你對他們到底是哪來的敵意？」

「我喜歡你。」

傅永傑說話的眼神和語氣是認真的，葉幸司很明白這點，因此猶疑了一會兒。連自己也不明白這停頓究竟是想確認傅永傑所謂的喜歡，是否和他所想的兄弟情一樣，或是他想阻止自己接受這份也許不是親情的喜歡。

做為一個哥哥，葉幸司最後依然微微地笑著，伸手摸了摸他的頭。

「我知道你喜歡我，我們是一家人，我也喜歡你啊！」

面對葉幸司像親哥哥一樣寵溺他的表情，傅永傑的臉色卻冷了好幾分。他扭開頭，不願被葉幸司當作「家人」般地摸頭。

房內的兩人並不知道，此時的李晴芳正站在門外，耳朵緊貼著傅永傑的房門，努力想聽清楚裡頭的動靜。

葉智輝正要拿茶杯去加熱水，結果看到李晴芳一副做賊的樣子，便慢慢走到李晴芳身後。

「媽咪，妳在幹什麼？」

李晴芳被嚇得差點發出聲音，小聲回應爸比：「葉幸司已經進去傅永傑房間快十分鐘了，到現在還沒出來。」

「他們有事要聊。」

「所以我要聽他們聊的內容是什麼，傅永傑最近已經開始有攻擊行為，很有可能隨時暴走，我要保護葉幸司的安全。」

葉智輝聽完莞爾，把李晴芳拉離房間門口。

「他是妳兒子，怎麼把他當成罪犯一樣。」

「我沒把他當成罪犯，我是怕他的人性逐漸消失。」

「怎麼可能？」這幾年相處下，葉智輝並不覺得傅永傑有這麼冷血。

「我的兒子我很了解，他爸死得早，我當初還沒嫁給你的時候，帶著他過了一段被親戚嫌棄的日子，他對親情很淡薄……不，是他對人與人之間的感情很淡薄，不信任人，現在他讀的又是醫學系，簡直把人當成碳水化合物的合成體，我是真的怕呀！」

葉智輝覺得李晴芳太小題大作了，「別把傅永傑講得那麼沒感情，當初剛開始一起生活，他確實很冷漠很疏離，但是後來不是好了？他只是慢熱，不容易感動，不善於表達。」

李晴芳聽著葉智輝的話，很敬佩葉智輝替傅永傑說話。

「爸比，你真的是太善良了。」

「他也是我兒子嘛！」

面對葉智輝溫柔的笑容，李晴芳不想讓他失望，便不再多說些什麼。

＊＊＊＊

與此同時，蕭立呈和藤沐仁利用假日來公司加班，整理各大廠商的資料。

一邊整理堆疊的文件，蕭立呈一邊不解地說著：「真沒想到，那個男人是小葉的弟弟。」

「是繼弟，不是親弟弟。」藤沐仁補充。

「不管他是繼母帶來還是怎樣，總歸是一家人。不過，真是不懂，為什麼要攻擊哥哥的朋友？」

藤沐仁也不懂，「而且還是攻擊我，不是攻擊你。」語畢，就見蕭立呈痞痞地笑著，靠到他身邊。

「那是因為你看起來柔弱又嬌嫩，不像我這樣孔武有力。」

藤沐仁無法接受地瞪著蕭立呈，「上次跑馬拉松，你輸我27分8秒。」

「意思就是……我持久力和耐力比你多27分8秒。」

「你真的很不要臉。」

蕭立呈得意地捏捏臉皮，「男人就是要臉皮夠厚。」

藤沐仁不想再搭理他，繼續整理手中的資料。

這時，蕭立呈的手機傳來訊息聲，拿起手機一看，一會兒高興，一會兒又痛苦，最後又一副猶豫不決的模樣。

藤沐仁放下資料，瞪著表情豐富的蕭立呈，「什麼消息讓你臉部抽筋？」

「有人……約我出去吃飯……」

藤沐仁好奇地問：「誰啊？」

蕭立呈則尷尬地笑了笑。

＊＊＊＊＊

到了正午，他們來到餐廳赴約。

藤沐仁與蕭立呈並排坐著，對座則是劉美芳，三人正各自看著菜單。

藤沐仁拿高菜單擋著臉，壓低聲音對蕭立呈發問。

「她特地約你吃飯，你幹麼把我拉來？」

「我怕冷場，人多熱鬧一點嘛！」

好在藤沐仁接受了這理由，繼續看菜單，蕭立呈便暗自鬆了口氣，看向劉美芳，發現美芳正示意要他行動。

畢竟現在的劉美芳以為他暗戀藤沐仁……

蕭立呈心裡也難為，為了圓自己說的謊言，便指著菜單，「我看這裡的海鮮好像不錯……」

蕭立呈想親暱一點，靠到藤沐仁身邊說話，卻不慎打翻桌上的水杯，水直接往藤沐仁身上灑落，就見他的褲襠溼了一片。

藤沐仁趕緊移動位置，把椅子往後靠，打算要起身去洗手間擦乾。在慌亂之餘，蕭立呈趕緊拿起餐巾想幫忙擦拭，結果手一伸，好死不死就直接襲上藤沐仁的下半身，正中紅心。

蕭立呈錯愕地抬頭看著藤沐仁，藤沐仁也訝異地俯視蕭立呈。此時，蕭立呈的那隻手還緊貼在他的褲襠處。

劉美芳率先回過神，這一幕灑糖灑到她呼吸困難，小鹿亂撞，但表面依然微笑，用祝福的眼神望著一起走去男廁的兩人。

第三章

蕭立呈盯著自己的兩隻手，再仔細看向摸到藤沐仁的那隻，一時之間很難解釋從心底浮現的強烈感受到底是什麼。他明明是為了追劉美芳才假裝暗戀藤沐仁，但是……

就在這時候，藤沐仁從廁所隔間出來，正好看見蕭立呈緊盯自己的手，便蹙眉一問：「你該不會在回味吧？」

蕭立呈苦惱地盯著他，「也不是……只是我實在想不通啊。」

「想不通什麼？」

蕭立呈看著他，欲言又止，最後又甩甩手說：「沒事沒事！」

這令又蒙在鼓裡的藤沐仁心裡很不好受，慶幸的是，自己的褲襠已經沒那麼溼了，就往洗手臺走去。蕭立呈放在洗手臺上的手機傳來訊息聲，藤沐仁正好低頭洗手，就撞見了螢幕中浮現的訊息文字。

是劉美芳傳來的訊息：『要小心探問他的感覺喔？』

蕭立呈驚覺大事不妙，伸手要拿手機，卻被藤沐仁早一步奪走。藤沐仁點開訊息，逐字唸了出來：「你一定很高興摸到他，但是不要表現得太明顯，要先弄清楚他是不是對你也有意思。Fighting！我會繼續幫助你追到藤經理的！」

即便藤沐仁平常的反應總是冷冷的，此時的蕭立呈也從他身上感受到了熱度，是一股即將爆發的怒火。

「她為什麼說你會開心？」

藤沐仁一把揪住蕭立呈的衣領，蕭立呈想平息藤沐仁的怒火，趕緊提醒他：「藤藤，不要生氣，那個……劉美芳還在外面等我們……」

「回答我！」

「好好好，等我吃完飯回家之後，我一定跟你坦白，據實以告。」蕭立呈立刻舉手發誓，並堆出最真誠的笑容。

明白蕭立呈的目的是要追到劉美芳，藤沐仁只好吞下火氣，鬆手，同時把手機丟還給蕭立呈，逕自先走出廁所。

蕭立呈在鏡中調整好衣領，也趕緊跟上藤沐仁回到座位，繼續吃令人尷尬的午餐。

＊＊＊＊＊

蕭立呈誓言要對藤沐仁據實以告，加班完回到住處，蕭立呈將所有的事情原封不動說給藤沐仁知道，甚至交出自己的手機，供藤沐仁查閱。

藤沐仁滑著照片，越滑越皺眉。照片裡有各種在他不知情的狀況下拍攝的特寫照片，像是螢幕中蕭立呈摸著他屁股的照片。

「你什麼時候摸我的屁股!?」

蕭立呈趕緊解釋，那是借位的照片，「沒真的摸到，就只是擺個樣子……」

「那這張摸胸的照片呢？看起來不是擺樣子。」

「就那一次我說要比我們兩個胸肌誰比較大的時候偷拍的。」

藤沐仁滑到下一張，不解地盯著一張特寫眼睛的照片，繼續質問：「你拍我眼睛幹麼？」

「就……美芳問我，你哪一個地方最性感，我就隨便拍一張……不過你眼睛確實挺迷人的。」蕭立呈想順便稱讚一句好讓藤沐仁消消氣，未料藤沐仁非但沒有平緩情緒，表情反而更加難看。

「藤藤，你不要生氣啦！我也是不得已，美芳誤會我暗戀你，說要幫我，而這個美麗的誤會讓她願意主動加我LINE，你知道嗎？她原本是要跟我老死不相往來耶！我沒辦法，只好默認。」

蕭立呈邊說邊觀察著藤沐仁，就見藤沐仁看不下去了，放下手機，無語地板著臉。他更積極地向藤沐仁討饒，「不互動，我要怎麼追她？這只是緩兵之計嘛！再說，都是男人，贊助一下胸部和屁股也沒什麼。」

不說還好，蕭立呈這一說，藤沐仁簡直氣得都要腦充血。

「要是照片流出去，我還要做人嗎!?」

「放心，這個設定是我暗戀你，所以都是偷拍。因為你不知情，就算流出去對你一點影響也沒有。」

蕭立呈過於樂觀，讓藤沐仁忍不住替他擔憂而嘆了口氣，「你難道沒想過，你這個暗戀我的人設到最後要怎麼圓過去？」

「簡單啦，只要有機會多多跟劉美芳相處，日久生情之後，我喜歡你的事情就不攻自破啦！到時候跟美芳坦白，她會覺得我用心良苦，犧牲頗大呢！」

藤沐仁怒視著他，「你犧牲？」

蕭立呈趕緊討好地補充：「是你犧牲，你犧牲最大了～～」

蕭立呈坐到藤沐仁身邊，討好地挨著他，「藤藤，咱倆是好兄弟，你不是很期待跟我一起站上婚禮臺，你就幫幫我嘛！」

藤沐仁無奈地被蕭立呈抱著搖晃，看一個大男人在賣萌討好著他。如果是別人，他肯定不會妥協，就因為求他的人是蕭立呈，跟他有著革命情感、好幾年的室友、稱兄道弟的男人，所以他又心軟了。

「我將來一定會後悔現在這個決定。」

藤沐仁這麼回答就表示願意幫忙了，蕭立呈開心地歡呼出聲，「不會後悔，我幸福，你也會有好報，助人為快樂之本啊！」

見蕭立呈如此開心，藤沐仁也抿抿嘴，差點就跟著一起笑了。然而下一秒，他卻被蕭立呈拉著從沙發上站起來。

「幹麼？」

「既然答應幫我，那就加緊腳步，迅速拉近我跟美芳之間的距離啊！來執行作戰計畫！」

＊＊＊＊＊

於是，藤沐仁就被蕭立呈帶進房間，躺在床上。

藤沐仁已經答應要幫蕭立呈的忙，面對蕭立呈正積極幫他擺動作，便也無可奈何地隨蕭立呈怎麼做。

「你現在把眼睛閉上，假裝睡著。」

「你到底想幹麼？」藤沐仁疑惑蕭立呈到底想拍什麼照片。

「畫面是這樣的，你睡著，我悄悄潛入你的房間，然後趁機偷親你。」

「親！」藤沐仁整個人驚訝地坐起身，拒絕拍攝這個畫面，「我不幹！」

「別怕別怕，不是真親，是做個樣子，我不會真的碰上。」

藤沐仁直覺這不是個好主意，瞪著蕭立呈，「我有種不祥的預感。」

「沒有不祥，不要多想，就自然一點，我會保持距離。」蕭立呈輕輕推著藤沐仁，讓他好好躺在床上什麼都不用想，一切都交給他。

「放心，我不會碰到你，我腰力很好。」蕭立呈邊說邊緩緩伏低身子，用腰力撐住，好讓彼此的身體沒有接觸，就只是臉越靠越近，近到藤沐仁感受到有股熱氣吐在他的臉龐。這股熱度騷動了他的內心，讓他下意識想抵抗。

「你太近了。」

「近才有效果，放心，就這距離。只要你別亂動，不會親到的，閉上雙眼。」

蕭立呈哄著藤沐仁，沐仁就聽話地閉上眼睛，但因為不自在而鎖緊眉頭。

「你在睡覺，皺什麼眉？」

「我做噩夢。」

「鬆開鬆開，這照片要唯美浪漫，美芳才會喜歡。」蕭立呈撫平藤沐仁的眉頭，要藤沐仁好好地閉上雙眼，再把手機鏡頭對準兩人。

儘管心裡忐忑不安，藤沐仁還是照做了。閉著眼，模樣看起來真的就像睡著了一樣。

蕭立呈凝視著藤沐仁，難得能看見藤沐仁毫無防備的睡臉，小心翼翼地壓低身子，想再靠近一些，近到彼此的鼻子都要碰上了。

中午摸到藤沐仁時的那股感覺又來了，蕭立呈想趕快壓住那股情緒，客廳卻突然傳來了關門的聲音，突如其來的噪音讓他嚇了一跳。這一嚇，他的腰也軟了，嘴就這麼貼上藤沐仁的脣，下意識地想握著什麼來撐住身體，手就剛好按下了手機的快門鍵。

藤沐仁猛地睜開眼睛，與蕭立呈四目相對。

與此同時，藤沐仁的房間被打開，剛回家的葉幸司正想跟他說些話。

「沐仁，上次攻擊……」

語音未落，葉幸司便瞪大眼看著親在一起的蕭立呈和藤沐仁，房內三人頓時都僵住了。

藤沐仁率先回神，推開蕭立呈，要蕭立呈自己向葉幸司解釋清楚。

＊＊＊＊＊

校園裡豔陽高照，被風吹拂的樹叢正沙沙作響。葉幸司踩過在柏油路上微幅晃動的金色林蔭，邁開步伐前往大學裡的附設圖書館。

此時的圖書館室內一片寧靜，學生們正埋首念書，一抹孤傲的身影也在其中。

傅永傑坐在窗前，映入的光輝正勾勒出他認真的側顏，動著筆，將醫學書籍的重點一一筆記下來。

兩位女同學發現傅永傑就在圖書館裡，欣喜地低聲交談。

「妳看吧，我就跟妳說傅永傑一定在圖書館。」

「有什麼好高興，找到他，不代表他就會加入社團。」

「那就試試看啊，說不定他會賣我這個直屬學姊的面子。」

女孩走向傅永傑，對他露出迷人的笑容。

「嗨，傅永傑，我是熱舞社的社長，也是你的直屬學姊，要不要加入我們？」

然而傅永傑根本連頭都沒抬，冷淡回應：「沒興趣。」

系花學姊一臉受傷地望著同伴，對方也走到傅永傑面前，認為傅永傑也許只是對跳舞沒有興趣，就接著問他：「我想辯論社你一定有興趣。」

然而傅永傑卻是翻了一頁，絲毫不為所動。

「沒時間，這裡是圖書館，請不要講話。」

兩位女同學悻悻然地轉身離開，與正要上樓的葉幸司擦身而過。她們或許是認為距離夠遠了，才開始碎碎念起傅永傑的反應。

「就跟妳說傅永傑是醫學系的孤鳥，他不會參加任何社團，妳非試不可。」

「我以為他是傲嬌，沒想到真的是座冰山。」

葉幸司聽見了她們的對話，不免擔憂起她們口中的傅永傑。

他漫步走進館內，即便是假日，圖書館裡仍有許多正在用功的學生，濃厚的書卷氣息令他有些懷念，畢竟已經有好幾年沒回到校園了。

他走過成排的書架，瞄著架上的分類找到了醫學類書籍的位置，往附近的座位尋著，很快就發現靠窗的座位上正坐著傅永傑。

他原先想輕拍傅永傑的背，嚇他一下，走近一看卻發現傅永傑正撐著臉睡著了。

葉幸司靜靜地望著傅永傑的睡容，看那閉上眼後垂落的睫毛、高挺的鼻子以及微翹的雙脣，此刻，從窗櫺透進的陽光灑落在傅永傑的身上，使葉幸司眼前的一切美得像幅畫。他情不自禁地伸出手，想觸碰眼前的這些美好。

正當他快要碰到時，傅永傑的眉宇突然微皺，以為是自己吵醒了傅永傑，急忙收手，卻發現傅永傑是因為透進的陽光太刺眼，才會有所反應。

既然如此，葉幸司便隨手拿了一本傅永傑借來的書，站到傅永傑的身邊，替他擋住陽光。

這一遮，傅永傑的眉宇逐漸展開，舒服地繼續沉睡。見到此幕，葉幸司露出滿足的笑容。背著陽光的葉幸司翻閱起手中的原文書，想了解傅永傑平常都看哪些書，靜靜地待在傅永傑身邊閱讀書籍。

許久後，傅永傑睡醒了，他打直背脊，順道伸展著雙臂。當眼前的一切逐漸清晰，他發現，葉幸司就站在他的身邊。

傅永傑一臉驚訝地望著幸司，「哥？我不是在做夢吧？你怎麼會來？」

「我們出去說。」

傅永傑滿臉笑容地點點頭，隨後跟著葉幸司走出圖書館。

＊＊＊＊

葉幸司與傅永傑並肩走在校園的一角。沐浴在午後溫暖的冬陽下，令他們感到格外舒服。葉幸司見傅永傑臉上還帶著笑容，想趁這個令人愉悅的片刻，將今日前來的目的告訴傅永傑。

「我來找你是要告訴你，已經幫你約好沐仁，你得當面好好跟他道歉，知道嗎？」

「好。」

「不管怎麼樣，打人就是不對，所以一定要真心誠意地道歉。」

「我會。」

葉幸司看著身旁如此乖巧的傅永傑，也不忍再多說他什麼，便進一步聊聊那些女同學們所談論的事。

「讀書用功很好，但也不要太累，你看都在圖書館裡睡著了。」

「知道了。」

「還有別光顧著念書，也去參加些社團活動什麼的，試著去交些朋友。」

「我有哥就夠了。」

葉幸司很高興傅永傑這麼喜歡他，但一方面又擔心永傑太過依賴他，會沒有朋友，便苦笑地勸著：「哥哥是哥哥，朋友是朋友。」

「我不管！」這回，傅永傑固執地不想聽哥哥的話。

葉幸司無奈地轉身，「不說了，晚上記得別遲到，我先走了。」

當他要離開時，傅永傑就從身後緊緊抱住他。

「哥，我好高興你來看我，真的真的好高興。」

從傅永傑身上傳來的熱度正撩撥著葉幸司渴望被愛的心弦，他寵溺地回眸傅永傑，同時壓抑住心底湧現的情感。

「好，以後我有空會來學校看你。」說話的同時，葉幸司將傅永傑的手輕輕掰開，轉身正視著傅永傑，「又不是小孩子了。」

面對傅永傑毫不保留地表達心意，葉幸司此時卻不知該怎麼回應他，只能暫時逃避，回頭對他說：「我先走囉，不要太累。」

＊＊＊＊＊

晚間，葉幸司帶著傅永傑，與藤沐仁、蕭立呈來到飛鏢酒吧。

蕭立呈趁葉幸司與藤沐仁輪流射飛鏢的時候，將那張與沐仁親吻的照片傳給劉美芳。

葉幸司瞄著一臉幸福傳訊的蕭立呈，回頭對藤沐仁說：「為了他的愛情，你犧牲很大。」

藤沐仁盯著鏢靶，「是我一時心軟，如果他追不到劉美芳，我一定要揍一拳討回來。」

蕭立呈傳完訊息，就趕緊攬住藤沐仁的肩膀，「不會追不到的，剛剛美芳約我明天中午一起吃飯。」他開心地接過沐仁的飛鏢，將之射了出去，正中紅心。

蕭立呈正在興頭上，告訴兩位好友，「為了藤藤，今晚這一頓我請客。」

「不，讓永傑請。」葉幸司拍拍坐在一旁始終沉默的傅永傑。

蕭立呈不解為何是葉幸司帶來的新朋友請客，藤沐仁則無奈地看著少根筋的立呈，「我都確認味道了，你怎麼還沒認出人？」

「味道？」

蕭立呈皺起眉頭，隨即想起什麼，立刻盯向傅永傑。因為當時傅永傑戴著口罩，他就伸手擋住傅永傑的下半張臉，立刻認出他就是攻擊藤沐仁的人。

「是你。」確認了凶手，蕭立呈一把揪住傅永傑，將他從椅子上提起，同時握拳，正要揍向他的時候，葉幸司趕緊上前抓住蕭立呈的拳頭，希望立呈別動手。

面對激動的兩人，傅永傑卻面無表情，一點也不害怕蕭立呈的拳頭，反而是目睹葉幸司這麼護著他，心裡還挺開心，微微揚起了笑容。

藤沐仁看見傅永傑的那抹微笑，心底萌生了一些想法。

「永傑今天是來道歉的，你看在我的面子上，不要打他好不好？」

就算葉幸司幫傅永傑求情，蕭立呈也不可能接受藤沐仁白白挨揍，他告訴幸司：

「這事一碼歸一碼，他揍藤藤的這筆帳我一定要算，不過看在你的面子上，我會輕一點，放手！」

蕭立呈一改方才吊兒郎當的模樣，極度嚴肅地瞪著傅永傑。

葉幸司知道蕭立呈不會退讓，便轉為懇求藤沐仁的原諒。

「沐仁，真的很對不起，請你原諒我弟。他很黏我，個性有一點偏執，才會一時衝動攻擊你，以後絕對不會了，我保證。」

葉幸司擺低姿態的懇求，讓傅永傑不爽地皺起眉頭，那凶惡的目光正瞪向蕭立呈。

藤沐仁見到傅永傑的表情變化，確定了自己的想法。

「你求藤藤也沒用，是我說要揍他，我這個人說話算話，我……」蕭立呈話還沒說完，藤沐仁就拍了拍他的肩膀。

「算了，就是個怕哥哥被搶走、占有慾作祟的弟弟，我們做大人的不能太小心眼。」藤沐仁邊說邊看向傅永傑，永傑彷彿不怕被看透心思，與他四目相對了許久。

蕭立呈沉默了一下，很乾脆地鬆手。

「ＯＫ！既然藤藤說不能太小心眼，那我現在就不揍你，改光明正大來打一場，怎樣？小子。」

傅永傑立刻答應：「好。」

葉幸司沒料到傅永傑這麼快就答應蕭立呈，著急地想讓兩人取消這約定，「立呈有在練身體，你怎麼打得過人家，趕快道歉。」

「打完再道歉。」

「傅永傑！」葉幸司不敢相信永傑這麼不聽勸。

既然傅永傑乾脆地答應了邀約，蕭立呈這次就忍了，「好樣的，等我約你啊！」

傅永傑點著頭，從口袋裡掏出一千元鈔票，拍在桌上，「多的自己付。」

＊＊＊＊

四人結束餐會後，夜已深，葉幸司便帶著傅永傑回到他們三人的住處。

葉幸司抱著備用的枕頭和薄毯，站在一旁看著傅永傑正把墊被鋪在客廳地板。

「我的床擠一擠還是可以一起睡，天氣這麼冷，這被子不夠厚，著涼了怎麼辦？」

「我身體很好，不會感冒。」

「這種大話不能說，我看你還是跟我擠一擠吧！」

葉幸司不忍傅永傑著涼，但永傑卻執意睡外面，接過他準備的枕頭和毯子，將之鋪好。

「要一起睡，往後有的是機會。」傅永傑輕聲說著。

「不然我的被子跟你換……」

葉幸司才剛要去房間換自己的被單，傅永傑卻打斷了他的話，「我二十歲生日快到了。」

葉幸司先是一愣，隨即點點頭，「對，你生日快到了，今年要過二十歲啦！時間過好快。」沒想到他的弟弟也到了成人的年紀。葉幸司疼愛有加的目光落在傅永傑身上，想抬手摸摸永傑，又想起之前要摸頭時被拒絕，永傑似乎不喜歡被他當作小孩，他的手因此僵在半空中。

未料，傅永傑卻主動抓住他的手，將手心貼在自己的臉龐。

「幫我過生日，就我們兩個。」

「只有我們兩個？」

「就當作是你送我的生日禮物，帶我出去玩。」

既然弟弟都主動說出想要的禮物，做為哥哥的葉幸司當然二話不說地點頭答應，對傅永傑露出溫柔的笑容。

「好啊！那有什麼問題。」

得到葉幸司的允諾，傅永傑打從心底開心地笑著。

＊＊＊＊＊

晚些時間，餐廳飄來泡麵的香氣。

蕭立呈吃著泡麵，很快就喝完泡麵的最後一口湯，滿足地說出：「爽！」

藤沐仁也同他一樣吃完宵夜，拿衛生紙擦了擦嘴邊，「好險家裡還有泡麵。」

「給小孩請客就是這一點不好，錢不夠還不能傷了他的自尊心，根本吃不飽。」

蕭立呈的話令藤沐仁想起晚餐時傅永傑的表情變化，「我倒覺得他不是真心道歉，只是不想幸司生氣。」

「怎麼說。」

「他太重視幸司，會因為幸司擔心他而高興，幸司為他低頭而憤怒。」

蕭立呈伸手，覆在藤沐仁的手上，「戀兄情結？」

「不，是嚴重的戀兄情結……你幹麼蓋住我的手。」就在藤沐仁說話的同時，蕭立呈拿起手機，拍下每日要達成的任務照片。

「我想睡前再傳一張給美芳啊！」

藤沐仁白眼了他，但為了兄弟的愛情，沒把手收回來，任由蕭立呈用各種角度試拍。

蕭立呈拍好也傳完照片，為表感謝，就主動想幫藤沐仁洗碗筷。

「謝謝配合，碗筷放著，我上完廁所來洗！」

藤沐仁也不反對蕭立呈的主動幫忙，起身正要走回自己的房間，就見傅永傑不知什麼時候站在客廳的一隅，盯著他，頓時讓他心驚了一下。

「你不睡覺站在那裡幹什麼？」

「原本口渴想倒水，但不好意思破壞你們兩人世界，怕你遷怒我。」

傅永傑說完，走往餐桌倒水，與藤沐仁擦身而過時，說：「你這麼幫他的忙，該不會其實喜歡他吧。」

這句話令藤沐仁皺起眉頭，「你說什麼？」

「畢竟沒這麼幫朋友的。」

「你是想抓我的把柄，好讓自己放心嗎？你想太多了，我喜歡的是女人。」藤沐仁沒把傅永傑的話當作一回事，逕自走往房間把門關上。

傅永傑盯著那關上的門，喝了一口水，神情有些落寞。

不是他想太多，喜歡一個男人的心情，他比藤沐仁有經驗多了。

＊＊＊＊

傅永傑在他們的住處過了一夜。隔日早晨，四人聚在餐廳吃早餐。

蕭立呈逮到機會就與藤沐仁特訓今後要拍的姿勢，將手伸到藤沐仁的腰際，沐仁不適應地動了一下。

「你不要亂動啊！要假裝感覺不到，不然美芳會覺得是假的。」

藤沐仁瞪著蕭立呈摸來的手，「我又不是木頭，怎麼可能感覺不到。」

「而且我們不能只光拍照，我們在公司還要有階段性的互動，讓他以為我對你是有進展的。」蕭立呈邊說邊將手伸到藤沐仁的後頸，輕輕地撫摸。蕭立呈溫柔的觸摸讓他感到彆扭想閃躲，甚至護著後頸不讓蕭立呈繼續摸下去。

「這裡不行，好癢。」

「怎麼會癢？」蕭立呈自認發現了藤沐仁的祕密，曖昧地說：「難道連脖子也是你的敏感帶？」

藤沐仁被蕭立呈說得好像全身都很敏感似的，便嚴正駁斥這句話，「不是！反正你不准摸這裡。」

「好好好，那換個地方。」蕭立呈摸上藤沐仁的大腿，為了證明自己並不敏感，沐仁只好忍了，就讓立呈從膝蓋慢慢地往上摸至雙腿間……

藤沐仁驚覺不行，還是彆扭地躲避蕭立呈的觸摸。

蕭立呈就捉住他，「你別躲，要習慣我的摸啊。」

藤沐仁掙扎地反駁：「都是男人，哪能習慣啊！幸司你說對不對？」

從一開始，葉幸司和傅永傑都只是在一旁觀看，突然被藤沐仁點名，葉幸司愣住了，傅永傑卻立刻反應，「我來試。」

傅永傑輕撫著葉幸司的臉頰，手心順著他的臉龐摸向耳垂，輕輕揉了揉，然後開口問：「彆扭嗎？不喜歡嗎？」

葉幸司壓抑著被撩起的情緒，說著：「不會。」

聽葉幸司這麼一說，傅永傑勾起嘴角，正要高興的時候，葉幸司又接著說，「可能因為我們是兄弟的關係吧！」

聽到「兄弟」這兩個字，傅永傑的臉色瞬間沉了下去。藤沐仁和蕭立呈都看見了傅永傑的情緒轉變，覺得奇怪但又不好針對這些多說什麼。

蕭立呈便換個話題，對傅永傑說，「欸！小子，我訂好場地了，打一場吧！」

「現在？」葉幸司驚訝地看著蕭立呈，未料傅永傑馬上回答說：「好。」

＊＊＊＊

休假日的午後，蕭立呈帶他們前往時常光顧的拳擊場。

他與傅永傑都換上拳擊裝備，站在拳擊場上備戰。

葉幸司十分擔心站在拳擊場上的傅永傑，畢竟蕭立呈平常有練拳健身的習慣，永傑恐怕不是立呈的對手。

「為什麼一定要打，傅永傑絕對打不過蕭立呈。」

「放心，蕭立呈會有分寸。」縱使藤沐仁安慰著葉幸司，仍無法減輕葉幸司的擔憂。

而此時，蕭立呈正與傅永傑互擊手套，訂好了比賽規則：「三回合，一回三分鐘。」

傅永傑說著：「好。」

裁判還沒喊開始，傅永傑就往前衝想偷襲蕭立呈，立呈不但馬上閃身避開突襲，甚至抓準機會毫不留情地猛烈進攻。

待在場外的葉幸司十分心疼地看著傅永傑只能用雙臂護頭，處在挨打的局面。

當初傅永傑在藤沐仁毫無防備的情況攻擊了沐仁的腹部，蕭立呈便握拳朝相同的部位攻擊。儘管傅永傑倉促地躲開了，卻因為一直處於被挨打的份，身體不穩地差點摔倒在地。

蕭立呈見傅永傑閃躲得很靈敏，不由冷笑了一下。

「蕭立呈，你小力一點。」葉幸司大喊著。

此時的蕭立呈專注在比賽，根本沒聽見葉幸司的提醒，待傅永傑站穩，他又接續上一波攻擊。這回，傅永傑閃躲之後，趁勢向他出拳，但他很輕鬆就閃過了攻擊，用迅雷不及掩耳的速度，再度朝永傑的腰腹揮擊。

這一次，傅永傑被打到了，痛得當場跪地，和藤沐仁當初被攻擊時的模樣一致。

「永傑！」葉幸司不顧比賽還在進行，立刻衝到傅永傑的身邊。

蕭立呈看到傅永傑痛苦的模樣，這才感覺到替藤沐仁出了口氣，吐掉牙套，認為不用再比了。

葉幸司扶著傅永傑起身，不諒解蕭立呈的行為，「我不是叫你打小力一點？」

「我是小力啦！如果用正常的力氣，他現在應該是痛昏過去了。」

「他根本沒打過拳擊，你這樣是以強欺弱。」葉幸司不忍弟弟被揍，不過蕭立呈聽見這句話，只是聳聳肩，露出有點痞痞的笑容。

「我以強欺弱，他攻其不備，現在扯平啦！」

蕭立呈的話提醒了葉幸司，是傅永傑先偷襲藤沐仁，不對在先，他也不便再多說什麼，攙扶永傑離開拳擊舞臺。

蕭立呈心情大好地跳下臺，來到藤沐仁身邊，伸出雙手，沐仁便替他解開拳擊手套。

「沒想到你這個人這麼記仇啊！一直攻擊同樣的地方。」

「那當然，他打你哪裡，我就打回去！我可是很護短的！」

藤沐仁感到很窩心，替蕭立呈解開拳套的同時，臉上不自覺漾出溫柔的笑容。

另一方面，葉幸司帶著傅永傑來到拳擊場的更衣室，拿著冰敷袋敷在永傑受傷的腹部。

此時的葉幸司表情不太好，傅永傑看了很心疼。

「我不痛……」

「怎麼可能不痛？不痛你剛剛會跪倒在地？」
葉幸司很氣傅永傑昨天不聽勸，硬是要打一場，才惹來這一身傷。就見傅永傑低下頭，沒再說話，他又很後悔自己遷怒了永傑。
「你自己壓著。」葉幸司想離開一下讓自己的情緒冷靜些，未料永傑放下冷敷袋，走向他，從身後抱住了他。
「跟來幹麼！不冰敷會腫起來。」
「對不起，我說謊了，我好痛，你可不可以像小時候那樣幫我呼呼？」
幸司看著鏡中的永傑，有些無奈，「你又不是小孩子了。」
「可是很有效啊，你呼呼之後，我就不會痛了。」傅永傑深情地看著葉幸司，兩人視線交會的同時，想起了過往。
當時，還在就讀高中的葉幸司放學回家，回房時經過傅永傑的房間，赫然發現永傑的手和左臉頰都流了血，就見永傑正替自己擦藥。
當時的傅永傑才十歲，也不知道是怎麼傷到，葉幸司很心疼他，擔憂地問：「怎麼回事？是有人打你，還是自己跌倒？」
即便傅永傑連看也不看他，冷淡地擦著自己的傷口，葉幸司仍進到永傑的房間，拿了碘酒，就要往永傑受傷的手臂倒。
傅永傑卻甩開葉幸司的手，防備地盯著他。
「手臂不讓我碰，至少臉上的傷讓我幫你好不好？」
傅永傑往旁邊縮，不想理睬葉幸司，但葉幸司仍不放棄地勸他：「你自己弄不方便，而且我們動作要快，不然等一下媽咪回來，她看到你流這麼多血會擔心的。」

提到李晴芳，傅永傑果然猶豫了。葉幸司便趁機打開永傑的心房，「而且我有個魔法，可以讓你的傷口不痛喔！」

葉幸司對傅永傑露出溫柔的笑容，然後從醫藥箱中拿起棉花棒替永傑清潔傷口，上藥，用紗布將傷口保護好。

這過程，傅永傑一直很努力忍耐疼痛，葉幸司看著他將小手握得緊緊的，心疼永傑不知道是怎麼惹來這麼多傷口。

「傷口貼好了！接下來我要施展魔法囉！」

葉幸司傾身靠向傅永傑，永傑則下意識往後防備，這反應讓幸司露出更溫和的笑容。

「痛痛飛，飛到天空飛不見。」說完，葉幸司朝貼著紗布的傷口輕輕吹了一口氣。

傅永傑訝異地瞪大雙眼，看著葉幸司。

「以後要是感覺痛，可以隨時來找我施魔法。」

永傑想起那時幸司露出非常溫柔的笑容，與現在鏡中的幸司逐漸重疊在一起。

「那時候，其實我覺得你很蠢，畢竟我已經十歲，不是三歲。」

被這麼一說，葉幸司顯得有些難為情，避開了傅永傑的視線。

「我第一次哄小孩……現在想起來也覺得自己很蠢。」

「可是接下來，我故意選你跟朋友打電話的時候，或是看電視正精采的時候，還有熬夜用功應付考試的時候找你幫我呼呼，你真的不管自己在做什麼，一定會幫我呼呼。」

「原來你故意的！」葉幸司佯裝生氣，好來遮掩想起過去而尷尬的情緒。

「是，我是故意的，所以……我也付出代價，變得好喜歡、好喜歡你。」

「我也很喜歡你。」葉幸司抬手摸著傅永傑的頭，寵溺地看著這個繼弟。

然而這並非傅永傑想要的回應，他失望地垂下眼，緊緊擁住葉幸司的腰。

「我要的不是這個。」

「那你要什麼？」

葉幸司不解地被他抱著，還來不及開口回答，蕭立呈和藤沐仁就走進更衣室。兩人正巧看見傅永傑擁著葉幸司的這一幕，惹得蕭立呈與藤沐仁不約而同調侃著他們。

「戀兄情結真的很嚴重！」

「戀弟情結也不遑多讓！」

葉幸司睨著兩位好友，沒把他們的話當一回事。

被人打擾，傅永傑只好主動放開葉幸司，朝藤沐仁走過去。

一旁的蕭立呈馬上擺出備戰姿勢，擋在藤沐仁面前，誰也沒想到傅永傑竟然主動低下頭，對藤沐仁說：「對不起。」

這句道歉讓蕭立呈和藤沐仁都感到訝異，葉幸司則欣慰地替傅永傑拿了毛巾，走到他身邊。

「我先出去等你，你沖完澡我再送你回家。」他將毛巾交給傅永傑，便離開更衣室。

傅永傑也隨後離開，到淋浴間沖澡。

「還記得道歉，不錯！」藤沐仁說完，他發現蕭立呈還留在原地，一臉深思的樣子，便推了他一把，「趕快去沖澡，在想什麼？」

「我在想，剛才他們的動作很不錯，我們是不是也可以用……」

「我才不要！」藤沐仁一臉嫌惡地推開蕭立呈，到外面等他們沖澡。

＊＊＊＊

葉幸司騎著機車送傅永傑回家，將機車停在路邊，問著正將安全帽遞還給他的傅永傑：「你想去哪裡玩？有想法嗎？」

傅永傑不加思索地說：「我想兩天一夜。」

「兩天一夜呀，那就得週末了。」葉幸司才剛把安全帽放進車箱，就聽到有人在叫他。

「Simon！」

葉幸司轉頭一看，穿著運動服的男人快步走向他，臉上堆滿笑容。

「Frank！你怎麼會在這裡？」

「前面有家健身房，我最近剛加入，好巧喔！我還在想最近都沒見你去酒吧……」

葉幸司趕緊打斷他的話，不希望傅永傑聽到這些，「他是我弟。」

Frank 立刻意會到他有所顧慮，不再繼續說下去，向傅永傑親切打了招呼，「哈囉！你好，我是你哥的朋友，我叫 Frank。」

傅永傑冷冷地看著 Frank，對他的招呼沒有任何反應，氣氛頓時有些尷尬，葉幸司趕緊出面緩頰，「你要回家是嗎？要不要我送你？」

「好啊！」

聽到這裡，傅永傑的臉色瞬間變得更難看，但葉幸司並沒有意會到他的情緒變化，對他說：「你想去哪裡玩再傳 Line 跟我說，我去訂房，拜拜！」

葉幸司把安全帽給 Frank 戴，就載著 Frank 離去。

傅永傑目送著兩人逐漸遠去的身影，默默地握緊拳頭。

＊＊＊＊

雖然說要載 Frank 回家，不過他們倆實在太久沒見面，彼此都有許多話想聊，便人手一杯咖啡，騎到一處能眺望夕陽的地方，坐著閒聊。

「你弟剛才的表情有夠嚇人。」

「他沒有惡意，只是個性比較冷一點。」

「哪是只冷一點，是負三十度好嗎！」

聽 Frank 這麼說，葉幸司莞爾一笑，喝了口咖啡。

「你最近都不來 G Heaven 玩，大家都很想你呢！」

葉幸司邊欣賞美景邊說著：「我都快三十，已經過了愛玩的年紀了，而且最近工作也累。」

「老是自己一個人，不寂寞嗎？」

「寂寞啊！所以好想找一個人好好穩定下來，最好是皮粗肉糙又耐打的。」

葉幸司開出的條件令Frank有些不解，「為什麼？」

餘暉籠罩著葉幸司，那雙眼沒有對焦在哪一處，恍若正想像著跟父親坦白後的未來，想到父親或許會對他失望，神情便有些落寞。

「為了能陪著我一起向我爸坦承一切，會願意站在我身邊，跟著我一起承擔所有的難過，扛下所有的責難。」

Frank一聽，沒了歡快的神情，因為他明白葉幸司的父親是位非常保守傳統的男人，一時之間肯定很難接受葉幸司的性向。他輕嘆了口氣，「你這個要求很難。」

葉幸司也只能苦笑了，「我知道，只是想想，或許，會有那麼一個人……我只是想想而已……」

葉幸司將這份心願藏得很深，只有這樣，才能收起落寞，臉上再度有了淡淡的笑意。

＊＊＊＊＊

蕭立呈在拳擊場上替藤沐仁討回公道，令沐仁十分感動，加上他認為既然要幫忙就要做到最好。

因此，在公司茶水間裡，蕭立呈刻意表現給同事知道，從身後環住藤沐仁，親暱地一邊沖泡咖啡一邊聊著天。

開會前，也如法炮製地壁咚著藤沐仁。

八卦瞬間傳開，整個公司都在流傳著……

「霸凌？怎麼會是霸凌？」蕭立呈無奈地看著劉美芳手機上的群組討論。

午休時間，蕭立呈趁公司沒人，躲在茶水間與劉美芳、王姊交流此事。

「我明明是從後面環抱著他，還有壁咚啊！」

動作這麼親暱，卻被說成是他在霸凌藤沐仁，蕭立呈難以理解而義憤難平。

王姊安慰著他，「你不要生氣，當然也有傳說你們兩個關係曖昧。」

劉美芳在一旁鼓舞著，「是啊！而且最重要的是藤經理的反應是什麼，所以這些群組留言你要不經意透露給他，觀察他聽到這些留言，是害羞多一點呢，還是生氣多一點。」

「不過生氣也有可能是不好意思故意生氣喔。」王姊補充。

「對對對，所以你要細心觀察藤經理的反應。」

劉美芳與王姊正教導蕭立呈如何攻略藤沐仁，而他也趁機把話題引導至目的，對美芳說：「那……如果他對我有意思，又不好意思表現出來，我接下來是不是就要更進一步刺激他，例如妳跟我假扮成男女朋友之類。」

劉美芳不但沒排斥，還立刻答應了，「這也是一個辦法。」

蕭立呈開心地小小握了拳，暗暗喊著 Yes！

王姊察覺到他很喜悅，「你看起來開心！」

「當然開心！目標就在眼前。」蕭立呈用灼熱的目光看向劉美芳，沒想到美芳也不好意思起來，低頭喝著飲料。

劉美芳嬌羞的模樣讓蕭立呈心頭一緊，莫非是表現太過明顯，讓美芳察覺到他真正的目標是她？蕭立呈趕緊調整狀態，輕咳了一聲，督促自己別太高興。

「妳怎麼突然害羞起來？」

劉美芳扭捏地咬了咬脣，然後支支吾吾地說：「因為我有話想問你，放在我心裡有段時間了，但是怕你不高興，所以不敢問……」

「妳問，盡量問，我不會不高興的。」

只要是劉美芳想知道的，蕭立呈都樂意回答。

劉美芳看了看周圍，確定附近沒有其他同事，就小聲問著立呈：「好，那個……你是1號還是0號？」

蕭立呈錯愕地看著她，「什麼號？」

＊＊＊＊

午後的會議室裡，藤沐仁一手拍向桌面，臉色難看地瞪著蕭立呈。

夾在兩人中間的葉幸司急忙出聲緩頰，「沒有必要為這種事情吵架……」

「當然有必要，事關顏面，憑什麼我是0號，他是1號。我警告你，你最好現在、馬上去跟劉美芳說清楚，1號是我，你才是0號！」

即便藤沐仁力爭1號，蕭立呈當然也不容妥協地宣稱：「我堂堂爺兒們的外表，怎麼可能是0號！」

「多少女人愛慕我，絕不可能是0號。」藤沐仁嗆聲。

「要比愛慕，我也不遑多讓，再說，論體格我比你壯多了，絕對壓得了你。」蕭立呈拍著胸膛，如果要比身材，他可以馬上脫，讓葉幸司來評理。

「我不管，我一定要在上面，我不要當被壓的那一個。」

藤沐仁的要求讓蕭立呈曖昧地笑了，「如果只是要在上面，也有姿勢可以讓0號在上面。」

「蕭立呈！」藤沐仁氣得揪住蕭立呈的衣領，蕭立呈也反揪住他。

兩人動了真格爭取誰當1號，夾在中間的葉幸司趕緊推開兩人，「夠了夠了！這真的不是可以吵架的理由，都是假的不是嗎？」

兩人卻異口同聲說著：「就算是假的，我也要當1號。」

兩人都不肯退讓，既然如此，葉幸司便提議，「那就別繼續下去影響友情，向劉美芳坦白一切算了。」

「不行！犧牲那麼多，不可以中途而廢。」

藤沐仁與蕭立呈又有默契地異口同聲，葉幸司受不了兩人，決定投入正在進行的工作，暫時不管他們了。抱著自己的文件檔案，直接走出會議室。

這時，手機響起了訊息音，他立刻拿起來看，是傅永傑傳來的訊息：「我想去海邊。」

葉幸司不自覺地露出微笑，走回設計部門。

＊＊＊＊＊

傅永傑與葉幸司訂好了慶生要住的飯店，晚餐時間，傅永傑將這件事報告給父母知道。

李晴芳愣愣地看著平靜吃著晚餐的傅永傑，「你要跟你哥出去二天一夜？」

葉智輝與李晴芳的反應正好相反，開心地說：「很好啊！兄弟倆出去玩，好好放鬆一下也不錯。」

「行！我們全家一起去，我打給幸司跟他說多訂一間房。」

李晴芳說完，都還沒拿起手機，傅永傑就用力放下筷子，發出一聲巨響，目光直視著母親。

「媽，我想跟妳私下聊一聊。」

李晴芳也盯著兒子，她很了解傅永傑在想什麼，為了阻止傅永傑做出不可挽救的錯事，才會提議要一起出去玩，順便盯著傅永傑。

此時，母子交會的視線帶起了火花。明明眼前有這麼美味的佳餚，三人又聚在一起吃飯，葉智輝想維持這股溫馨的氣氛，便勸著兩人：「你們不要吵架。」

李晴芳也放下筷子，應允了傅永傑的邀請。

「好，去你房間聊。」

傅永傑起身，先一步走往房間，葉智輝則拉住起身要跟去的李晴芳。

「媽咪，二十歲是個大生日，成年啦！妳也不要老對傅永傑這麼嚴厲，他喜歡哥哥，希望兄弟倆單獨過，妳就讓他們一起過吧。」

「爸比，你太小看他了……我只能說，你真的太善良了。」李晴芳寵溺地捏了捏葉智輝的下巴，便跟上傅永傑的腳步。

李晴芳來到傅永傑的房間，雙手環在胸前，嚴肅地盯著坐在床沿面無表情的傅永傑。

「你這一次想幹什麼？」李晴芳問。

「我要他。」傅永傑毫不掩飾自己的情感，這讓李晴芳震驚地瞪大雙眼，站了起來。

「傅永傑，你瘋啦！」

「他喜歡家人住在一起，但是卻自己搬出去住，妳知道是為什麼嗎？」

李晴芳知道原因，但她不確定傅永傑是否知曉，疑惑地問：「所以你也知道？」

「我升國中那一年就知道了，我看見他跟大學同學在接吻。」

「那他知道你……」

「不知道，他以為他瞞得很好，絕對想不到全家只剩下爸一個人不知道，他是同志。」

「就算他喜歡男人，你也不能強迫他。」李晴芳就是擔心傅永傑會用強迫的手段，才想在吃飯前先跟兒子好好談談。

「沒有人可以像我一樣為他擋住爸的反對。我有信心，爸對我也是很信任的，讓他把兒子交給我，我相信爸比較容易接受。」

這話讓李晴芳不免懷疑，傅永傑以前所做的一切，莫非都是為了葉幸司……

「你裝乖這麼多年，就是要讓爸比信任你？」

「還有選醫學系，我要讓自己變得更有價值，我還投資了基金。」傅永傑起身，從抽屜拿出兩本存摺給李晴芳看。

李晴芳翻開存摺，上方的數字讓她傻住了。

「你有這麼多錢？」她往前翻，「原來你這麼早就開始投資，計謀這麼久……」

傅永傑拿回存摺，放回抽屜。

「妳不要一味地反對，好好想想我說的話。依他那麼溫柔的個性，不想讓爸傷心，他肯定一輩子都不會說，但他也不可能找女人結婚，那下場就只能孤獨終老。」

傅永傑說得沒錯，李晴芳心裡是明白的，於是重重地嘆了口氣。

「為了他的幸福，我才是最佳選擇。」

「他會願意？」

傅永傑溫柔地說：「會的，因為我感覺得到，他喜歡我。」

李晴芳瞪了一眼傅永傑，「你是自我感覺良好吧。」

被潑了冷水，傅永傑的眼神立刻冷了好幾分。

李晴芳又說：「那你打算怎麼幫他擋下爸比的怒火？」

「簡單，把戰火引到我身上就好。」

「怎麼引？」

「別再想跟著一起去兩天一夜，到時候妳就會知道。」

李晴芳看著自己的兒子，傅永傑的表情堅定，像是不容許任何人改變計畫。

李晴芳明白是自己太小看傅永傑的執著了，現在也只能把猶豫、糾結放在心裡，最終，妥協地離開傅永傑的房間。

＊＊＊＊

蕭立呈與藤沐仁的八卦傳聞很快就傳遍整間公司。

在所有部門集體開會的日子，藤沐仁正向上司們做總結收尾，蕭立呈也參與其中。

「……目前富昌銀行董事女兒的婚禮已經確定全權交給我們負責，這個月業二的業績肯定達標。」

高副總聽了深感欣喜又佩服，「藤經理這一組的業績，從來沒有不達標的。」

「那是當然，『男人』就是要說到做到。」藤沐仁強調「男人」兩字，分明是在針對跟他爭奪1號位置的蕭立呈。但上司們沒有聽出他的強調，只在乎令人滿意的業績數字。

蕭立呈聽了十分不悅，知道藤沐仁意有所指，「業二這麼厲害，看來我們業一也不能老是禮讓，是時候要展現一下『爺兒』們的氣概了。」

沒料到蕭立呈會發言，所有人都看向他。

蕭立呈迎著眾人的目光站起身，向上司們發下豪語，「這個月，業一不只要達標，還要增加十趴的金額。」

上司聽了頻頻露出開心的表情，業一同仁卻面面相覷。

「既然業一要認真起來，我們業二也不能怠惰，就再加碼多十趴。」藤沐仁說什麼也不願輸給蕭立呈。而此話一出，上司們更是驚喜萬分，業二的同仁們則瞪大眼，和業一職員一樣，個個驚慌失措。

「看來是要拿出看家本領了，我們業一手上有很多正在洽談海外婚禮的契約，可以保證每個月增加二十趴的業績，連、續、半、年！」蕭立呈不服輸地加碼保證，上司們欣喜若狂，業一同仁們倒抽一口氣，不敢想像接下來的工作量會有多龐大。

「蕭經理以為這是魚市場喊價嗎？」藤沐仁問。

「藤經理如果覺得壓力太大，可以不跟啊！」蕭立呈說。

兩人的視線交會中活似有電流竄起，鬥出火花。

會議結束，業一和業二的職員臉色沉重地走出會議室。

蕭立呈決定要鼓舞一下士氣，以利接下來得做出比業二更多的業績，「業一的夥伴們，今天我請客，大家一起去吃好吃的，吃飽才有戰鬥力！」

「經理這麼大方？」身為業一的職員俊偉說著。

「為了爭取第『一』名！當然要大方一點。」蕭立呈強調了「一」，顯然是想針對藤沐仁。

在一旁的藤沐仁便對業二的同事們說：「說得沒錯，不只吃飽，還要吃得好。我請你們去吃日本料理，尤其是鰻魚，可以滋補元氣，養息精力。」話一出，業二同事們立刻歡呼。

蕭立呈與藤沐仁互瞪對方一眼後，各自領著部門同事回到工作崗位。

幾位上司也陸續走出會議室，討論起競爭意味濃厚的兩人。

「今天蕭經理和藤經理戰火猛烈啊！」

「難道夫夫吵架？」

說完，他們忍不住笑了起來，其實他們並沒有把流言當一回事，只是開個玩笑。

但一旁的高副總卻聽得相當認真。

「夫夫？」

「開玩笑的啦！因為最近公司有流言，說他們兩個有曖昧，還有一堆圖佐證。」

高副總很好奇，想深入了解此事，「還有圖？」

其中一位上司拿出手機點開照片給高副總看。

那是蕭立呈親吻熟睡中的藤沐仁的照片。

另一位上司立刻回著：「合成的吧！」

「肯定是啊！」

高副總卻和他們兩位上司想得不一樣，轉頭望向走遠的藤沐仁，目光中夾帶十分露骨的情感，並逐漸揚起笑容。

第四章

小時候，爸爸總會把傅永傑高高舉起，放到肩上。永傑很喜歡待在那裡，因為這樣能看見更遠更寬廣的世界。

從不知道這麼堅固的肩膀會有垮掉的一天。

傅永傑帶著被打傷的瘀青，站在頂樓，眺望如棋盤般的城市。

遠方是被夕陽籠罩的地平線，此刻在他眼裡卻像個模糊的波形。

熱流正盈滿著傅永傑的雙眼，使眼前的一切變得模糊不清，彷彿在那朦朧的世界，能見到腦海裡回憶一遍又一遍的爸爸。

如果身子被風吹落，掉下去的話，就能不再被親戚打罵，就能不需要忍受嘲諷，就能見到爸爸……

傅永傑抿著顫抖的嘴角，撐住被強風吹到快要掉下去的身子。失去爸爸時的媽媽看起來很傷心，比他更難過，如果他也不在了，媽媽怎麼辦？他不想再看見媽媽傷心的模樣。

想到這裡，傅永傑就離開女兒牆，走回親戚家。爸爸去世後，媽媽為了扛起家計，連週六、日都要兼差加班，才會將他寄住在親戚的家。

以前打開家門，爸爸或媽媽都會走到玄關，溫柔地抱著他，迎接他回家。餐桌上會有熱騰騰的晚餐，乖乖寫功課的話，還會有餅乾或冰淇淋可以吃。

現在，打開親戚家的大門，所見的是一片漆黑的室內。

還在就讀小學的傅永傑走進室內，來到客廳與廚房之間堆了雜物的小空間，把書包放在那裡，再翻開藏在破舊箱子裡的東西，確認親戚的孩子沒有發現他把喜歡的玩具藏在那裡之後，就開始挽起袖子做家事。

餓的時候，從冰箱裡拿隔夜飯來吃；累的時候，就睡在那個小空間；天氣冷的話，會有毯子可以蓋。

即使受到親戚百般的嘲諷與刁難，只要想起媽媽正一個人努力工作，他就不想給媽媽添麻煩，隱忍地待在親戚家生活。

傅永傑的忍耐使得惡意的霸凌越來越放肆，親戚的小孩開始把自己做的壞事全都嫁禍給永傑，而永傑的存在對親戚來說是多餘的負擔，自然只會相信孩子所說的證詞。因此，永傑手上腳上的傷疤與日俱增。

難過的時候，永傑總會跑到頂樓，眺望這寬廣的世界，問著自己——

這世上，會有人打從心底溫柔地對待他嗎？

不可能，每個人都是自私鬼，如果不先攻擊他們，自己肯定會受傷！

直到聽見心底的某個聲音告訴自己這絕望的答案後，傅永傑開始把自己變得冰冷，只要這麼做，就不會對誰感到失望。一旦被人欺負，就會加倍回敬對方。

這樣的日子過了三年。

母子倆難得聚餐，李晴芳帶著傅永傑來到一間美式餐廳吃飯。

等到吃完飯，上了飲料和甜點後，李晴芳才問傅永傑：「那孩子作弊的事情被老師發現，偷父母的錢也被發現，即時糾正錯誤是好事。但是煞車失靈、吃壞肚子、被高年級學長盯上，這些是不是都你做的？」

傅永傑不說話，他向來不說謊，那晴芳就當作他默認了。

「我知道你在親戚家一定受了很多委屈。但你做的這些，已經超過對方欺負你的程度了。」

傅永傑直視著李晴芳的雙眼，目光沒有一絲愧疚感。

「如果我不先攻擊別人，我就會受傷！」

「傅永傑！這想法不對。這世上，一定有個人會真心溫柔地待你，如果你一直把刺穿在身上，會嚇跑對方！」

傅永傑放下湯匙，連吃焦糖布丁的心情都沒了。

怎麼可能有人會不求回報，打從心底溫柔對待某人？如果有，他這三年就不會過得這麼慘了。

傅永傑不相信李晴芳說的話，而李晴芳此次帶永傑來餐廳吃飯，也不是要叨唸這些事，便緩了緩情緒，伸手摸著永傑的頭。

「反正你以後要收斂點，反擊也要適可而止。」

「嗯。」

「我今天帶你來，是想告訴你，媽媽要再婚了，以後你就不用寄住在親戚家，我們的日子會越來越好。改天，我帶你去見未來的繼父，他有個兒子，大你八歲，叫做葉幸司，記得要跟人家好一點！」

葉幸司……

當時的傅永傑不知道這個人往後對他有多麼重要。

那時，學校同學和他打架，他也不加思索地反擊，因為一對多，他被打傷，想要在母親回家以前處理好傷口，卻被早一步返家的幸司發現。

他對自己受的傷不以為意，沒有血緣關係的幸司卻非常擔心他，不管他怎麼甩開那隻手，幸司仍溫柔地替他擦藥，甚至還替他施了魔法。

幸司都已經快十八歲了，還編出這麼老套幼稚的謊言來哄他。即便永傑這麼想，但幸司的魔法卻十分有效，甚至融化了他冰冷的心。

他不知道要怎麼掩飾這份心慌，只是愣愣地接受幸司輕撫著他的頭。

原來世上真的存在這麼溫柔的人。

從那之後，他開始觀察葉幸司，也對幸司卸下所有的防備。只要是幸司給的，都是他的寶物；只要能得到幸司，他什麼都願意做，甚至可以交出所有的未來，將人生規劃都修改成只為了葉幸司一人的計畫。

手機傳來的鈴聲將傅永傑從回憶拉回現實。拿起手機一看，是葉幸司打來的電話，立刻接起，臉上有了滿滿的笑容。

他離開住處頂樓，走往與葉幸司約好的地點，兩人要一起搭車前往度假飯店。

＊＊＊＊＊

因為今天是傅永傑的二十歲生日，葉幸司答應和他做兩天一夜的旅行。

飯店服務員收取傅永傑的身分證件，替他們辦理入住。這時，傅永傑向服務人員詢問：「請問有一大床嗎？」

「為什麼要一大床？」葉幸司不解，房間明明有兩張單人床，為何傅永傑只要一張。

「上次你不是說想要跟我一起睡？」

傅永傑完全不忌諱讓服務人員聽見此話，葉幸司先是一愣，而後難為情地解釋這句話的意思，「上次是因為你睡在地上，我怕你著涼，但是今天……」

「今天我生日，我想跟你一起睡。」

一聽傅永傑這麼說，葉幸司也不好拒絕他，畢竟今天來飯店的目的就是替傅永傑慶祝二十歲生日。他微低著頭，不好意思地避開服務人員的目光，說：「麻煩幫我換一張大床。」

服務人員親切地替他們更換，並交付入住房卡。

葉幸司同意跟他睡在一張床，這讓傅永傑心滿意足，溫柔地注視因為害臊而假裝環顧四周的葉幸司。

兩人進到飯店房間，因為傅永傑說生日這天想去海邊，葉幸司特別訂了一間臨海的住宿飯店。

一進房，葉幸司就走到落地窗前，撥開簾子，眺望寬廣的海岸，十分滿意從房間看出去的景觀。

傅永傑瞧見葉幸司正在看著海，便提議：「不如我們現在就去海邊吧，這時間應該沒什麼人。」

兩人便換上泳褲並套了件T恤，興奮地走往海邊。

果真如永傑說的，整個沙灘猶如他們包場，這令葉幸司十分喜悅。他脫去T恤，催促著傅永傑：「下水吧！」

說完，葉幸司卻被傅永傑一把拉住。

「等一下。」

「我知道，要做暖身運動。」

「不是。」傅永傑從帶來的背包裡拿出一罐用品。

葉幸司疑惑地看著那東西，「這是什麼？」

「防晒乳。」

「你這防晒是環保嗎？」

「是環保的，不會傷害到海洋動物。」

傅永傑都說到這個地步了，葉幸司只好順從壽星的意思，伸手要拿，傅永傑卻躲開不讓他拿。

「我幫你擦。」傅永傑邊說邊在掌心擠出一些防晒乳。

葉幸司沒有多想地就直接轉身，「你倒一點給我，前面我自己擦。」

「我一起擦。」

傅永傑說著，像對待珍寶般呵護地緩慢撫摸，將隔離霜均勻塗抹在葉幸司的背上，再移到前面，從脖子細緻地滑到鎖骨，然後來回輕柔地擦過每一吋肌膚。

葉幸司起初沒有特別的感覺，但傅永傑的手感與熱度幾乎摸遍了他裸露在外的皮膚，被碰觸到的部位變得越來越敏感。正當傅永傑的手摸到他的胸膛，乳尖冷不防地被指腹擦過時，葉幸司突然感到難為情，急著轉身想離開。

「差不多可以了，我先下去，你自己也擦一擦。」

葉幸司邊說邊快步向前，急忙往海水方向走去。

見葉幸司倉皇離去，傅永傑露出一絲得逞的笑容，心情甚好。他也脫掉自己的T恤，追上葉幸司。

兩人在海岸線奔跑，一起追著浪花，愉悅地互潑著海水。

＊＊＊＊＊

就在葉幸司帶著傅永傑前往飯店慶生的時候，藤沐仁正在住處料理午餐，很順手地拿出兩個碗把煮好的麵盛裝起來，然後頓了一下，瞪著眼前兩個空碗。

「我幹麼拿兩個碗，又沒有要煮給他吃。」

藤沐仁把其中一個碗收起來，再把鍋裡的麵撈到剩下的那個碗裡。

但是盛滿了一碗，鍋裡卻還多了一份麵的量。藤沐仁皺起眉頭，心想自己煮這麼多麵幹麼。不得已，藤沐仁只好把剛才收起來的碗再拿出來，然後把鍋裡剩下的麵撈到碗裡，真的足足多出一人份的量。

藤沐仁蹙眉瞪著多出的那碗，只端起其中一碗準備走出廚房，才走到門口又停了下來，回頭望向多出來的那碗麵。

藤沐仁走回去，改成一手端一碗，走出廚房，又開始覺得這樣不好，眉頭皺得更緊了。

「我幹麼要端出去給他，好像我很希望他吃一樣。」

藤沐仁不爽地又把其中一碗麵放回流理臺，並解釋著：「這是多煮的，不是為了他煮。」

反正放在這裡，蕭立呈餓的話，進廚房就會看到這碗「多」出來的麵。

說服完自己，藤沐仁十分滿意地捧著麵走出廚房。坐到餐桌前正準備享用時，聽到門口有了聲響。

他看見蕭立呈已經穿好外出服，正準備出門，立刻一愣，想起廚房的那碗麵，看了看廚房，又轉頭盯向蕭立呈。

蕭立呈發現他的視線，也看回去，兩人對視了一陣子。最後，蕭立呈表情越來越不好，先收回視線，直接出門赴約去了。

蕭立呈這一走，藤沐仁的內心燃起一股無名的怒火，開始大口吃麵，決定把多煮的那碗麵也吃完，一條麵也不留給蕭立呈。

＊＊＊＊＊

蕭立呈此行是與劉美芳約好一起吃午餐，兩人已經習慣邊享用午餐，邊談論藤沐仁這段時間的行為反應。

「……連我出門也要瞪我，好像我做了什麼對不起他的事情一樣。」蕭立呈回想方才出門時藤沐仁看他的眼神，就覺得委屈。

對座的劉美芳十分專注聆聽著蕭立呈的抱怨，想從中解讀藤沐仁的行為背後所代表的真正意義。

「最近不是進展不錯？怎麼會變成這樣？」

「是因為……」蕭立呈說到一半立刻住口了。要是把他們吵著誰當1號的事說給劉美芳聽，不就破功了？劉美芳此時還認為他在追藤沐仁啊！

意識到此話不能說，蕭立呈迫不得已改口，「……因為在吵架，但是我不知道他為什麼不高興，就像個炸桶，見什麼都不順眼，還嗆我，要跟我PK業績。」

「這件事我也聽說了，公司裡還有人在打賭是業一還是業二會贏……」劉美芳想了想，「藤經理不高興該不會是因為最近公司裡的流言吧？」

蕭立呈一聽，立刻順著劉美芳思考的方向，附和著說：「有可能喔！他很重視別人對他的看法，每天早上使用浴室他都是用最久的，因為要把臉弄得乾乾淨淨，一根鬍碴都不能有。還有他的鞋子全都擺在鞋櫃裡，因為他不喜歡自己的鞋子被人動到，鞋櫃就那麼一點空間，我就把我的部分讓給他用。」

劉美芳越聽越有愛，雙眼活似冒出了愛心，含笑聆聽蕭立呈說到與藤沐仁的日常相處，就開始侃侃而談的模樣。

「當初租房子，我也是讓他先選房間。每一次去逛超市買啤酒，我都是買他喜歡喝的牌子，洗髮精和沐浴乳也都是他喜歡的柚子香味，他的牙膏一定是用薄荷味。而且妳別看他那麼瘦，他超愛吃的，喜歡嘗鮮，又怕不好吃，所以我都說隨他買，反正不好吃我來吃。」

說到口渴，蕭立呈便停下來喝一口水。

劉美芳露出沉醉在愛裡的甜蜜表情，「好有愛喔～～」

蕭立呈頓了一下。

劉美芳又繼續說：「你真的對他好好，好照顧他呢。」

「是……是嗎？」

「當然是囉！一般男人哪會為了其他男人這麼配合委屈自己，你啊！對他就是真愛。」

劉美芳的話讓蕭立呈一時之間傻住了，沉思了一會兒。美芳則重重嘆氣，很是自責，「流言會傳開都怪我，前陣子我粗心把手機忘在廁所，是同事幫我拿回來的，手機裡有你給我的那些照片……偏偏我的手機密碼又設定成生日，很容易破解。」

蕭立呈趕緊回神，「不能怪妳，是那些偷看妳手機的人的錯。」

「你說，藤經理是不是看過那些照片所以才生氣的？」

蕭立呈心虛著說：「應該沒看過吧……」

劉美芳盯著蕭立呈，像是在想什麼，蕭立呈擔心劉美芳會察覺到他在心慌，趕緊閃避視線。

「不能繼續吵下去了，你去道歉吧！」劉美芳做出結論。

「道歉？我沒跟男人道過歉，我不會……」

「為了贖罪，我幫你出主意！」

蕭立呈無法拒絕，只好點點頭，劉美芳似乎想到了什麼，湊前小聲地說：「而且啊……我聽說高副總會性騷擾男員工，藤經理長得這麼好看，現在又有流言傳出來，一定會被高副總騷擾，你要好好保護他喔。」

蕭立呈是第一次聽到這種流言，他相當震驚。倘若流言是真的，那藤沐仁會有危險……那可不行，他得好好觀察高副總，保護沐仁的安危。

＊＊＊＊

晚間，葉幸司與傅永傑在飯店酒吧裡慶祝。當兩人吃得差不多的時候，服務生端來了一個生日蛋糕。

葉幸司和服務生對著壽星唱生日快樂歌，才唱一段，傅永傑打斷了他們，輕聲對葉幸司說：「我只想聽你唱。」

葉幸司對服務生點了頭，服務生離去後，便清了清嗓子，從頭再唱一遍給傅永傑聽。

在酒吧裡的暖色調光影下，傅永傑正深情凝視著葉幸司的每一個表情。以慶生為由，他終於能獨占葉幸司身邊的位置了，實在按捺不住從心底湧出的這份感動，就在幸司唱完最後一句的時候，上前握住了幸司的手。

這一握，葉幸司也露出溫柔的微笑，催促著傅永傑，「許願吧。」

傅永傑聽話地鬆開雙手，對生日蛋糕認真許願。

「希望我愛的那個人永遠開心，永遠幸福，然後……」傅永傑閉上雙眼，心裡想著：『希望他能得到爸爸的理解，不會難過傷心，再也不用離開最愛的家。』

傅永傑許願完，將蠟燭吹熄，一旁的葉幸司替他鼓掌祝賀：「永傑，生日快樂！你願望裡愛的那個人出現了嗎？」

「出現了。」

葉幸司沒料到傅永傑有心上人，因為他從未聽傅永傑提起過，心裡很是詫異，「真的？是誰，你怎麼都沒跟我說？」

傅永傑卻只是曖昧地笑著。

「你不知道的事還很多……我調一杯屬於二十歲滋味的酒給你喝，讓你回味一下。」

「你會調酒？」

傅永傑點頭，「我高中是調酒社。」

「看來我真的不知道你很多事……」

傅永傑起身走向吧檯，跟酒保說了些話，酒保看向葉幸司，給了一個微笑後，同意傅永傑的要求。

傅永傑朝葉幸司招手，要幸司來吧檯坐，就在幸司面前耍了幾招花式調酒。

葉幸司看得驚喜連連，「好厲害呀！」

得到葉幸司的讚賞，此時的傅永傑得意了起來，將一杯調酒擺在葉幸司面前。

「喝喝看。」

葉幸司隨即品嘗了一口，清新的酒香在唇齒間散開，令他驚喜得睜大雙眼，對此讚不絕口。

「酸酸甜甜的，很好喝！」

「我還會調彩虹酒喔。」

傅永傑使出分層調酒的本事，讓葉幸司看得目不轉睛，很快地，一杯彩虹酒又出現在幸司面前。幸司喝完第一杯，又喝下這杯彩虹酒。

「真的不錯喝。」

「喜歡什麼顏色我都調得出來。」

看傅永傑一臉得意的模樣，葉幸司莞爾一笑，「你生日耶，應該是我調給你喝，教我。」

傅永傑就教葉幸司調酒。沒有調酒底子的幸司學起來有些笨拙，但看在傅永傑眼裡，這份笨拙卻十足可愛，一股甜蜜的滋味湧上心頭。

葉幸司餵傅永傑喝一口自己調的酒，雖然傅永傑嘴上滿是鼓勵他的話語，但他仍察覺到永傑喝的時候眉頭微皺。於是自己也喝了一口，才發現這杯酒實在難以下嚥，連忙把酒倒掉。

兩人見到此景，瞬間都笑開了。也因為有了這段教學，葉幸司喝了好幾杯傅永傑示範的調酒，在大量高濃度的酒精催化下，幸司的意識逐漸模糊，不一會兒，就趴在吧檯上。

看見葉幸司喝醉了，傅永傑便拿出幾千元給酒保，正準備走出吧檯的時候，一名美豔的女人叫住了傅永傑。

「帥哥，也幫我調一杯漂亮的酒好嗎？」

儘管美女對傅永傑投以銷魂的眼神，傅永傑也視若無睹，只是冷淡回應：「我調的酒後勁大，為了安全最好不要喝。」

美女一臉嬌嗔地說著：「他喝那麼多都沒事。」

「因為他有我。」傅永傑說完，給了對方極度冷漠的眼神，對方覺得無趣便自行離開。

等人走了，傅永傑溫柔地喚著「幸司」，但喝醉的葉幸司已無法好好回應他，乾脆公主抱起幸司，帶幸司離開酒吧。

＊＊＊＊

就在葉幸司替傅永傑慶祝生日的同時，藤沐仁正利用睡前時間閱讀業務方面的書籍。閱讀了一陣子，也差不多該睡了，他就將書籤夾著做紀錄，闔上書，走到床邊準備要就寢時，不經意看向緊閉的房門，發現門縫有影子正在徘徊走動。

此時，蕭立呈正站在藤沐仁的房門口，煩惱地抓著頭髮，在門前猶豫不決，心裡催促自己：要趕快進去道歉啊，否則這五年好不容易培養出的兄弟情會越來越淡薄啊！

蕭立呈抬起手要敲藤沐仁的房門，中途卻停住了。

不行，他的內心不願意主動道歉，所以他下定決心不道歉，轉回自己房間。

房內的藤沐仁坐在床沿，注視房門底下的縫隙，結果原本站在門前的影子卻離開了。

藤沐仁皺起眉頭，等了一下，門縫底下確實沒再出現影子，正要收回目光時，蕭立呈的影子又出現了。隨即雙眼一亮，繼續觀察門外的動靜。

蕭立呈想了想又回到藤沐仁的房門前，心想再這樣僵持下去也不是辦法，劉美芳那邊要有個交代。無奈地抬手正要敲門，手卻在門前停了下來，宛如定格般，沒有後續。

藤沐仁緊盯著動也不動的影子，越等越不高興。

蕭立呈到底在幹麼？

藤沐仁盯著門縫下的影子，發現影子開始移動，像是又要離去。

這下他火了，直接下床，快步朝房門走去，然後猛地直接打開房門。

正要步回房間的蕭立呈突然被嚇到，一臉驚訝地回望著藤沐仁。

此時，藤沐仁正狠狠地瞪著他，不滿地開口：「大半夜不要在我的房門前走來走去！」

蕭立呈原本是來道歉，這一聽更不爽了，「你的房門外面是公共區域，我就是喜歡走來走去，怎樣？」他邊說還邊刻意地走過來又走過去。

這行徑引來藤沐仁的瞪眼，「無聊、幼稚。」

「你才神經病、自私鬼、自戀狂！」

蕭立呈不服輸地回嘴，惹得藤沐仁氣到回房用力甩上門，蕭立呈就在門外生氣做鬼臉，轉身回自己房間。

這天晚上兩人仍舊滿腹怒氣，完全沒有和好的跡象。

＊＊＊＊

傅永傑抱著葉幸司走進兩人入住的飯店房間，小心翼翼地將幸司放到柔軟的大床上，而他則坐在床沿，凝視幸司那透紅的雙頰。

「我終於可以這樣碰你了……終於……可以擁有你了，幸司，葉幸司！」直到這一刻，傅永傑終於能不再有所顧忌地撫摸葉幸司的眉毛、睫毛，再滑過那朝思暮想的臉龐，最後落在誘人的雙脣。

傅永傑伏低身子，側著臉龐，彼此的雙脣就快疊在一起了，但他卻保留一絲空隙。想擁有他、觸碰他、侵入他的欲望，這一切幻化成甜膩低啞的嗓音，在葉幸司的耳邊慢慢散開。

「還認得出我嗎？」

葉幸司對他的聲音有反應，睜開迷濛的雙眼，瞧著傅永傑，輕聲回應：「你是……永傑……」

「對，我是傅永傑。」

傅永傑像是給予答對的獎勵般，將吻落在葉幸司的鼻尖上。

「我現在跟你說我愛的那個人是誰，好不好？」

葉幸司點著頭，想掀開眼皮，但酒精卻讓他眼皮沉得只能微睜著眼。

「我十歲那年，他闖進了我的生活，一直對我很溫柔，從來不會拒絕我。升上高中的那年，我就發現自己愛上他了，越來越愛，愛得很難過，很辛苦。」在傅永傑的心裡眼裡，全是對葉幸司盈滿的愛，越是深愛著幸司，越覺得心痛，胸口緊繃，雙眼也逐漸發紅。

葉幸司不希望他難受，便心疼地皺起眉頭，「那就不要愛了……」

「不行，已經很愛很愛了，就算再痛，也不能不愛。」從前、現在與未來都會是如此，傅永傑認為這世上沒有人比他更愛著葉幸司了。

傅永傑的表情讓葉幸司感到心疼，他使力抬起雙手，摟著傅永傑的頸脖，「是誰……我幫你跟他說……」

「就是你。」

「我？」

「對，我好愛好愛的那個人，就是你。」

葉幸司聽了覺得開心，便將傅永傑緊緊摟向自己。

「那就好，沒問題……你好愛我……我也好愛你……」

醉意讓葉幸司的體溫升高，這股熱度足以燒盡傅永傑所有的理智。這一刻，他終於能毫不保留地釋出對葉幸司的愛了，他開始親吻著葉幸司，寵溺地將吻落在葉幸司的眼瞼、紅潤的雙頰、下巴。

吻帶來的酥癢感激起了葉幸司的慾望，上前想吻傅永傑的時候，卻被永傑避開了，這讓他感到委屈。

「你都不親我……」

「不要生氣，我會在清醒的時候吻你。」

傅永傑說完，解開葉幸司的釦子並一路往下吻至胸膛。舔吻著葉幸司胸前的紅肉，使幸司難為情地側過頭，臉龐緊緊壓在柔軟的枕頭裡，讓永傑親吻他每一吋肌膚，並褪去他的衣物。

一直以來，葉幸司都將傅永傑視為親弟弟般疼愛，也盡可能想在永傑面前樹立起成熟穩重的哥哥形象。可為什麼呢？被傅永傑擁著、撫摸著，從體內燃起的慾火，卻讓他想起那個願望。

——想要找個人好好穩定下來，那個人會願意站在他身邊，跟著他一起承擔所有的難過，扛下所有的責難，陪他一起和父親坦承一切。

葉幸司始終把這個心願藏在深處，逃避面對這些，然而現在，傅永傑正緊握著他的手，彷彿告訴他：留在我身邊，我會和你一起面對所有的困難。

傅永傑與他四目相視的時候，感覺自己的身體隨著床沉了下去，隨之而來是一陣壓迫的痛楚，曾督促快三十歲的自己別再玩樂，已經很久沒有體驗過這種痛與逐漸習慣甚至開始享受的感覺了。

昏暗的室內有著從窗櫺透進的微光，葉幸司那朦朧的視野中，正看著傅永傑奮力的模樣。

「幸司……我不喜歡你的那兩位室友……是因為……我想要你回家。

「所以……我要讓你回家……」

葉幸司從智輝與晴芳口中得知永傑的過去，知道永傑總是用冷漠來偽裝自己。如果不想受傷，就得先攻擊別人。

當永傑開始依賴他的時候，他發現，外表冷漠的永傑其實將渴望有人陪伴的心願，藏在很深很深的地方，就和他一樣。

他不捨永傑一個人受傷難過，希望自己能牽著永傑離開那一片漆黑的過去，想用笑容來溫暖永傑冰冷的心。或許正因為他想讓永傑隨時都能看見他的笑容，養成了習慣，才總是笑臉迎人。

傅永傑對他來說，或許已經超越了繼弟，甚至比任何人都還要重要。

難以抗拒的快感與酒精的催化，讓葉幸司無法再思考下去，腦袋一片空白，被動地聽著那充斥房內的吻聲與床架搖晃的聲響。傅永傑伏低身子，緊擁住他。

為追求快感而耗盡了體力，葉幸司逐漸失去了意識。

傅永傑撐起上身，輕撫著葉幸司沉睡的臉龐。

「為了讓你得到幸福，不管發生什麼事，我都會跟你一起勇敢面對……」

＊＊＊＊

隔天，陽光從落地窗透進房內，葉幸司依偎在傅永傑的懷中，想繼續沉浸在這股溫暖又幸福的氛圍中，然而睡意逐漸褪去，取而代之的是他的理智。

他緩緩地睜開雙眼，意識到自己躺在某個男人的懷裡，眨了眨眼，撫著眼前的胸膛，並抬手一路往上摸。

昨晚縱情的畫面一窩蜂湧進他的腦海中，雖然不記得前因後果與細節，但他和傅永傑上床是鐵錚錚的事實！

葉幸司不可置信地瞪大雙眼，睡意全沒了。他戰戰兢兢地抬起頭，看著仍在熟睡中的傅永傑。

他嚇得離開床上，撿起散落一地的衣物，穿上後，倉皇逃出飯店房間。

＊＊＊＊

而三人合租的住處，藤沐仁正在替後院的植物澆水，蕭立呈則坐在餐桌假裝滑著手機，不時暗暗觀察藤沐仁的舉動。

這時，蕭立呈手機傳來了劉美芳的訊息：『你的道歉他接受了嗎？』

蕭立呈心虛回訊：『沒有……』

他昨晚根本沒有道歉。

劉美芳又傳了訊息過來：『那再繼續，不要放棄，做他喜歡的事情討好他。』

蕭立呈盯著劉美芳的訊息，陷入沉思。

做藤沐仁喜歡的事情……

於是，蕭立呈去廚房泡了杯咖啡，打算用熱咖啡來討好藤沐仁，但拿了咖啡走到後院，又躊躇著該怎麼開口。

藤沐仁感受到他的視線，疑惑地抬頭望著他，兩人再次四目相對。

蕭立呈不得已，只好上前，「那個……咖啡……」

「你幹麼拿我的杯子泡咖啡？」

藤沐仁的語氣像在質問他，這讓他憤而把咖啡放到藤沐仁旁邊的桌上。

「就……拿錯了，所以這杯給你喝。」

「我現在不想喝。」

「都泡好了，溫度也是你喜歡的一點點燙。」

「你拿錯我的杯子泡咖啡，現在還逼我喝，是不是過分了？」

蕭立呈原先是想討好藤沐仁，現在反被藤沐仁誤會還被指責，蕭立呈這下真的無法忍受了，氣得把杯子拿走，卻被藤沐仁阻止。

「這是我的杯子，你去拿你的杯子把咖啡倒過去喝。」

「反正杯子都會洗，幹麼這麼麻煩！」

蕭立呈就是要喝，藤沐仁卻阻止他，兩人互不相讓地搶著一個杯子。就在此時，住處大門被打開了，葉幸司驚慌失措地衝了進來，並心急地立刻關上門，倚著門片，慢慢地滑落，坐倒在地上。

見到葉幸司如此倉皇失措的異樣，蕭立呈與藤沐仁馬上放下彼此的芥蒂，趕緊走到幸司身邊關切著他。

「這麼早回來？」藤沐仁以為第二天他們還有要玩的行程。

「現在才快十點而已，那麼早退房很虧欸！」蕭立呈也跟著說。

此時的葉幸司心慌得根本無法做出回應，他緊抱住背包，一臉面對世界末日的神情。

「發生什麼事了？」藤沐仁擔心著他。

葉幸司抬頭看著兩位好友，雙眼泛紅地就快要哭出來了。

「我和我弟上床了……」

就在葉幸司逃回家，向好友傾訴的同時，傅永傑醒了過來，睜開雙眼，看著身旁早已空出的位置。那雙眼就這麼看著，恍如還在回味昨晚葉幸司在那個位置上的每一個姿態與神情。

下一秒，傅永傑面無表情的臉立刻漾出微笑。

葉幸司跑走了，他卻一點也不著急，翻過身，趴在本該是葉幸司躺的地方，抱緊昨晚葉幸司躺過的枕頭，狠狠地吸了一口氣，依戀著屬於葉幸司的味道。

此時的傅永傑心情大好，臉上盡是滿足的微笑。

＊＊＊＊＊

用藤沐仁的杯子泡的咖啡，已經被葉幸司喝了一大半。葉幸司捧著溫暖的咖啡杯，已經冷靜下來，對蕭立呈和藤沐仁述說完前因後果。

「……是我的錯，我不應該喝醉的……他是我弟啊，我怎麼可以……」此刻，葉幸司實在後悔得不得了。在離開飯店的這段時間，葉幸司努力回想昨晚發生的事，因為喝醉了，腦海裡殘存的僅有片段的做愛過程，實在搞不清楚究竟是誰先開的頭。

「但他沒醉啊，如果他不願意，很容易反抗。」藤沐仁不希望葉幸司把一切責任都歸咎在自己身上，但葉幸司卻搖著頭。

「應該是我纏著他，所以……」

「Calm down！你是男人，他也是，就算你纏著他，不要就是不會要。」

即便藤沐仁正安慰著他，葉幸司還是覺得不太可能，因為他清楚自己的性向，也許喝醉酒之後，真的是他引誘傅永傑。

「他怎麼可能自願……」

一旁的蕭立呈突然打斷兩人的對話，「等等等等，讓我先弄清楚，你跟你弟上床，誰是1？」

葉幸司一聽，立刻愣住。藤沐仁很生氣蕭立呈竟然不會察言觀色，還在提10，

「蕭立呈！這個是重點嗎？」

「當然是，誰是1很重要，如果小葉是1，那他弟自願的可能性比較大，畢竟他弟可比小葉會打，拳頭又硬。」

蕭立呈這番話似乎很有道理，葉幸司和藤沐仁都沉默了下來。

「所以？」

蕭立呈要知道答案才能推測當時的狀況，但此時的葉幸司實在尷尬到不行，只能小小聲地說，「我……0……」

這答案讓蕭立呈嚴肅地皺眉，「那確實很有可能是你纏著他，他半推半就，畢竟他才剛滿二十，是精蟲衝腦，下半身思考的年紀。」

葉幸司一聽，心情更加低落，連尷尬或是不好意思的情緒都沒了。

「我到底該怎麼辦，怎麼向他媽媽交代……」

藤沐仁安撫著他的情緒，「不管怎樣，還是得面對，他現在應該還在旅館吧！」

「絕對在，一個請客身上只帶一千塊的小孩子，是沒辦法 Check out，我去解救他，把他帶回來讓你們兄弟倆好好談一下。」蕭立呈說完，走向大門，穿好鞋子，正要出去時，沒料到傅永傑已經站在門口。

「你有錢 Check out？」蕭立呈很錯愕傅永傑竟出現在此處，但傅永傑根本沒想理他的意思，直接走進住處，一心只想見到葉幸司，就走到葉幸司面前。

葉幸司忐忑不安又心慌，現在根本沒臉見到傅永傑，而遲遲不敢直視他，「永傑……對不……」

話沒說完，傅永傑突然雙手捧著葉幸司的臉，讓他仰起頭，然後二話不說地當著蕭立呈與藤沐仁的面前直接吻了上去。

蕭立呈和藤沐仁驚訝地望著傅永傑就這麼吻上葉幸司，葉幸司也不可置信地瞪大雙眼。傅永傑溫柔地吻著他，然後拉開距離，深情凝視著葉幸司。

「我說過，要在你清醒的時候吻你。」

「永傑……」葉幸司一時之間還不明白這意思。

「不要說對不起，昨天晚上是我故意灌醉你的。」

葉幸司為傅永傑說出的事實感到震驚，「……你說什麼？」

「擁有你，是我送給我自己二十歲的生日禮物。」

傅永傑凝視葉幸司那副訝異的模樣。他會實現葉幸司的心願，縱使這是不管葉幸司的意願而踏出的一步。

傅永傑對葉幸司說著：「因為我愛你。」

然而葉幸司已經聽不下去了，抬手打了傅永傑一個巴掌。

葉幸司打來的力道很重，傅永傑感受到他相當憤怒，但沒有關係，這些都只是剛開始……

「你到底在想什麼，我是你哥啊！」

「你不是我哥，我也不想叫你哥！」

葉幸司一聽，心底更難過，一直以來他都希望能當傅永傑的哥哥，他再度揚手，打了傅永傑一巴掌。

「我不想看到你，你走！」葉幸司激動地對傅永傑喊著。

傅永傑知道這一步走得很狠，但不走這一步，幸司或許就真的只能逃避，住在外面不回家了。他心疼既憤怒又難過的幸司，表面上仍面無表情地留在原地。

但只要傅永傑還留在這裡，葉幸司的情緒就無法平息下來，蕭立呈不希望好友這麼難過，就上前拉著永傑，「小鬼，走了，別討人厭了。」

葉幸司看著傅永傑被拉著離開，心裡不斷萌生著「對不起、我不想這樣打你，其實我……不想讓你走」，但是他不能這麼做，只是留在原地，悲傷地看著永傑離去。

傅永傑離開葉幸司的住處，漫步走回家。

所有人都可以不喜歡他，他也可以不與任何人有所牽連，唯獨他心中最重要的暖陽……**幸司，是你讓我體驗到什麼是溫暖，什麼是幸福的感覺**。

臉頰的紅燙讓傅永傑的雙眼泛著淚光，憶起昨晚葉幸司替他慶生的種種回憶，臉頰頓時也不這麼痛了。他就像平常那樣面無表情地回到自己的家，此時，李晴芳正在打掃家裡。

「回來啦！」

「嗯！」

傅永傑正要走回房間，卻被李晴芳叫住了，「等一下。」

李晴芳走到兒子面前，看著傅永傑那紅腫的臉頰。

「如願得到你哥了？」

「嗯！」

「被打了？」

「嗯！」

「被討厭了？」

「……」傅永傑沒有回應她，面無表情的臉卻有了一絲難過。

見到這副表情，李晴芳重重地嘆了口氣。

「你用這麼狠的方法，當然會被討厭。」

「狠一點，才能跨出第一步。」

李晴芳問他：「覺得委屈？」

「只要能跟他在一起，就不委屈。」

「你這死心眼的個性也不知道遺傳誰的。」李晴芳從一旁的抽屜拿出禮物交給傅永傑，然後抱住他。

「二十歲了，生日快樂。」

傅永傑從母親這溫暖的擁抱中得到了安慰，輕聲的嗯了一聲。

＊＊＊＊

傅永傑回去之後，葉幸司一直躺在床上，睜著雙眼，不知在想什麼。

藤沐仁打開葉幸司的房門，怕直接走進房間會嚇到若有所思的幸司，便出聲詢問著。

「可以進去聊聊嗎？」

葉幸司點著頭，藤沐仁便走進房間，坐在椅子上，擔憂地看著他。

「還好嗎？」

「還……還可以……」葉幸司有些緊張地雙手交握，不像平常與藤沐仁相處那樣自在坦然，這令沐仁不解地皺著眉。

「你在緊張什麼？」

「今天突然發生那些事，我想你和蕭立呈應該知道了，我……我是……」

「同性戀？喜歡男人？然後呢？」

「我不是故意要瞞著你和蕭立呈，我……」

藤沐仁說：「你該不會以為我進來找你，是要聊你的性向？」

「你喜歡男人還是女人關我們什麼事，自己開心就好啦！」門口突然傳來蕭立呈的聲音，他豪爽地現身，還帥氣地倚著門框。

藤沐仁瞪著都這種時候了還在耍帥的蕭立呈，「有你這麼說話的嗎？還能不能愉快的聊天啊？」

「喜歡男人不是我們找小葉聊的重點，明天還要上班，趕緊直接切入主題，讓小葉早點休息。」

葉幸司一看，兩人仍像從前那樣，對他的態度沒有任何改變，鼻頭頓時酸了，難掩心裡的感動。

「謝謝你們……」

「那小鬼你要怎麼處理？要不要我幫你去揍他一頓，抓他來給你跪下道歉？」蕭立呈提議。

藤沐仁也認同，「我不反對。」

葉幸司看著如此替他著想的兩位好友很是欣慰，但傅永傑是他的弟弟，他打了兩巴掌，實在不忍心再打下去，因而苦笑說著：「不用，我只是沒想到他被我影響了。」

「被你影響？」藤沐仁不解葉幸司為何這麼說。

「我想了一整天，我猜，我的性向他應該很早就知道了。他的性格很冷，不容易親近人，我們兄弟感情很好，但因為沒有血緣關係，所以他被我迷惑，以為那就是愛情。」

葉幸司邊說邊捂著臉，越講越覺得心情沉重，「我該怎麼辦？該怎麼跟我爸說，怎麼跟他媽媽交代？」

藤沐仁與蕭立呈對看了一眼，也不知該給什麼意見。畢竟他們並不了解葉幸司的家庭狀況。

但不管如何，藤沐仁希望葉幸司別一味自責，安慰著說：「暫時冷靜一下吧！過一陣子，再把他找出來說清楚。」

「嗯，也只能這樣了。」

＊＊＊＊

過了好幾天，辦公室業二區的桌上擺滿披薩、可樂等的慶祝食物，藤沐仁帶頭舉杯，業二職員們齊聲歡呼慶祝這次簽下了新的合作案，這份合約或許能讓業績再創新高。

明明待在同一個辦公室，業一的同仁們卻只能在一旁看他們慶祝，俊偉就靠到蕭立呈旁邊，低聲問：「經理，業二那邊簽下了一個明星的婚宴契約，這個月業績可能又要贏我們了。」

「多少？」

「因為是全包，所以簽約金額很有可能贏我們十趴……」

蕭立呈打斷了他的話，「我是問你賭多少。」

俊偉先是一愣，而後尷尬地笑著，「五百。」

蕭立呈聽完眉頭都皺了起來，「對自己這麼沒信心，給我加碼，五千！」

「我們贏得了嗎？快月底了。」俊偉非常慌張，畢竟以目前狀況來看，業二贏面很大。

「你經理我不鳴則已，一鳴驚天動地。」

即便蕭立呈打包票會贏，俊偉仍委屈地說：「五千是我一個禮拜的生活費……」

蕭立呈馬上巴了俊偉的頭，不可置信俊偉這麼沒膽量，「輸了算我身上，我賠你。」

這下，俊偉終於眉開眼笑了。

「謝謝經理。」

蕭立呈與俊偉說完，便將注意力放在藤沐仁身上，卻忽地皺起眉頭。原來高副總不知何時已經來到業二組那邊，還站在藤沐仁身旁。

「你們這一次簽訂的明星，不只替公司進帳不少，還會帶動廣告效應，對公司幫助很大，一定要辦個慶功宴好好慶祝，這錢我來出。」高副總要請客，業二同仁們更是熱烈歡呼，開心得不得了。

一旁的藤沐仁聽了也十分喜悅，「謝謝高副總，讓您破費了。」

「呵呵，業二在藤經理的帶領之下，越來越爭氣啊！繼續加油。」高副總邊說，邊伸手撫摸藤沐仁的背脊，臉上滿是笑意。藤沐仁也沒多想什麼，向他微笑點頭。

高副總的這些小動作，蕭立呈全都看在眼裡，不免回想起劉美芳說的話。

『我聽說公司裡的高副總會性騷擾男員工，藤經理長得這麼好看，現在又有流言傳出來，一定會被他騷擾，你要好好保護他。』

蕭立呈決定主動上前，向高副總要求，「高副總請客，業一也想沾沾光，這樣打拚起來會更有衝勁。」

「當然沒問題，大家一起熱鬧熱鬧。」高副總看到蕭立呈主動要求加入，立刻面帶笑容同意，看向藤沐仁的目光似乎更熱切了。

然而藤沐仁並沒有察覺到高副總的目光，正與下屬開心計畫要去哪裡慶功。同時，業一那邊知道高副總要請客，也開心歡呼了起來，整個辦公室頓時熱鬧哄哄。

在這歡樂的氣氛中，蕭立呈緊盯著高副總看向藤沐仁的眼神，那非比尋常的視線令他不爽，臉上也逐漸沒了笑容。

＊＊＊＊＊

晚些時間，蕭立呈約藤沐仁與葉幸司在會議室密談，蕭立呈向他們轉述了關於高副總的流言。

「高副總對我有企圖？」藤沐仁說完自己都覺得好笑，但蕭立呈仍皺緊眉頭，一臉嚴肅貌，顯然不是在開玩笑。

「你不要不信，美芳說他有性騷擾過男員工。」

「我怎麼沒聽說。」

藤沐仁說完，葉幸司也附和著，「我也沒聽過耶！」

劉美芳說的時候，蕭立呈原先也覺得那只是謠言，但就他方才的觀察，此事的可信度越來越高。

「我剛注意到他看你的眼神，超級下流，肯定就是。」

「我覺得你是跟美芳在一起久了，已經被洗腦，不是每個男人都對男人有企圖。」

蕭立呈好心提醒藤沐仁，卻沒被當成一回事，他有些心急，「才不是，我真的覺得那個高副總有問題，總之你自己小心一點，還是多注意點。」

「我是男人，能吃什麼虧。」

藤沐仁認為高副總就只是他的上司，因為這次業二簽下明星的婚宴契約，對公司幫助很大，高副總才會替他們辦場慶功宴，並不是只對他特別好，又怎能跟性騷擾牽扯在一塊。

「不過立呈說得也沒錯，雖然我們沒聽過傳聞，不過無風不起浪，還是多注意一點。」葉幸司提醒著藤沐仁，對此事多留點心也無妨。

「反正今天晚上我也會去，但你自己記得跟高副總保持距離。」蕭立呈非常擔心藤沐仁，希望壞預感不會成真。

＊＊＊＊＊

因此，為了保護藤沐仁，晚間的慶功宴只要藤沐仁去到哪裡，蕭立呈就跟到哪裡。

大夥聚在KTV包廂歡唱，蕭立呈待在藤沐仁身邊，緊盯高副總的一舉一動。

當高副總找藤沐仁划拳，輸的人要飲盡一杯酒的時候，蕭立呈就跟上去，硬是要加入。划拳的時候，藤沐仁的手機突然響了，他先把手中那杯飲盡，離開包廂出去接聽電話，蕭立呈也緊跟在後。

藤沐仁看著在一旁滑手機、盯全場的蕭立呈，終於忍不住開口。

「你真的沒必要這樣跟進跟出，不懂的人還以為你是想阻止我跟高副總打好關係。」

蕭立呈對此話相當不屑，「我們幹業務的跟上司打好關係能幹麼！升職加薪靠的是業績。」

「那不然……你又在討好美芳了？」

「關美芳什麼事？」

「偷偷拍照或錄影，刻意表現自己是1，我是0，才符合你跟劉美芳講述的內容。」

蕭立呈一聽，心情可不好了。

深怕高副總會對藤沐仁出手，在慶功宴上可是全程警戒地跟在藤沐仁身邊，為的就是保護藤沐仁的安危，本人非但不領情，甚至還扯了別的事情，難道在藤沐仁心裡，他就只會在乎這些事嗎？

「藤沐仁，我是真的在關心你，不是什麼事都扯1或0的問題。」

藤沐仁沒料到蕭立呈會真的生氣，愣了一下。其實他只是要蕭立呈別光顧著跟他，要好好享受慶功宴的氣氛，但拉不下臉，仍嘴硬地說：「可是你這樣盯場，分明就是把我當０。」

「Fine！我不管你了！」

蕭立呈說完，立刻轉身離去。留在原地的藤沐仁相當後悔，想開口說些什麼，但蕭立呈已經走了，他也拉不下臉追上去道歉，就逕自回到包廂。

蕭立呈氣憤地走到街上，邊走邊碎念著。

「好心沒好報，我都沒在想什麼１、０的問題，自己在那邊糾結，怎麼會有人心胸這麼狹窄，就不要到時真的出了什麼事情，活該！」

才說完，蕭立呈突然停下腳步，往自己後腦勺拍了一下。

「媽的，話是能隨便亂說的嗎？多大的人了，還不知道什麼話能說，什麼話不能說。」

蕭立呈怒斥了自己一番，繼續往前走，但走沒幾步又回想起高副總對藤沐仁毛手毛腳的那些畫面，怕藤沐仁會身陷危機，他又轉身跑回ＫＴＶ。

蕭立呈匆匆回到ＫＴＶ包廂，此時的包廂和剛剛一樣熱鬧歡騰，但裡頭卻不見藤沐仁的身影，他焦急地抓住俊偉問：「藤經理人呢？」

「他好像不舒服，所以高副總送他回家。」

「你說什麼！」

蕭立呈驚訝地衝上街，焦急打電話給藤沐仁，電話鈴聲始終沒有斷掉，焦急不安的感覺衝上心頭。

「快接電話啊！」

此時，號誌燈換為紅燈，他就看到高副總的車往酒店方向駛去，雙眼頓時迸出憤怒的火光。

「混蛋！」

他立即衝向那間酒店。

＊＊＊＊＊

在方才的KTV包廂內，藤沐仁喝了高副總給的飲料，被下了藥。

此時的他渾身燥熱難受，意識有些朦朧不清，被高副總架著帶到飯店房間的床邊。

「這裡不是我家……」

「這當然不是你家。」高副總摟著他的腰，想推開高副總的碰觸，但藥效讓他的力氣很弱。高副總也不勉強，就順勢讓他推開自己。

少了高副總的支撐，藤沐仁走沒幾步，便整個人腳步踉蹌地跌坐在地上。

「你看看，你都站不穩了。來，我扶你到床上躺著。」

高副總上前攙扶藤沐仁，然後將他直接壓在床上，替他解開衣服的同時，手也開始不安分地摸著他。

藤沐仁雖然意識模糊，但心底也明白自己有危險了。蕭立呈說得沒錯，高副總很危險，他想拒絕，可是身體使不上力，只能發出微弱的聲音試圖拒絕。

「不要……」

「你很難受吧，親愛的，我幫你脫，脫了衣服會舒服一點，」

高副總露出本性，脫掉藤沐仁的西裝外套，並解開襯衫，然後彎身吻向藤沐仁的胸膛。

「不……不要……」

藤沐仁心底只能難過地想著立呈對他說過要小心高副總的那些話，後悔充斥他整個內心。

蕭立呈一直在盡力保護他……

前些日子，蕭立呈也在猶豫想先開口跟他和好……

他卻因為好面子而罵走蕭立呈。

此時此刻，他希望蕭立呈能待在他身邊，而不是坐在他身上，想強行脫去他衣物的變態上司。

「不要……不要……立呈……」

「你到底在哭什麼！」

高副總猴急地想脫掉藤沐仁的褲子，藤沐仁抓住他的手，無奈藥效過強，根本無力抵抗高副總的力量。

就在這時候，門外有人敲著門，高副總不想理會，但敲門聲吵得不停，打擾了他高昂的興致，只好暫時離開藤沐仁身上，前去應門。

未料敲門的人是蕭立呈，高副總用身體的力量擋住門片。

「藤藤呢！」

「我不知道！」

蕭立呈用力撞開了門，見到藤沐仁在房內，立刻揮拳揍向高副總。

這是蕭立呈用盡全力的一拳，高副總立刻摔到床沿，瞬間感覺到口腔裡有血的鹹味，鼻子痛到就像被揍歪了似的，他趕緊捂住鼻子，鼻血果真從手指縫隙流了出來。還沒站穩，蕭立呈就揪住他的領口，把他提起，殺氣騰騰地警告他：「不想把事情鬧大，最好現在就滾。」說完，他將高副總用力推出房外。

此時的蕭立呈滿臉汗水，狼狽的模樣下卻一臉凶神惡煞，高副總可從沒見過如此凶狠的蕭立呈，他趕緊摸摸鼻子走人。

蕭立呈關上房門，一眼就看見躺在床上，衣服敞開的藤沐仁，他難掩憤怒地向房門痛罵：「媽的！應該揍死他。」

他快步來到藤沐仁身邊，想攙扶沐仁，伸手正要觸碰時，卻被沐仁立刻揮開了。意識混沌的藤沐仁還沒發現走來的人是蕭立呈，以為是高副總，用力推開對方後，就把自己縮成一團，背對著蕭立呈。

蕭立呈心急到不行，對藤沐仁說著：「到現在你還拒絕我的幫忙，你到底要糾結到什麼時候？」

藤沐仁低喃著：「不要……立呈……立呈……」

聽到藤沐仁在呼喚他，蕭立呈才感覺到不對勁，緩緩靠近藤沐仁，低語著，「是我啊！我就是立呈，藤藤，聽到了嗎？藤藤？」
聽到熟悉的暱稱，藤沐仁鬆開自己，轉過身，在朦朧的視野中努力想看清楚眼前的人。
得到藤沐仁的注視，蕭立呈趕緊說明：「高副總被我打跑了，你安全了。」說完，激動的藤沐仁就一個挺身，緊抱住立呈。
在最危險的時候，藤沐仁腦海裡第一個想到的就是立呈，當見到立呈真的來救他了，方才的那些恐懼毫不保留地在立呈面前宣洩出來，埋在立呈的懷裡哭著。
蕭立呈也緊擁著他，安撫著說，「沒事了，藤藤，沒事了。」
藤沐仁感受到蕭立呈傳來的體溫，同時也因為藥效的關係，覺得自己的身體正在發燙，喃喃著：「好熱……我好熱……」
「好，我帶你去沖涼，馬上就不熱了。」
蕭立呈扶著藤沐仁進到房間浴室，把他安置在浴缸旁邊。
「你不要動，先坐在這裡，我會幫你放冷水，讓你泡著降溫。」
蕭立呈確定藤沐仁不會滑下來，這才去浴缸放水。
「馬上就好，你等等啊！」
藤沐仁一直呻吟著好熱，蕭立呈也緊張地一邊安撫一邊挽起袖子，塞緊浴缸的塞子，打開冷水。
「接水也要時間，不然我先弄溼毛巾幫你擦擦。」
蕭立呈轉身到洗手臺拿條毛巾，當他抬頭往鏡子一看，藤沐仁不知何時已經全身脫光地站了起來。

他愣愣地望著藤沐仁的裸體，心底某種情緒正逐漸高漲。

第五章

澄金耀亮的日光流瀉而下，在寒冷的冬日中帶起了一股濃烈的暖意。這難得的好天氣卻沒能讓蕭立呈提起精神，他就坐在簡餐店裡，心不在焉地望著被陽光渲染成一片金色的街道，看著窗外到處是出外買便當的上班族。

此時，劉美芳與王姊正討論起前些日子發生的大事。

「……所以高副總調職了？」劉美芳很驚訝，想再次和王姊確認此事。

王姊則點著頭，「人事部 Mandy 告訴我的，好突然喔！」

「我聽說他好像是被告發什麼，老闆知道後震怒，但是不清楚到底發生什麼事。」劉美芳疑惑地看向蕭立呈，不曉得蕭立呈會不會知道內幕，卻發現他半天沒開口也沒吃東西，只是拿著筷子夾這個菜、夾那個菜，若有所思地沒加入他們的話題。

「你怎麼了？有心事？」

劉美芳的聲音讓蕭立呈回過神，他趕緊說：「噢！沒事，在想業績……快月底了……」

「提到業績，之前開慶功宴的時候是不是出事了？」

劉美芳突然提起了慶功宴，這令蕭立呈整個人都防備起來。

「怎麼會這麼問？是不是有什麼傳言？」

「不是傳言，是聽說那一晚你跑回去找藤經理，結果他被高副總先帶走，你超著急的。」

被劉美芳提起此事，王姊也想了解實情，「我也有聽說，說你嚇得臉色發白。」

從談話內容中，蕭立呈發現劉美芳和王姊並不清楚內幕，確認也沒有聽到什麼有關藤沐仁不好的流言後，他才放鬆下來，笑了笑。

「也沒那麼誇張啦！我是因為妳之前說了關於高副總不好的傳聞，怕出什麼意外。」

劉美芳好奇地追問：「那有出什麼意外嗎？」

「當然沒有，我即時出現把藤經理送回家，高副總就算要出手也來不及做什麼。」

蕭立呈深怕辦公室的流言繪聲繪影，會壞了藤沐仁的名譽，便對外統一這麼解釋，沒有提及飯店開房間的事情。

兩人一聽，笑著稱讚他：「英雄救美唷！」

「哈哈，沒辦法，誰叫我要追他嘛！」

劉美芳認為蕭立呈既然都英雄救美了，就要加緊進度，便提醒著：「那你最近怎麼老是找我們一起吃午餐，要趁勢追擊增加好感度啊！」

「呃……我是很想啊！只不過……」

「不過什麼？」劉美芳湊前看著他，蕭立呈一臉尷尬趕緊瞥開視線。

「就……那個……藤經理好像害羞了……」

這驚人的反應惹得劉美芳與王姊異口同聲複述：「害羞？」

蕭立呈向兩人轉述了這陣子發生的情況。

「自從那一晚，我英雄救美之後，感覺到藤經理好像開始在意起我了。我發現他很刻意保持距離，但又暗中看著我，注意我的一舉一動……」

那一次，蕭立呈在會客室向一對新人客戶介紹結婚方案時，藤沐仁就坐到他的身邊想加入討論，但沐仁才摸了一下他的肩膀，他立刻起身離開。

藤沐仁和客戶對突然站起來的蕭立呈感到疑惑，立呈便傻笑著，說著要去拿東西就往外走。可走沒幾步，他卻悄悄偷看著與客戶愉快聊天的藤沐仁。

「常常討論公事都不看我，故意閃避我的視線，就算是不小心對上眼，也很快就移開目光，假裝在看別人說話。」

那一次，蕭立呈和藤沐仁兩組正在開會，藤沐仁主動上前要跟他說話，蕭立呈卻拚命閃躲，藤沐仁刻意移動位置，就算出聲叫他的名字，蕭立呈也假裝沒聽見，用開會的名義避開藤沐仁。

蕭立呈說完後，劉美芳和王姊都眼睛一亮，替他十分開心。

「成功了成功了！」

王姊也附和著：「我也覺得有電了！」

蕭立呈皺眉不解地問：「什麼意思？」

劉美芳開心地對他說：「藤經理對你有意思了！」

蕭立呈聽了相當驚訝，「是、是這樣嗎？」

其實蕭立呈剛剛轉述的都是自己的行為，但為了掩飾這些奇怪反應便說成是藤沐仁做的，未料這些行為就是「有意思」。

「當然是，這些在意的表現就是心動的徵兆。」

「你不應該跟我們一起吃飯，應該要多跟藤經理在一起。」

雖然王姊和劉美芳都這麼說，但蕭立呈還是有些尷尬，「可是他那麼害羞，我不想給他壓力……」

「這不是壓力，是要他面對你，直視你的在，正視你在他心裡的地位已經不一樣了。」面對劉美芳積極要他進攻，蕭立呈只是尷尬地呵呵笑著。

「原來是這樣啊，好，我繼續努力。」

劉美芳和王姊對他充滿期待，而他卻心虛不已，低頭吃著午餐。

結束與劉美芳和王姊的午餐之約，蕭立呈和她們吃完飯返回公司，彎進門口時正好碰上藤沐仁。

藤沐仁見到蕭立呈，立刻叫住了他，「我有話想跟你說，你現在有空嗎？」

蕭立呈馬上想回絕：「我沒……」說話的同時，目光瞥到劉美芳和王姊，她們正擠眉弄眼給他加油打氣，蕭立呈不好拒絕，只好改口，「……沒問題啊！」

藤沐仁聽到他答應赴約，總算鬆了口氣，原本僵硬的表情也有了一絲柔和感。

他們相約在頂樓天臺，蕭立呈依舊與藤沐仁保持距離，目光還朝向遠方明顯避開沐仁的視線。這讓沐仁眉頭深鎖，直接切入主題地問他：「你最近是怎麼了？」

「什麼怎麼了？」

「就像現在這樣。」

「哪樣？不是跟平常一樣。」

藤沐仁瞪著說完話馬上挪開視線的蕭立呈，平常的蕭立呈總是挨著他、黏著他，話題很多，不會像現在他問一句才回一句。

藤沐仁想破頭，實在想不出最近發生了什麼事讓蕭立呈與他保持距離，唯獨那件事……

「你是不是還在生氣？」

「生什麼氣？」

「就是1跟0的問題啊。」

蕭立呈沒想到藤沐仁還在提那件事，搖著頭表示：「我已經不在意了，如果你是要跟我講這個，我老實跟你說，我沒有生氣，美芳怎麼認為也不是重點了。」蕭立呈說完自己也感到很驚訝，原來劉美芳怎麼認為已經不重要了。

聽完他的話，藤沐仁也鬆了口氣，「那就好，週末找一天我請你吃飯吧！」

「為什麼？」

「高副總那件事我還沒跟你道謝。」

一提到高副總，原本就沒看向藤沐仁的蕭立呈卻像受到驚嚇似的，立刻轉身背對沐仁，擺擺手說：「不用，舉手之勞而已。」

「不要跟我客氣，看你想吃什麼，費用不是問題。」

蕭立呈開始有些慌張，「不用，真的不用。」

「可以去吃中山北路那家鐵板燒，你不是一直想去……」

藤沐仁還沒說完，蕭立呈馬上果斷地拒絕他：「不需要！午休時間差不多了，我要趕緊回去，還有事情要處理。」

蕭立呈轉身想離開，藤沐仁趕緊上前擋住他的去路。

「蕭立呈，你到底怎麼回事？」他不了解蕭立呈為何想疏離他，語氣也變得強硬了些。

「幹麼啊！」沒能逃開的蕭立呈還是躲避了藤沐仁的視線，但面對沐仁的逼問，他沒辦法回答，口氣也硬不起來。

「你說沒有生氣，但一直擺臉色給我看，如果你真的這麼介意……我……我可以當0……」

藤沐仁的這席話，讓蕭立呈猛地抬眼看向他。

「你願意……」蕭立呈傻愣地盯著藤沐仁，不自覺地吞了口水。

被蕭立呈這麼緊盯著看，藤沐仁突然有些彆扭了起來。

「你到底要不要？」

「我……」蕭立呈話還沒說完，赫然想起那天晚上的片段畫面，回過神，震驚地看著藤沐仁，嚇得立刻倉皇逃走。

「蕭立呈！」藤沐仁簡直無法相信，蕭立呈就這麼逃跑了。

＊＊＊＊＊

藤沐仁想發洩這陣子鬱悶的心情，下班後便約葉幸司到飛鏢酒吧喝一杯。

此時，藤沐仁正不高興地邊射著飛鏢，邊向身旁的葉幸司抱怨起這段期間蕭立呈的反常舉動。

「他在發什麼神經，我都已經擺低姿態，願意讓他當1了，結果他還一臉看神經病的表情看我，我請客想向他道謝也拒絕我，態度敷衍，又不耐煩的樣子……」

說到最後，藤沐仁覺得有些難過，「朋友這麼多年，他還是第一次表現得這麼疏遠……也許是不想繼續當朋友了……」

藤沐仁走回座位，飲盡葉幸司替他倒的酒。

「怎麼可能，蕭立呈一進公司就是你帶他跑業務，你們是有革命情感的。」

即使葉幸司安慰著藤沐仁，但一想到蕭立呈的那些行為，沐仁還是開心不起來。

「他最近的態度你也不是沒看到，把我當病毒一樣，看到就躲。」

「也是……就連私下也不叫你藤藤了……」

說到這，藤沐仁便覺得委屈，「對吧！不是我多想，是他真的表現得太明顯，那種厭惡的感覺很傷人。」

藤沐仁既覺得不爽，更覺難過，替自己再倒一杯酒來喝。

這時，葉幸司的手機響起了訊息聲，拿出手機來看，螢幕上頭顯示傅永傑傳來的訊息：『你氣消了嗎？可以見面聊嗎？』

葉幸司臉色立刻沉了下來。

「怎麼了？」藤沐仁問。

「沒事。」葉幸司收起手機，把話題拉回到藤沐仁的身上。

葉幸司仔細回想這陣子蕭立呈對藤沐仁的反應，「立呈這樣的轉變……好像是從那一晚開始的，你們住在飯店的那一晚有發生什麼事嗎？」

藤沐仁邊喝酒邊說著：「也沒什麼，就是我難受一整晚，他陪著我而已。」

「你仔細想一想，我覺得一定是那一晚有發生什麼，只是你忘記了？」

藤沐仁一聽，開始細想，「那一晚高副總對我下藥……然後蕭立呈出現……我超難受的，泡了好幾個小時的冷水……」

「被下藥，只是泡冷水？」葉幸司問著。

「當然不只，我還靠右手解決。」

藤沐仁很理所當然地回答，令葉幸司忍不住追問下去：「那立呈呢？他一直在旁邊嗎？」

這麼一說，藤沐仁突然愣住了，似乎才記起當時蕭立呈也在現場的事實。

＊＊＊＊

藤沐仁浸泡在裝滿水的按摩浴缸裡，雖然穿著白色襯衫，但溼透的衣服就像透明一樣，絲毫沒有遮蔽的作用。

坐在浴缸邊緣的蕭立呈正看著藤沐仁陷入情慾的風暴中，無可自拔地撫摸自己發熱的身體，頻頻喘氣。

蕭立呈也情不自禁摸向那誘人的身體，手才剛伸過去，藤沐仁就有反應地朝他靠了過來，他就順勢從沐仁的側頸，一路往下撫摸，慢慢地靠近沐仁，近到彼此的雙唇就快碰在一起，「立呈，我可以當0。」

蕭立呈猛地驚醒，錯愕地坐起身，沒想到自己竟然夢到沐仁。

蕭立呈趕緊拿起手機查看時間，現在是凌晨三點。他用力揉著自己的臉，不解自己為何會做這種夢，這疑惑讓他整個人都垂頭喪氣了，也了無睡意。

回想那天，打跑了高副總之後，便留在飯店照顧因藥效發作而難受的藤沐仁。

蕭立呈已經把水量轉到最大，但按摩浴缸的水還裝不到一半。他正用毛巾沾冷水，想用溼毛巾先替藤沐仁的身體降溫，卻從鏡中看見藤沐仁正全裸背對著他。

因為藥效的關係，藤沐仁的意識混沌不清，在蕭立呈替他放冷水的時候，已經脫去身上的所有衣物。可即便全裸，他仍覺得身體發燙難受。

藤沐仁俯視雙腿間揚起的分身，藥效就像火苗在身體各處擴散發燙，連雙腿間的性器也跟著充血變硬。他本能地握住那根硬物，來回套弄著莖身，想趕緊消退這強烈的生理反應。

蕭立呈從鏡中看見藤沐仁正用右手擼動性器，雖然沐仁背對著他，但沐仁發出的喘息卻充斥他整顆腦袋，理智告訴他應該要馬上離開浴室。但在他正要踏出一步時，藤沐仁卻回眸他，輕喚了他的名字。

「立呈……怎麼辦……我的身體還是好難受……」

此時的藤沐仁眼神迷濛，雙唇微開，臉頰發紅，汗水滑過臉龐、鎖骨，以及他那精壯的胸肌，並一路滑過腹肌……蕭立呈順著看向藤沐仁緊握住的性器，難耐地吞了口口水。

蕭立呈無法就這麼離開浴室，倘若藤沐仁因此失去意識或是發生什麼意外的話，他一定不會原諒離開浴室的自己。而且他也是男人，明白藤沐仁現在就只是生理反應，根本沒什麼。

蕭立呈拚命這樣告訴自己，藤沐仁所做的事情，他自己也會做，但心底湧出的某種情愫，卻讓他的視線緊盯著藤沐仁不放，看著沐仁面露情色，箍緊自己的分身，不斷來回摩擦莖身，讓被藥效激發出的性慾全然釋出。

藤沐仁喘著氣，俯視熱液從指縫間滲了出來。即使高潮到射精，餘韻仍在，他全身依舊發燙，下意識地輕喚了一聲：「立呈……」

「我在這裡。」

蕭立呈回過神，趕緊去試一試浴缸的溫度，雖然說要讓藤沐仁降溫，但全是冷水又怕會讓藤沐仁感冒，他趕緊再放些溫水。

藤沐仁盯著還未消火的性器，「我還是好難受……」

「你再等一下，水不能太冰你會感冒，我幫你控溫……」蕭立呈話還沒說完，藤沐仁就直接踏進浴缸，「等等，你真的會感冒，水還太冷了。」

藤沐仁那雙藏在溼髮下的雙眸正看向蕭立呈，他本人因為意識模糊，目光並沒有對焦在任何地方。但看在蕭立呈眼裡，藤沐仁就像正自慰給他看。

藥物讓藤沐仁的身體不斷湧出慾火，無可自拔地盡享陣陣酥麻所帶來的強烈快感，一邊呻吟一邊箍緊腿間的硬物，頂著紅燙的面色，粗喘氣息，喘久了又舔了舔因喘氣而變得乾澀的唇瓣。想把那些熱度趕緊散出來，套弄得速度也變快，浴室迴盪著手撞擊水面的聲響與呻吟聲。

蕭立呈就僵在原地，目睹有別於以往的藤沐仁，看著他再度釋放熱液。快感流竄至全身，令藤沐仁忍不住顫抖了一下。體力似乎就快到達極限，高潮的餘韻讓他的視野更加模糊，朦朧地注視浴室的天花板，以及身旁不敢輕舉妄動的蕭立呈。因為此時的蕭立呈已經無法將眼前的藤沐仁與昔日好友聯想在一起，這複雜的情緒讓他愣得不知該做些什麼反應。

從那刻起，蕭立呈無法再將藤沐仁當作朋友來看待，才會一直避著不見沐仁。

「唉……我該怎麼辦才好……」蕭立呈懊惱地抓著前髮。

＊＊＊＊＊

隔天早晨，餐桌上擺了葉幸司替大家準備好的早餐，他也已經整裝完畢，正享用早餐。

這時，葉幸司的手機響了，看著手機顯示傅永傑的名字，倏地有些猶豫而沒有接起，只是一直盯著，直到螢幕變成了未接來電。

當幸司的手機螢幕熄掉成黑幕時，蕭立呈神情萎頓、滿臉疲憊地走進餐廳。

葉幸司趕緊放下手機，關切著他，「臉色真差，沒睡好？」

「昨天半夜驚醒過來就失眠到快六點才又睡。」

「驚醒？你做噩夢？」

「是啊！我夢到……」蕭立呈話還沒說完，藤沐仁就梳洗完畢，正好從浴室走了出來。

蕭立呈見到夢中的主角，立刻閉口不說話。藤沐仁也見到他，愣了一下，然後尷尬地瞥開視線。

「夢到什麼？」

然而葉幸司還在等他說話，只好趕緊轉移話題。

「也沒什麼……今天怎麼有閒情逸致做早餐？」

「下午有個重要的會議，我得早一點到公司準備資料，既然早起了，就順便囉！」葉幸司邊說，邊收拾自己吃完的杯子和餐盤。

「我先出門，你們慢慢吃。」

藤沐仁趕緊說：「你放著，等我吃完一起幫你收拾。」

「好，謝啦！先走了。」葉幸司拿起公事包比兩人先一步出門上班。

頓時，住處只剩下蕭立呈與藤沐仁。兩人都非常敏感地意識到彼此的存在，但又裝作不在意。

蕭立呈率先說話，「我先刷牙洗臉。」

「喔！」

蕭立呈等藤沐仁離開浴室門口，走向餐桌的時候，才走向浴室。

兩人擦身而過的時候，藤沐仁假裝不經意地開口，「對了！昨天我和葉幸司聊過，關於你最近的反常，我想應該是因為那晚讓你感到尷尬了。」

藤沐仁突然提起那天晚上的事，蕭立呈停下腳步，驀地有一絲無措感。

「什麼尷尬？」

藤沐仁裝作不是很在意的模樣說：「你不是陪著我嗎？我……那個……的時候，你應該也在，就算沒看到，也應該有聽到……什麼聲音之類的……」

蕭立呈沒說話，感覺是默認了。藤沐仁便清了清嗓子，擺出一副輕鬆的姿態說：「剛剛聽說你做噩夢，該不會就是夢到我吧？」

藤沐仁只是想調侃一下蕭立呈好來緩解這股尷尬的氣氛，沒想到立呈卻猛地回過頭，錯愕地看著他，一副他怎麼知道的表情，令他也愣住了。

「你真的夢到……」

蕭立呈趕緊拉開嗓子，哈哈大笑著，「你怎麼可能是噩夢！哎呀！那一晚我確實一直陪著你，也看到了18禁的畫面，不過彼此都是男人，這其實也沒什麼，對吧！」

「當……當然沒什麼，我對我的身材可是很有自信的，就怕你看了會羨慕加嫉妒。」

「你的身材真的很不錯，你的前女友們很幸福呀，只不過就小我那麼一點點。」

蕭立呈刻意開黃腔，還朝藤沐仁眨了眨眼。

「最好是比你小啦！」藤沐仁不信。

蕭立呈便說：「改天來比比看啊！」

「比就比，誰怕你啊！」

「不要到時候逃走囉！」蕭立呈說。

想想這陣子都是蕭立呈在躲他，藤沐仁也趁這機會說了，「會逃的人是你吧！」

「呵呵呵！」

「哈哈哈！」

兩人雖然像往常那樣鬥嘴，但一邊說，一邊移動，一個往浴室走，一個往門外逃。

蕭立呈進到浴室，趕緊關上門，低聲斥責自己：「蕭立呈你在胡說什麼！哪壺不開提哪壺，幹麼提小弟弟，豬頭啊你！」

另一方面，藤沐仁逃進房間，趕緊把門關上，慌張地咬著手指，來回走著。

「那個晚上真的全被蕭立呈看光了，我那個樣子……超丟臉的……媽的，還怎麼當朋友啊！」

藤沐仁想到那晚可能發生的情況就在意得不得了。

＊＊＊＊

葉幸司為了下午的重要會議，提早進公司，從早一路忙到下午。他正在查看會議資料做最終確認，劉美芳走到他的身邊，遞出一份設計稿。

「總監，這是我設計的花藝，我有把視覺設計那邊的意見也加進去，你看一下可不可以。」

「好，先放在我桌上，等一下開完會我再看。」

王姊抱著文件也來到總監身邊，提醒他：「總監，跟攝影部的開會時間快到了，我們過去吧！」

「好。」

葉幸司把手邊的文件抱在身上正準備要去開會，手機響起了訊息音，拿起手機一看，是傅永傑傳來的訊息。

『求求你接電話。』

葉幸司無奈地嘆了口氣，劉美芳與王姊對看了一眼，忍不住關切總監。

「總監，你最近是不是沒休息好，黑眼圈又出來了。」

劉美芳說完，王姊想起上次總監忙到病倒，也勸著他，「要多注意身體，不要像上次一樣又生病了。」

「謝謝妳們的關心，我很好，最近因為業務部很積極，案子變多了比較忙，沒事！王姊這份資料麻煩幫我影印兩份，開會要用的。」

「好的。」

王姊接下這份文件，這時，葉幸司的手機又傳來傅永傑的訊息，他忍著不看，決定要把手機調成震動，在他設定手機模式時，又傳來訊息，這回是一張照片，葉幸司無意瞄了一眼，隨即面露錯愕，趕緊點開來看。

傅永傑正站在女兒牆上，照片內是一雙腳與從頂樓俯視大樓中庭的畫面，像是要跳樓的感覺。這令葉幸司驚慌失措，立刻轉身衝出設計部門。

「總監！」

「怎麼回事？」

劉美芳和王姊被總監突然的行為嚇到，面面相覷，不知道發生了什麼事。

＊＊＊＊

照片的女兒牆是他們葉家住處的頂樓！

葉幸司一面祈禱著希望傅永傑別做傻事，一面用最快的速度趕回家中。

此時，傅永傑正面無表情地站在女兒牆上，彷彿再往前一些，他就會墜落於這個世界。即便如此，他仍無所畏懼地直挺著背脊，遙望遠方。感受放在口袋裡的手機一直在震動。

葉幸司著急地奔上頂樓，還來不及把持續撥打中的手機收起來，就馬上奔到傅永傑身後，對他大喊：「傅永傑！你在幹什麼！」

傅永傑聽見最想聽到的聲音，緩緩地轉過頭，凝視驚慌失措的葉幸司，臉上露出淡淡的微笑。

「你來了。」

面對傅永傑的平靜，葉幸司更是氣急敗壞了。

這陣子葉幸司一直擔憂著該怎麼向父母解釋和傅永傑上床的事，又因為公司案件變多而工作繁忙，身體的疲憊已到了極限，加上傅永傑持續傳訊，讓他無奈不知該如何回應。為此，葉幸司還放掉手邊重要的會議，而最讓他崩潰的是深怕永傑會因此輕生。

這些複雜的情緒全轉為憤怒，葉幸司斥責著還踩在女兒牆上的傅永傑：「你在發什麼瘋，為了讓我理你，想用跳樓威脅我是嗎？好，你厲害，把我逼來了，你他媽的立刻給我下來。」

傅永傑仍安靜地看著葉幸司，和往常一樣平淡的口吻說著：「我不是要跳樓，我是想讓你明白我對你的感情，上來吧！求你。」

傅永傑懇求著葉幸司，把手伸向他。

彼此凝視了好一陣子，誰也沒動作。最後，葉幸司重重吐了口氣，面對傅永傑的執著，葉幸司不想刺激他，忍著忐忑的心緒，朝傅永傑走了過去，然後伸手握住了傅永傑。

傅永傑一個使勁，把葉幸司拉上女兒牆，兩人並肩站在一起。葉幸司很緊張，因為女兒牆的厚度只有腳掌的三分之二不到，一個不穩就很有可能摔下去。

「很可怕嗎？」傅永傑問著他。

「廢話，這裡這麼高，摔下去會死。」

葉幸司都說到這個地步，傅永傑卻露出一抹淡笑，這讓他更加憤怒地罵了永傑：

「你還笑得出來？」

「什麼？」

「因為……這就是我的感覺。」

「是我七歲那時候的感覺。」傅永傑的話讓葉幸司愣了一下，隨即，傅永傑轉過頭，凝望遠方，從模糊的遠景中似乎看見了過往的某些畫面，他對著葉幸司闡述那些往事。

「爸爸突然死掉了，為了生活，媽媽忙著賺錢，我只能借住在不歡迎我的親戚家裡。我的世界一下子崩塌，就像站在這麼高的女兒牆上，風好大，好像隨時都有可能摔下去，但是沒有人拉著我。其實我很害怕，可是我不能表現出來，那會讓媽媽擔心，我只能靠自己站穩。」

葉幸司看著傅永傑的側臉，聽他的傾訴，情緒也逐漸冷靜下來。

「一直到我十歲的時候，你出現了。」

在傅永傑十歲的某一天，放學回家就直接背著書包躲到頂樓天臺。記得那時候十八歲的葉幸司正焦急找著他。

「永傑……永傑……」

傅永傑明明已經聽到葉幸司的聲音，仍躲著不肯現身，但他並不知道自己的書包露在花壇外，早已洩漏了躲藏的位置。

葉幸司一看，總算安心下來，第一時間沒有上前拆穿他，而是走到女兒牆邊，看著漫天彩霞說著。

「在我媽媽過世之後，我也經常一個人來這裡，爸爸忙著工作，我覺得自己很孤單，可是又怕爸爸再婚，我怕後媽不喜歡我，我更怕媽媽過去的一切都會被遺忘。可是當爸爸帶著李晴芳阿姨還有你來到我們家時，我知道自己的疑慮都是多餘的，我喜歡你們，你們就是我的家人……」

葉幸司說到這裡，身後突然傳來傅永傑的聲音。

「哥！」

葉幸司轉過身，很開心傅永傑主動現身，走到永傑面前，激動地握住他的小手。

「以後，我就是你的哥哥，你可以依靠我，我絕對不會放手！」

那時候，傅永傑用力點著頭，葉幸司溫柔地摸著他的頭。

傅永傑收回遙望的視線，思緒從過往回到現實，看向身旁的葉幸司。

「我還是站在這裡，風繼續吹著，可你主動牽住我，一遍又一遍地告訴我，我可以依靠你，你不會放手。」傅永傑說著，牽起葉幸司的手。

「我凍得全身都是冰的，可是你的手很溫暖，風再大再冷，我都感覺得到你給我的溫暖……」

說到這裡，傅永傑已經雙眼泛紅，看著葉幸司。

「不要不理我……我喜歡這份溫暖，我已經沒有辦法失去這份溫暖了……所以……你不要不理我……」

傅永傑邊說邊像個孩子一樣哭泣著，雙手緊緊握住葉幸司的手，不捨放開，也不願放開。

那淚流滿面的模樣讓葉幸司心疼不已，眼眶也跟著泛淚。他使勁握住傅永傑的手，對永傑細語著：「我們回家吧。」

＊＊＊＊＊

另一方面，辦公室內部，蕭立呈正邊看著文件邊往電梯移動，抬眸一看，發現藤沐仁也在等電梯。

藤沐仁正盯著他，兩人之間散發出一股尷尬的氛圍，蕭立呈率先出聲打個招呼：「嗨！」

「嗯！」

蕭立呈問：「下樓啊？」

「去客戶那裡開會。」

「我也是。」

然後兩人之間再也沒有對話，沉默讓氣氛瞬間變得更凝重，藤沐仁想打破這股氣氛，清了清喉嚨，說著：「幸司傳訊說今天晚上不回家睡了。」

「我看到了，所以今天晚上就只有我們兩個睡……不是，我的意思是家裡只有我們兩個睡在一起……不是，是一起在家裡。」

蕭立呈因為緊張而一直說錯話，藤沐仁也因此感到一絲焦慮，抬頭盯著電梯的數字，越是在意，越覺得數字跑得超慢。他忍不住皺起眉頭，瞪著數字，還去按了按電梯鍵。

藤沐仁不耐煩地緊抿著嘴，按一下電梯，等了幾秒，又去按一下，那看似孩子氣般催促電梯快一點的模樣，讓蕭立呈不自覺地莞爾一笑，心想藤沐仁每次緊張就咬著拇指，多按幾下電梯也不會加速呀。

「呵呵，真可愛！」蕭立呈不經意把想法說了出來。

藤沐仁一愣，回身看向後方的蕭立呈，「你剛說什麼？」

蕭立呈努力維持鎮定地回答，「嗯？我沒說話，你聽錯了。」

這時，電梯門總算開啟了，一個蹙著眉頭，一個強作鎮定，兩人一前一後，不動聲色地走進電梯。

＊＊＊＊

葉幸司向公司請了假，陪傅永傑回到住處。

傅永傑得到了葉幸司的理解後，懸著的心也終於放下。回到自己的房間後，就緊握著他的手睡著了。

葉幸司坐在床邊，靜靜地看著傅永傑的睡臉，不知凝視了多久，直到李晴芳走到房間門口，聲音傳入了他的耳中。

「你可以放手的，這孩子睡著就跟豬一樣，吵不醒。」

葉幸司聽完，笑了笑，仍舊看向熟睡中的傅永傑。

「他睡了一下午……」

「沒事，這幾天他失眠，每天睡不到幾小時，現在應該是一下子爆發，絕對一覺睡到明天才醒。」

「可是，要是他半途醒了……」

「你也不能讓他握著一整晚，還要吃飯呢！」

葉幸司不忍就這樣鬆開傅永傑的手去吃晚餐，不過李晴芳才沒有他這麼體貼和小心翼翼，大步上前，直接扳開傅永傑的手，把葉幸司的手抽了出來。

「媽……」葉幸司又急又慌地看著她，就怕傅永傑因此醒來。

「沒事，大不了吃完飯再把手塞回去，你看，是不是沒醒。」

李晴芳一臉不在意，果真傅永傑也沒醒。葉幸司起身要走，想起李晴芳剛剛說傅永傑這陣子失眠，大概是因為這陣子他都不理睬傅永傑，才讓永傑難以入眠吧？他心疼著永傑，走出房間前，再次回眸熟睡的永傑，才緩步走向餐廳。

此時餐桌上已經放了幾道家常菜，葉智輝看起來心情很好，正替自己倒杯酒，看到葉幸司出現，急忙開口：「難得平常日回家，陪爸爸喝一杯？」

「好啊！」

葉幸司沒想太多就答應，李晴芳卻趕緊出聲提醒著：「爸比，幸司明天還要上班呢！」

「沒關係。」葉幸司很久沒和爸爸喝酒，如果只是少量，應該沒什麼問題。

「兒子難得回來，只喝一杯而已，不會喝太多。」

葉智輝也是這麼想著，李晴芳拿兩人沒辦法，也不再阻止免得掃興。

「你看你爸高興的，以後要常回來。」

「別給孩子壓力，工作忙，有時間就多休息，不用常往家裡跑。」葉智輝知道幸司平常工作忙碌，休假期間不想給幸司壓力。

然而葉智輝不知道，葉幸司其實很想回家，他想和他愛的家人住在一起，但是，他又害怕被父親知道性向，然後看見父親對他失望……葉幸司的內心忽地湧出一股酸楚，「我以後會常回來的……」

「不用勉強啊！不過要是回來先說一聲，我讓你媽做你愛吃的。」

「嗯。」葉幸司聽著爸爸的話，點了點頭。

「要先吃點東西再喝酒啊！不然會傷胃。」李晴芳說著，就把菜夾到葉幸司的碗裡，也夾了菜給葉智輝。

葉智輝開心地替自己倒酒，對李晴芳說著：「記得幫傅永傑留菜。」

眼前這般日常的家庭景象，讓葉幸司心裡充滿了溫暖與眷戀。貪戀地看著父母的一舉一動，一邊吃著母親的拿手料理。

＊＊＊＊

晨光喚醒了傅永傑，他緩緩睜開雙眼，坐起身子，有點恍神地觀察四周。當意識逐漸清晰，他看清楚自己是待在房間裡，隨後，抬起雙手，此時，葉幸司的手已經不在這雙手中了。

他愣愣地看了自己的雙手好一會兒，直到接受了現實，便面無表情地放下手。

傅永傑頂著因為睡太久而變得凌亂的頭髮離開房間，在看清楚餐桌旁的人影後，冷漠的神情瞬間變成了呆滯，愣在原地。

此時的葉幸司正幫忙李晴芳把早餐放在桌上，幸司一見到他出現，便勾起一抹溫柔的笑容，對他道了聲：「早安！」

傅永傑愣得根本回不過神，只是看著葉幸司。

葉智輝走向餐廳，看到傅永傑呆愣的樣子，呵呵笑了起來，「這孩子難得這麼呆，你看你把他嚇得。」

李晴芳催促著傅永傑別呆站在那裡，「睡這麼久終於醒了，趕快去洗臉刷牙。」

傅永傑猶如沒聽見似的，邁開步伐走向葉幸司。

「你還在……」

葉智輝開心地說著：「你哥他昨天晚上睡在家裡啊！」

「你回家了？」傅永傑看著葉幸司。

「只是一個晚上……」

現階段就算只是一天也好，傅永傑立刻握住葉幸司的手，向他保證，「不會只是一個晚上，會有很多很多晚上，我會讓你回家住的。」

這話讓葉幸司愣住了。

「呵呵呵，你這孩子睡糊塗了，你哥想回來住隨時都可以回來，哪還需要你讓他回來。」葉智輝邊說邊走進廚房，對還在廚房忙碌的李晴芳笑著繼續說：「媽咪呀！永傑難得這麼呆傻，這是不是現在年輕人說的那個什麼呆萌啊！」

「萌什麼！」李晴芳對外大喊著：「傅永傑動作快一點，等一下跟你哥一起出門去捷運站，不然你上學要遲到了。」

伴著父母的談話聲，葉幸司正目不轉睛地看著傅永傑認真的模樣和說出的承諾。

但就只是看著，沒有任何反應，這讓傅永傑有些著急了。

「你聽懂了嗎？我會讓你回家，什麼都不用怕。」

葉幸司微微點頭，一時鼻酸，哽咽了起來。

葉智輝拿著碗筷從廚房走出來，還看到兩人站在桌邊。

「來，坐下來吃早餐。」

葉幸司有些慌張，因為他不想被父親看到他難過的樣子，這些情緒傅永傑全看在眼裡，他拉著葉幸司走往浴室，然後把幸司推進去，關上門。

葉智輝感到疑惑，問著待在浴室外的傅永傑：「怎麼了？」

傅永傑依然面無表情，平淡地回答：「他眼睛痛，有睫毛掉進去。」

葉智輝沒在意，繼續擺碗筷，而此時，葉幸司正摀著嘴，心酸與感動讓他的眼眶泛出熱淚，獨自在浴室裡低聲啜泣著。

＊＊＊＊

陽光從窗戶晒進室內，光線映在正穿好衣服準備出門上班的藤沐仁身上。一出房間，他發現蕭立呈的房門是緊閉著。

「都幾點了，還沒起床嗎？」藤沐仁想了想，主動上前敲著蕭立呈的房門。

「你起來了吧！時間差不多了。」

房內沒有任何回應。

「蕭立呈，該起床了，你再不回答，我要開門囉！」

他等了一陣子，決定把門打開。

蕭立呈的房內空無一人。

「看來他昨晚沒有回來……」

藤沐仁環視了四周，嘆了口氣。

「不能再這樣下去了，只是被看到醜態，不能搞得連朋友都做不成，我得想辦法打破這份尷尬才行。」

藤沐仁心意已決，神情嚴肅地離開蕭立呈的房間。

＊＊＊＊

葉幸司因為昨天臨時請假，給設計部門添了不少麻煩。為了表達歉意，葉幸司在前往公司的途中買了些點心和飲料，想藉此慰勞部門同事的辛勞。

「昨天突然離開，真的很抱歉，帶給大家困擾。」葉幸司向大家道歉，職員們趕緊湊到他身邊，關切著他。

「沒事啦，總監的資料準備得非常齊全，我找美芳陪我一起去開會，我們開會很順利。」

王姊身為資深員工，這種突發狀況她還能應付掌控，只希望總監別太過自責，但葉幸司仍然再次向大家道歉。

「真的很對不起……」

「總監，沒事吧？你昨天跑出去的時候，表情好慌張。」劉美芳上前關切著他。

「沒事，只是虛驚一場，嚇到你們了。」

劉美芳一聽，鬆了口氣，「沒事就好。」

就在葉幸司進辦公室沒多久，蕭立呈就走到設計部門，彷彿一直在等待幸司出現，「借一下你們總監。」

他也不等葉幸司反應，就嚴肅地抓住幸司的手往會議室去，設計部的職員們面面相覷，不知道發生了什麼大事。劉美芳與王姊也一臉擔心地看向離去的兩人。

蕭立呈把會議室門關好，就開始對好友闡述他昨天發生的事情。

「好可愛？」葉幸司訝異地複誦了一遍蕭立呈剛剛說的話。

蕭立呈用力點著頭，十分嚴肅地問著葉幸司，「你幫我分析看看，為什麼我會對沐仁有這樣的感覺？以前我都不會啊！但是現在看到他，就會很注意他的小表情，還會對他的表情有感想，那些感想還很奇怪……」

「好了好了！你冷靜一點。」

「好，我馬上冷靜。」蕭立呈深呼吸了幾次，穩定情緒，然後盯著葉幸司。

「其實沐仁也找我聊過，他覺得你怪怪的，私下稱呼也改叫沐仁，不叫藤藤了。」

蕭立呈一聽有些為難，「我叫不出口，因為突然感覺……有點情色……」

「覺得情色啊……」葉幸司想了想，又繼續說：「我可以問一下，那一晚在飯店到底發生什麼事？因為沐仁什麼也不記得。」

「那一晚……其實什麼事也沒發生，就是看他打手槍，看了一整晚。」

葉幸司感到驚訝，「看一整晚？你為什麼要看一整晚？」

「我哪知道啊！男人打手槍有什麼好看的，可是那個晚上我就是……著魔了吧！就在浴室裡盯著他，看他每一個表情，每一個反應……然後還做春夢……」

葉幸司聽到最後倒抽了一口氣。

「你做關於沐仁的春夢？」

蕭立呈很嚴肅地問著葉幸司：「我有問題對不對？」

面對好友的問題，葉幸司很謹慎斟酌說出的每一個字，「不是這樣說，或許……你對沐仁有感覺了。」

蕭立呈一聽，往後倒向椅背，懊惱地想著，「我就知道是這樣，我拿出我珍藏的三上悠亞還有明日花，一開始都還好，等到有感覺的時候，我就馬上想到沐仁的臉，結果就……更有感覺了……」

「你也不要這麼糾結，或許只是那一晚受到誘惑，一時間的，你又不是沒交過女朋友。這陣子你這麼努力營造追求沐仁的感覺，所以有點錯亂了吧！」

「是這樣嗎？那我要怎麼確定？我不想失去沐仁這個朋友。」

蕭立呈期待著葉幸司能幫忙想出兩全其美的辦法。畢竟葉幸司喜歡男人，應該比他還理解喜歡上男人的心情。

葉幸司沉思了一會兒，說：「假使你對沐仁有了占有慾，或許真的是喜歡上沐仁了。但要怎麼做才能讓你有吃醋的感覺呢？」

「我知道了！從我認識的女性友人中，找一個我認為最好最優秀的介紹給沐仁，假使我看著他們要好還能祝福的話，就表示我只是被那一晚迷惑。要是我真的吃醋到受不了，那就真的喜歡上沐仁了！」蕭立呈找到了新的目標，便著手開始布線與聯絡。

＊＊＊＊＊

於是週末正午，蕭立呈、藤沐仁與葉幸司前往座落於郊區的知名牛排館，店內人聲鼎沸。三人許久沒有一起聚餐，臉上都掛著久違的笑容。

「今天是沾了立呈的光，才能吃這一頓餐。」葉幸司說。

「之前我說要請客，你還不願意，沒想到私下就訂好了餐廳。」藤沐仁睨著蕭立呈，措辭雖然像在抱怨，但他內心其實很高興，因為立呈終於願意接受自己的感謝。

蕭立呈對藤沐仁說：「能吃免費的白痴才拒絕，而且我已經想好回禮了。」

「難道你還要反請我一次？」

「請來請去多沒創意，我的回饋當然是更有心。」

藤沐仁很好奇，「是什麼？」

蕭立呈突然神祕地笑著，對藤沐仁身後的某人招了招手。

藤沐仁轉身一看，有位打扮入時的美女正微笑朝他們走了過來。

蕭立呈紳士地起身，帶著美女坐到藤沐仁的身邊。

「我介紹一下，這位是Gill，我的大學同學，目前在外商公司上班。」蕭立呈也對Gill介紹，「這兩位是我的朋友，葉幸司、藤沐仁。」

「你們好。」

儘管 Gill 的突然出現讓藤沐仁感到有些奇怪，但他還是很有禮貌地打了招呼。

「妳好。」

葉幸司也微笑說著，「很高興認識妳。」

「我是不是很有心，你請我吃飯，我介紹美女給你認識，Gill 跟你有一樣的興趣，喜歡看書，熱愛工作，最重要的是她也很喜歡看鬼片。」

藤沐仁很訝異，「喜歡看鬼片的女生不多！」

Gill 對藤沐仁說：「我喜歡鬼片的氛圍，但我更愛喪屍片，尤其是《末日之戰》，拍得真好。」

提到那部片，藤沐仁似乎找到了同好而眼睛一亮，「我也很喜歡那一部。」

「真的嗎？我對裡面描述人類的愚蠢很有感。」

藤沐仁很認同 Gill 的說法而點著頭。

蕭立呈看過這部片，他也想加入話題，便問著兩人，「裡面有講到人類的愚蠢嗎？」

藤沐仁說，「Gill 講的是大家一起唱歌的那一段吧！」

「Bingo！」

藤沐仁與 Gill 心有戚戚焉地互看一眼。

對於才剛見面就有默契的兩人，蕭立呈只是愣愣地看著他們。

葉幸司急忙催促大家，「別光顧著聊，點餐吧！」

大家就拿起菜單看，藤沐仁邊翻菜單邊開口，「這家餐廳有名的是……」

「乾……」蕭立呈想接話，Gill卻先開了口：「乾式熟成的牛排。」
「特色是？」
「肉汁和油花更集中，讓牛肉變得甜而多汁，風味和脆度的表現上更佳。」
「推薦的部位？」
「丁骨，骨頭兩邊由紐約客和一部分菲力組成，兩種都吃得到。」
藤沐仁頗驚訝地看著Gill，「妳很專業。」
「因為我很愛吃牛排，這一家還是我介紹給立呈的，如果你喜歡，改天帶你去吃另一家。」
「好啊。」
藤沐仁與Gill熱絡地對話，蕭立呈完全沒有機會插話，只是淡淡地笑著。一旁的葉幸司察覺到蕭立呈的沉默，有些在意地看著他的反應。

＊＊＊＊

吃完飯，四人走出餐廳。
「今天謝謝沐仁請客，這一餐吃得很棒。」葉幸司說著。
蕭立呈看著藤沐仁，「你的錢包失血不少吧！」
「放心，還活著。」
一旁的Gill連忙說：「不好意思讓你破費了，不然，我請大家看電影吧！有部鬼片剛上映。」

葉幸司看了看時間，「現在嗎？我答應我爸媽要回家一趟。」

藤沐仁卻說，「我時間ＯＫ，立呈你呢？」

「你們去吧！剛好孤男寡女共處一室。」蕭立呈開玩笑地說著。

「胡說什麼！」

「兄弟我在給你製造機會耶！」

蕭立呈意在言外，Gill 一聽含羞地笑著，藤沐仁則沒把他的話當一回事，就對 Gill 說：「我們走吧。」

Gill 點點頭，跟著藤沐仁一起離開。

見他們走遠，蕭立呈便收回方才調皮的神情，疲憊地蹲了下來。

葉幸司趕緊關心著他，「你還好嗎？」

「不行了……」

「什麼不行？」

「很悶，很不高興，很想揍死我自己，幹麼把 Gill 找過來，剛才吃飯的時候我不敢多說一句話，一直逼自己要微笑要微笑，就怕下一秒我會直接翻桌子。」

蕭立呈的話讓葉幸司很驚訝，這就表示……

「所以你已經確定，真的喜歡沐仁？」

「小葉，我不是沒有談過戀愛，我已經對他有占有慾了，很想把他緊緊抓在身邊，誰也不准碰。」

這些話令葉幸司露出為難的神情，「我勸你還是謹慎一點比較好，你不是說過你不想失去沐仁這個朋友。」

「所以你要我隱瞞，壓抑？」蕭立呈認為自己不可能做得到這些。

葉幸司苦笑著，「喜歡上朋友……結局不一定會很美好的，一個不小心，不只連朋友都做不成，還可能變成難堪、痛苦的回憶。」

蕭立呈聽了便陷入沉默，葉幸司則陪在他身邊，輕聲嘆息著。

但蕭立呈的沮喪只是一時的，他深吸了口氣，抹了一把臉，很快地，表情堅定，不容置疑地宣示：「不想失去朋友的方法，不是壓抑，不是隱瞞，而是追到他！」

蕭立呈說完，一副勢在必得的模樣，自信一笑，「來研究作戰計畫吧！」

葉幸司聽了他的宣言，雖然笑得有些無奈，但也沒有反對，反倒佩服起蕭立呈那無所畏懼的決心。

第六章

蕭立呈確認了自己的心意後，決定要對藤沐仁積極地展開追求，也因此，他趁午休時間，職員們大多外出用餐，公司沒什麼人的時候，約劉美芳到茶水間裡密談。

蕭立呈鄭重向劉美芳道歉。

「對不起，欺騙了妳，我不是要惡整妳，也不是要嘲笑妳是腐女，我那時候是一心想要追妳，只是妳非常排斥我，所以……」

面對蕭立呈極為誠心的道歉，劉美芳打斷了他的話，「停！我不想聽！你不用再解釋，我只想知道……」

劉美芳從一臉怒容瞬間變成了興致盎然的模樣，雙手合十，期待地看著蕭立呈。

「你真的喜歡上藤經理了？」

蕭立呈害羞地承認，「是。」

「天呀！我可以跟我的朋友分享這個好消息嗎？我保證，我們絕對不會把這件事外流出去。」

「妳分享我也沒關係，反正既然愛了就要坦然，我不喜歡躲躲藏藏，喜歡一個人又不丟臉。」

劉美芳對蕭立呈的這番話滿是驚喜，「噢！好 Man 喔！」

「妳先不要高興得太早，我還沒追到藤藤呢！我從來沒追過一個男人，還要請教妳方法，給我一些意見。」

劉美芳雙眼一亮，立刻在腦子裡把曾經看過的二次元三次元的ＢＬ經驗全部搜尋出來。

「當然沒問題，我一定會知無不言，言無不盡，把我知道的全都跟你說，我那些朋友也會一起幫我想方設法的。」

蕭立呈向劉美芳誠懇地感謝，「那就千萬拜託了！等到成功之後，我請大家吃飯，好好感謝你們。」

「不用，你感謝我們的方式，就是追到藤經理。Fighting！」

「Fighting！」

劉美芳催促著蕭立呈，「那走吧！第一步就是去買藤經理愛吃的東西討好他。」

「有道理。」

「接下來，你要製造各種機會……」

劉美芳滔滔不絕地教導蕭立呈，興奮地一起走出茶水間。

＊＊＊＊

午後的會議室裡，葉幸司將前幾天發生的事轉述給藤沐仁知道，聽到最後，沐仁一臉驚訝地看著幸司。

「你原諒他？」

「事情都已經發生了，而且他承諾我要帶我回家……」

「回家隨時都可以回家，他可是故意灌醉你，占你便宜。」

「回家不是那麼容易的。」葉幸司深吸了口氣，才緩緩道出內心的苦楚。

「我媽在我小學的時候過世，只剩我們父子倆過日子，我跟我爸感情很好，他總是說家裡才兩個人太孤單了，期望我以後討老婆多生幾個讓家裡熱鬧一點，我還跟他爭執過是要生三個還是五個呢！」

藤沐仁聽到這裡似乎明白了些什麼，「你爸還不知道你是同志？」

「我就是怕他知道，所以大學二年級的時候就搬出去住了，畢竟生活在同一個屋簷下，很難不被發現。」

「不能直接跟他坦白嗎？」

對葉幸司來說，向父親坦白是最煎熬的課題，試想了那些畫面，他便難過地垂下頭。

「我怕看到他失望的表情，害怕因為我喜歡男人這件事，讓他痛苦，讓他傷心，我……無法面對……他的絕望……」

「可是不可能瞞一輩子吧？」

「我知道，但我就是這麼膽小又怯懦，選擇逃避，過一天是一天，你對我很失望吧！」

葉幸司自嘲地笑了笑，這帶著苦澀的笑容令藤沐仁很心疼，上前拍著他的肩膀，安慰著他：「每個人都有自己的難處，可能對我來說很簡單，但對你卻很難，我不會批評你，我只是很心疼。」

葉幸司感到心頭一陣溫暖，感謝之情讓他露出溫柔的笑容，「謝謝你，沐仁……」

只是藤沐仁還是想替葉幸司抱不平，「你弟灌醉你的行為還是不能原諒，這是抓著你的弱點明明白白的威脅！」

「沒那麼嚴重，永傑沒有你說的那種威脅我的想法，他只是太……太喜歡我而已，他對喜歡的東西保護慾很強，我記得小時候只要是他喜歡的玩具，就不准任何人碰。」

藤沐仁發現葉幸司在面對傅永傑的事，總是很積極地替傅永傑說好話。

「幸司，該不會你也『喜歡』你弟弟吧！」

「我當然喜歡他！但不是你認為的那種喜歡。」

「你確定？愛情可以從不同角度發生在任何時間點和關係上的。」

藤沐仁的這番話讓葉幸司愣住了，而就在此時，會議室的門被人推開，蕭立呈正提著一盒蛋糕走了進來。

「你們兩個在這裡講悄悄話，排擠我，結果我不計較，還買點心來給你們吃，夠意思吧！」

兩人受不了他地笑了笑，蕭立呈就坐到藤沐仁的身邊，打開蛋糕盒，把蛋糕分別放在兩人面前，特別針對藤沐仁說著：「我買了你最喜歡的栗子蛋糕。」

葉幸司很驚訝地看著蛋糕，「這家店的栗子蛋糕不是很難買嗎？」

「為了藤藤，沒有東西是難買的。」

「這個稱呼已經好久沒聽到了。」葉幸司說。

「怎麼會，就算我沒叫出口，還是會一直放在心裡啊！」

蕭立呈說得一點芥蒂也沒有，一副理所當然的模樣。藤沐仁便皺眉盯著他看，不知今天又吹了什麼風，蕭立呈和前陣子判若兩人。

「你今天咖啡喝太多，咖啡因中毒嗎？」

「不是，是我的人生豁然開朗，終於找到了要追求的目標，而且跟美芳達成了和解。」

藤沐仁聽蕭立呈提起劉美芳，馬上理解地點點頭，吃起蛋糕來。

「原來是跟美芳有了更進一步的進展。」

蕭立呈說：「你要這麼理解也可以。」

「看來我們之間的尷尬消失了。」藤沐仁對此鬆了口氣。

「什麼尷尬？有嗎？」

藤沐仁瞪著蕭立呈一副裝傻的模樣，「哪沒有？前幾天你一整夜沒回家，不是因為尷尬？我還特地上網訂了溫泉飯店想拉你一起泡，打算來個袒裎相見，以毒攻毒。」

這提議讓蕭立呈眼睛一亮，「泡溫泉，好啊。我最喜歡泡溫泉。」

蕭立呈此時心花怒放，伸手輕輕撫過藤沐仁留在唇角的奶油，然後把拇指放到嘴邊，舔完了還對藤沐仁挑眉燦笑。

藤沐仁猝不及防地接受了他詭異的行為，愣得嘴巴遲遲沒閉上。一旁的葉幸司看著兩人，忍不住噗哧一笑。

＊＊＊＊

葉幸司與蕭立呈、藤沐仁約好一起泡溫泉。在和傅永傑相約在公司附近的簡餐店吃午餐時，他告訴了傅永傑這件事。

傅永傑聽了立刻皺眉，向正在吃飯的葉幸司要求著：「我也要去。」

「不行，反正這週末我不會回家，讓你知道一下。」

「我也要去。」傅永傑再次強調。

「沐仁只訂了一間三人房。」

「哪一間，我現在就訂。」

傅永傑說著拿出手機，葉幸司看了有些無奈。

「永傑，你不要一直追著我跑，我們之前發生的……就當沒發生過，還是一家人好不好？」

傅永傑一聽，表情瞬間變冷，「我以為你永遠不會提我們上床的事，不過現在我倒希望你不要提。」

「永傑……」

「不可能當沒發生過，我已經擁有你，我不會放手。」

「你對我只是雛鳥情結，也或許是一時依賴產生的迷戀，那絕不是愛情，你根本不了解我。」

傅永傑不想從葉幸司口中聽見這些，即使飯才吃了一半，他仍起身，頭也不回地離開簡餐店。

葉幸司凝視著傅永傑離去的身影，輕輕嘆了口氣。

＊＊＊＊

下班後，葉幸司載著藤沐仁回家，藤沐仁向他聊起了蕭立呈。

「……難道你不覺得他最近怪怪的？」

葉幸司即使知道原因，還是希望當事人能親自說明，便婉轉地說：「我是覺得還好啦！他的目的性很明確，不過如果你覺得怪，可以跟他聊一聊。」

藤沐仁認同了葉幸司的提議，「你說得沒錯，這個週末去泡溫泉的時候要和他一次把話說開，不然這樣下去，我……」

藤沐仁話說到一半就突然停住了，這引起葉幸司的好奇，追問他：「你怎樣？」

「我……」藤沐仁字斟句酌地說話，因為他看見了站在不遠處的傅永傑，然後示意了葉幸司，幸司也順著看去，發現了永傑。

傅永傑走到葉幸司的面前，從背包裡拿出三本筆記本，遞給他。

「這是什麼？」

「日記。從我喜歡你的那一刻起，我就開始每天寫日記，記錄的都是你的事情。你所有的喜怒哀樂，你看完之後再來評斷我到底了不了解你。」

傅永傑把日記交給葉幸司後，便轉身離去。

葉幸司看著手中的日記，不只是他覺得訝異，連藤沐仁也感到不可置信，「我第一次聽到有人寫日記是記錄別人的生活點滴。」

葉幸司注視著離去的傅永傑，複雜的情緒全寫在臉上。

＊ ＊ ＊ ＊

睡前，葉幸司將傅永傑交給他的日記本拿到床上，很認真地閱讀上頭的文字。

——爸爸今天生日，哥陪爸爸喝了幾杯酒，喝醉的他臉紅紅的看起來很可愛，我目測，他喝了三杯半的高粱就醉了。

「原來他早就知道我的酒量，難怪灌得醉我。」葉幸司備感詫異地繼續翻著下一篇。

——最近哥很開心，特別的開心，每分每秒都像是在笑，我感覺得出來，他戀愛了。

葉幸司愣了一下，繼續翻著日記本。

——他喜歡天空藍，所以買了藍色襯衫想送給喜歡的那個人，我也想要，但我現在只能看天空，得不到。

——他的廚藝不是很好，煮了好幾次義大利麵都失敗，我以後要學會煮飯。

——那個人來了，今天我身體不舒服提早回家，看到他和那個人在接吻，是個男人。可是晚上睡覺的時候，我聽到他在哭，很小聲，但我還是聽到了，我想是因為他

確認自己喜歡男人的事實，不可能喜歡女人，所以難過地哭了。他那麼愛爸爸，所以是為了爸爸哭了。我什麼都沒說，去他房間硬要跟他擠一張床，他沒趕我走，以為我做噩夢，我抱著他，他摸我的頭，有笑容，我知道他現在需要人陪著。

這篇日記讓葉幸司憶起了當時的自己，那份苦楚在心裡蔓延開來。他深深吸了口氣，然後快速翻找著日記，像在尋找什麼，找完這本，就換下一本，並喃喃說著：

「大學二年級……」

葉幸司找到了他印象中的那一段日子，緩下翻找的速度，慢慢翻到他想閱讀的那篇日記。

——他說要搬出去，爸爸反對，媽媽也不贊成，他很為難。我不喜歡，所以我說我要他的房間，比較大，我升國中課業會很重，需要一個大書桌。我鬧脾氣，說他們偏心，媽媽打我，我還是繼續鬧。今天，爸爸終於答應，他的房間是我的了，他可以搬出去住了，這樣他的傷心或許會少一點……

從傅永傑的這則日記，葉幸司才明白當時的永傑會吵著要那間房間，所做的一切都是為了他，淚水在眼眶裡打轉著，努力想忍住這股無奈又感動的情緒，以至於他現在想哭又有點想笑。

這天晚上，葉幸司待在房內，靜靜地閱讀著傅永傑的日記。

＊＊＊＊＊

天朗氣清的週末，藤沐仁和葉幸司提著行李站在路邊等著。

不一會兒，一輛車就停在他們面前，蕭立呈從駕駛座下來，俏皮地對他們說：「帥哥，搭車嗎？」

「這輛車租得不錯，可以搭。」藤沐仁轉身對葉幸司說：「上車吧！」

「可以等一下嗎？永傑應該快來了。」

葉幸司的話讓蕭立呈很驚訝，「他要來？」

「我邀請他的。」

葉幸司尷尬地低下頭，畢竟先前發生了那些事，蕭立呈一時之間肯定很難理解他的行為。但他看了傅永傑給的三本日記，實在不忍心放著傅永傑不管，自己跑去泡溫泉。

藤沐仁聽了就尋著四周，立刻發現傅永傑的身影。

「來了。」

傅永傑難得臉上有笑容，往三人的方向走過來。他把手中的保溫瓶遞給葉幸司，溫柔地說：「我早上打的蔬果汁。」

「謝謝。」

蕭立呈對旁若無人的傅永傑抱怨：「怎麼只給你哥，我們呢？」

傅永傑冷淡回應他：「我又不了解你們喜歡吃什麼蔬果。」

「這是禮貌問題……」

蕭立呈還沒說完，藤沐仁便打斷了他，「不，永傑說得沒錯，他比較『了解』幸司，幸司所有的一切他絕對都瞭若指掌，是吧？幸司？」

因為蕭立呈不知道日記的事，不明白藤沐仁意有所指的是什麼，這讓葉幸司有些不好意思。

傅永傑看不慣葉幸司被調侃後手足無措的模樣，用極度冰冷的目光盯著藤沐仁，「我瞭解他，你在嫉妒羨慕恨嗎？你可以自己找一個，旁邊就有現成的。」他邊說邊看向蕭立呈，反將了藤沐仁一軍。

蕭立呈則拿著藤沐仁、葉幸司的行李，當要拿傅永傑的行李時，他猶豫了。永傑二話不說把包包塞給他，跟著葉幸司一起坐到後座。

蕭立呈替藤沐仁打開車門讓他入座，將大家的行李放進後車箱後，自己也開心地跑回駕駛座的位置。

藤沐仁一坐進去，就開始觀察車內的音響、冷氣設備，並稱讚著：「這車不錯，以後買車可以考慮。」

「喜歡的話，我來買。」

「好啊！再借我開。」

蕭立呈說：「不用借，送你。」

「這麼大方？」

「因為我的就是你的。」

蕭立呈說得很曖昧，藤沐仁並不理解他的意思，但立呈原本就很常說些狀況外的話，他也習慣了，便不多追問。當他去拉安全帶的時候，蕭立呈馬上又說：「我來！」

突然間，蕭立呈整個人都往他身上貼過來，他下意識地縮到椅背，兩人的距離近到能感受彼此呼出的氣息。即便他驚訝地瞪大了眼，蕭立呈仍對他笑了笑，替他把安全帶扣好，卻沒有回到自己的位置，依然很靠近他。

「你……還要幹麼？」

「讓你更舒服啊！」

藤沐仁一愣，身體突然往後仰了一些，蕭立呈正在替他調整座椅。

「這樣坐起來是不是比較舒適一點。」

蕭立呈調整完就坐回駕駛座，藤沐仁故作鎮定地照鏡子整理儀容，從鏡中卻發現葉幸司與傅永傑正看著他們。幸司一與他對上眼，立刻瞥開視線看向窗外，永傑則對他扯了扯嘴角，笑得意味深長。

藤沐仁收回視線，不想繼續跟傅永傑對看，但某個炙熱的溫度正覆著他的手，愣得低下頭，就見蕭立呈正握著他。不過還沒等他開口，蕭立呈就馬上抽手，笑著向他道歉。

「對不起，握錯了，我是要握排檔桿啦！」

既然蕭立呈都先解釋了，藤沐仁也不好說什麼，把手收在腿上，目視前方，沒有很在意蕭立呈的行為。

＊＊＊＊

轎車開往他們今日預定入住的溫泉旅館。途中，蕭立呈與傅永傑去替大家買咖啡，藤沐仁與葉幸司則待在休息站外，看著海。

藤沐仁趁沒有蕭立呈在的時候，壓低聲音對葉幸司說：「我覺得立呈越來越……我不知道該怎麼形容，好像……過嗨了。」

「你是指哪方面？」

「就是很多肢體動作。」

葉幸司試著想了解藤沐仁對此的想法，「你不喜歡嗎？」

「也不是，他之前就愛動手動腳，只是我感覺他現在好像特別開心，不知道是什麼原因，你知道嗎？」

「算是知道吧！」葉幸司說。

「是什麼？」

「我覺得你還是等他親口跟你說比較好，反正跟你有關就對了。」

「跟我有關？難道是想跟我賠罪？」藤沐仁只能想到這件事。

「賠罪？」

「對啊！之前他把我當病毒一樣躲避，現在這樣愛碰來碰去，或許就是一種道歉，要我釋懷。」

藤沐仁越想越覺得是這樣，自認解開了疑惑，便開心地笑著，「看來，他還是挺重視我這個好朋友。」

與此同時，蕭立呈與傅永傑正在等咖啡。

蕭立呈很不可思議地看著傅永傑，「你哥居然原諒你。」

傅永傑不加思索地回著：「因為愛。」

蕭立呈只是挑了挑眉不予附和，傅永傑反倒繼續對他說：「你追男人的手段太粗糙，我可以教你。」

「你會這麼好心？」

「我不喜歡他跟幸司太好。」

蕭立呈吹了聲口哨，「已經直接叫名字啦！」

「要嗎？」

蕭立呈想了想，既然兩人有共同的目標，他便贊同地伸手，傅永傑也握住他的手，彼此達成共識。

「等一下聽我的，不要反對。」

蕭立呈表示：「ＯＫ！」

＊＊＊＊＊

四人抵達溫泉旅館，藤沐仁到櫃檯辦理 Check in，拿了兩套房卡走回三人面前，「兩間房，怎麼分配？」

葉幸司有些為難地看著藤沐仁與蕭立呈，心想：蕭立呈要追藤沐仁，應該讓他們住一間才對，可是……

葉幸司稍稍看向傅永傑，永傑明白他心裡在想什麼，主動抽起藤沐仁手中的房卡，遞給幸司，接收幸司那一臉緊張的表情，然後說著：「這房卡給你。」

「我……」

傅永傑偏了偏臉，指向藤沐仁，「你跟他一間。」傅永傑說出了葉幸司預料之外的組合，他愣愣地看著永傑。

蕭立呈也不是很理解傅永傑為何做這樣的分配。但想起方才傅永傑要他聽從指示，便也欣然接受，「嗯，沒問題。」

藤沐仁和葉幸司就提著旅行袋進入屬於他們的房間。面對傅永傑的分配，兩人都相當驚訝。

「沒想到他會主動讓我們住一間。」藤沐仁說。

「是啊！我以為他會堅持和我一起住，我還有點不知道該怎麼辦。」

「看來他還有體貼的一面嘛！」

「嗯。」

傅永傑被藤沐仁稱讚，葉幸司與有榮焉地甜甜笑著，他不知道沐仁正觀察著他這些小動作。沐仁似乎認為葉幸司是喜歡傅永傑的，也勾起了笑容。

而隔壁房，蕭立呈和傅永傑走進房內，立呈劈頭就問永傑：「你讓我們分開睡，那接下來呢？」

「以退為進之後就是進攻，他現在鬆懈了心房，就直接猛攻，不要手下留情。」

聽了傅永傑的建議，蕭立呈笑了，「我喜歡這個做法。」他坐在床沿，隨即頓了一下，扭頭看向傅永傑，很嚴肅地問著他，「你會打呼磨牙嗎？」

傅永傑冷冷地看著立呈，等了三秒才故意這麼回答，「會，很大聲。」

蕭立呈聳聳肩，「我也會，那就打平，誰也沒對不起誰囉！」立呈跑去翻一翻房間的設備，一面和傅永傑擬定進攻計畫。

傅永傑不加思索地向立呈下達指令，「如果是我，就直接找他去泡湯。」

＊＊＊＊

成功支開了蕭立呈和藤沐仁，傅永傑終於能和葉幸司到溫泉旅館外頭散步。兩人漫步欣賞著附近的好山好水，葉幸司就趁這機會將三本日記還給傅永傑。

傅永傑盯著他交還的筆記本，「看完了？」

「還沒，不過我相信你說的你了解我，因為我離家的心情，我獻出去初吻後的傷心，你都明白。」

傅永傑聽著，表情突然冷了下來，收下日記，沉默著，葉幸司感覺到他正在不開心。

「你不高興了？為什麼？」

傅永傑不說話，也不看著葉幸司。

「我說你了解我，不對嗎？」

傅永傑還是不說話。

葉幸司便試探著問他：「還是，你聽到初吻兩個字不高興？」

被他說中，傅永傑這才看向他，然後盯著他的雙唇。

被永傑這樣看，葉幸司也不好意思起來，低下頭跟著沉默了。

「我對你不是雛鳥情結，更不是依賴產生迷戀，是你努力取得我的信任，讓我喜歡上你給我的溫暖，愛情是什麼，我不知道，我只知道有你在，我很滿足。」傅永傑說完，伸手握住葉幸司，「我想一直牽著你的手，不想放開，就只是這麼簡單。」

「聽你說這些話，坦白說我很感動，可是我不知道我對你的感情是愛情，還是心軟，我……」

葉幸司話還沒說完，傅永傑便打斷了他的話，「只要你給我機會讓我追你，我一定會讓你愛上我。」

葉幸司一聽，忍不住笑了，「你對自己這麼有自信？」

「因為我是你最好的選擇。」傅永傑沒有一絲動搖，被這麼堅定的目光凝視著，葉幸司露出了溫柔的笑容，就這樣讓永傑牽著手，在清涼的林蔭下散步。

與此同時，藤沐仁被蕭立呈拉到男士換衣間。

才剛 Check in 沒多久，就來泡溫泉，而且還只有他們兩人，藤沐仁對此感到有些疑惑，「這麼早就開始泡？」

「現在這個時段人比較少，泡起來比較舒服。來吧！快脫衣服，你不是要跟我來個袒裎相見嗎嗎？」

蕭立呈二話不說開始脫衣服，一下子就把自己脫到只剩條內褲。

藤沐仁接受了這說詞，便不疑有他地準備要脫去衣物，蕭立呈卻向他伸出了手。

「手給我。」

「幹麼？」

「給我你就知道了。」

藤沐仁伸手，就見蕭立呈把他的手按上自己的胸膛。

「感覺到沒有，我胸部的肌肉多結實飽滿。」

藤沐仁冷眼瞪著他，「你是有多自戀？」

「我這一陣子很積極再練耶！你抓一抓感受一下。」

蕭立呈邊說，邊移動著藤沐仁的手，讓他在自己的胸膛上滑來滑去，還往下滑到腹肌的位置。

藤沐仁感到一絲尷尬，立刻收回手。

「好了，我摸夠了。」

「你可以多摸一下我努力的成果，我不介意。」

「不用了，我想趕快去泡溫泉。」

蕭立呈也不勉強他，就脫掉底褲，倚靠在置物櫃旁，名正言順地盯著正在脫衣服的藤沐仁。那直勾勾的視線讓藤沐仁很是尷尬，索性避開視線，刻意用滿不在乎的口吻提醒他：「泡溫泉之前要先把身體洗乾淨。」

「我知道。」

「那你先去洗啊！」

「沒關係，我等你。」

藤沐仁還想著有什麼藉口可以把蕭立呈趕走，但又覺得多說會更奇怪，只好抿著嘴，一副慷慨就義地迅速脫掉衣服，拿大毛巾圍在下半身，再把底褲脫掉。

看他這麼刻意遮掩，蕭立呈笑了笑，「這麼不給看啊？老實說，是不是真的很小？」

「誰小啊，你才小，你全家都小。」

見藤沐仁這麼火大，蕭立呈趕緊用爽朗的笑容想讓他消氣，「開玩笑的，不要生氣，我知道不小，你忘啦！我之前已經看過了，不管是平常乖乖的還是雄糾糾的樣子，我都很熟了。」

蕭立呈直言不諱，令藤沐仁一時間無言以對，尷尬地轉過身直接走去洗澡，蕭立呈也趕緊跟上。

許久後，藤沐仁正舒服得泡在溫泉裡，閉著雙眼，半趴在溫泉池邊，享受著舒壓的泡澡時間。

這時，一雙手指沿著他的背脊慢慢往下滑，藤沐仁受到驚嚇地睜開雙眼，立刻轉身，定神一看，身後的人是蕭立呈。

「你幹麼？」

「你的背看起來好滑，還反光，我就想摸摸。」

「摸就光明正大的摸，幹麼用這麼奇怪的摸法。」

「你說的喔！那我就光明正大地摸。」

蕭立呈說完，開始從肩頭開始按揉，再順著手臂慢慢滑下，往藤沐仁的背後去，看起來就像要抱住藤沐仁一樣，這讓藤沐仁立刻挪離身體。

「我覺得我們必須要聊一聊。」

「好，我剛好也有話要跟你說。」

能藉由這趟旅遊坦白心意，拉近與沐仁的距離，對立呈來說是最好不過的發展了！所以相對於藤沐仁嚴肅的表情，此時的蕭立呈卻展露出無比爽朗的笑容。

泡完溫泉，他們來到蕭立呈與傅永傑的房間。

蕭立呈將泡好的茶放到藤沐仁面前的桌上，問著他：「你先說吧！我怕我先講的話，你就沒機會說了。」

「好，你最近到底是怎麼了？之前為了取信美芳，你的一些行為我可以理解，但是你跟美芳已經更進一步了，所以現在你對我做的親密動作都不是必要的。」

蕭立呈點點頭，「你說得對，只是為了取信美芳的話，是沒必要做那些舉動。」

「我中間以為你是想向我表達歉意，畢竟之前你躲我躲得很凶。」

「躲你是我的錯，我現在跟你道歉，你會原諒我嗎？」蕭立呈裝出可憐的表情，藤沐仁因為他那副模樣笑了一下，但又立刻收起笑容，因為他還有些事想糾正立呈。

「別開玩笑，我很認真，你到底想幹麼？你知道嗎，如果我是女的，剛才泡溫泉時你對我的那些舉動就是性騷擾。」

「所以你是男的就不算是性騷擾嗎？」

蕭立呈知道，一直以來藤沐仁認為他們都是男人，不可能是彼此的戀愛對象。所以立呈對女性這麼做就是性騷擾，換作對象是身為男人的自己，立呈就是發神經愛胡鬧的哥兒們。沐仁總是會強調男性或是女性，從來沒有認真想過，或許自己就是立呈喜歡的對象，所以立呈才會情不自禁地接近他……

蕭立呈湊前，偏著臉吻了藤沐仁的脣。

完全沒有預料到蕭立呈會吻過來，藤沐仁錯愕地瞪大眼，一時無法反應，愣愣地盯著他，炙熱的溫度頓時從嘴上化開。

如果要讓藤沐仁意識到自己是蕭立呈的戀愛對象，意識到這份愛無關性別，單純只因為他是藤沐仁，立呈才會一頭栽下去地愛他，就得先打破沐仁的設限。

蕭立呈沒辦法想太難的進攻方式，既然是愛，就用愛最純粹的表現方式，用親吻讓藤沐仁感受到他的心意。

蕭立呈親完，微微拉開距離，輕聲呢喃著：「如果這也不算，那這樣算嗎？」

蕭立呈說完，伸出舌頭，輕輕舔過藤沐仁的脣。

此時，藤沐仁的眼睛睜得更大，但他沒有推開蕭立呈，反倒是自己往後躺，緊貼著椅背，捂住自己的嘴。

此時的蕭立呈十分溫柔，且深情款款地看著他，將他的手撥開。

「我要跟你說的話，就是我愛你！」

藤沐仁已經嚇得不能再被驚嚇了，他震驚地僵住。

＊　＊　＊　＊

葉幸司已經換上溫泉旅館的浴衣，正悠閒地看著書，藤沐仁卻忽地打開房門衝了進來，表情凝重地緊急關上房門。

「他說愛我。」

「立呈這麼直接？」

藤沐仁愣住，看向十分冷靜的葉幸司，「你知道我說的人是立呈？」

葉幸司點點頭，「他跟我聊過，他喜歡你，想追你。」

藤沐仁一聽想張口說話，卻又不知道該說什麼，呆呆地坐在床沿。葉幸司趕緊來到驚魂未定的藤沐仁身邊。

「感情的事我不好說什麼，不過，如果你不喜歡的話，可以直接拒絕，跟立呈說清楚講明白，我想他不會強人所難。」

藤沐仁蹙著眉頭，突然接收太多情報，讓他沒能即時做出回應，只是靜靜地沉思著，試圖釐清自己紊亂的思緒。

葉幸司也不好打擾他，便讓藤沐仁獨自留在房內，自己前往一樓大廳與蕭立呈和傅永傑會合。

＊＊＊＊

晚餐時間，蕭立呈與傅永傑提前到大廳等著，不一會兒只有葉幸司出現，立呈感到疑惑，探頭看著幸司的身後，「沐仁呢？」

葉幸司瞪了他一眼，「你出手太快太猛了，嚇到他了。」

「我只是親他一下，舔他一下，然後告白，其他什麼都沒做。」

蕭立呈的「沒做」和葉幸司想得不一樣，不免責備著立呈：「這還叫什麼都沒做？」

蕭立呈反而看向傅永傑，「我這猛藥下過頭了嗎？」

「確實沒有手下留情。」

傅永傑冷冷地回應，這讓蕭立呈很是著急，「那他現在這樣的反應，你說是ＯＫ呢，還是不ＯＫ？」

「他害羞到不敢面對你，所以是ＯＫ！」傅永傑說完還比出ＯＫ的手勢，這下蕭立呈總算安心地笑了，但一旁的葉幸司卻睨了傅永傑一眼。

「你不要誤導他，沐仁不是害羞，他是需要時間思考，也許是想著怎麼拒絕比較好。」

「小葉，你不要因為自己現在很幸福，就詛咒我啊！」

蕭立呈很習慣性地摟著葉幸司的肩膀裝可憐，不料，傅永傑卻強勢地拉開了他攬住葉幸司的手臂。

「不要亂碰，我的。」

傅永傑瞪了一眼蕭立呈，蕭立呈隨後反擊地大喊：「小葉，你先不要答應他啊，不然以後我連看你一眼都不行了。」

葉幸司只覺得丟臉，心感無奈地趕緊往旅館外走。

傅永傑和蕭立呈跟了上去，蕭立呈很幼稚地向葉幸司伸手，故意要碰他，立刻被傅永傑揮手打掉，再出手，又被永傑打掉，就這樣來回了好幾次。

＊＊＊＊＊

在三人出外用餐的時間，藤沐仁待在飯店房間沉思著。

「……愛我……怎麼會？」

藤沐仁想起那時候，蕭立呈深情凝視著他，露出溫柔的笑容，並對他說著：「我要跟你說的話，就是我愛你！」

藤沐仁雖然愣住了，但很快地，還是推開了蕭立呈。

「蕭立呈，你不要開玩笑。」

「不是玩笑，剛才你說我在躲你，你知道我為什麼躲嗎？」

蕭立呈往藤沐仁走近一步，沐仁便退後一步。

「因為我一直忘不了那一晚你陷在激情裡的樣子，還夢到你說願意當0。」

蕭立呈再繼續往前，而他一直後退，退到了牆角，被困在蕭立呈與牆壁之間。

蕭立呈緩緩靠近藤沐仁，就快親下去的時候，藤沐仁趕緊回過神，不再回憶下去。

他輕撫著自己的唇，隨即意識到自己似乎在回味，嚇得趕緊站起身，咬著手指。

「我在搞什麼！他只是朋友……我、我被影響了，不能這樣，不能被牽著鼻子走……」

藤沐仁心慌地在房間來回踱步，想藉此緩和情緒。

「一定是太久沒有交女朋友了，我得讓自己清醒過來，我還是喜歡女人的……

對！我喜歡女人，我要趕快交個女朋友。」

藤沐仁不斷說服自己，拿起手機，滑動螢幕，找到目標後，他趕緊撥出電話。

當對方接通，他立刻溫柔地開口，「喂，我是藤沐仁，明天晚上有空嗎？」

＊＊＊＊

蕭立呈、葉幸司與傅永傑在外面吃飽喝足後回到旅館，立呈手中提著買給沐仁的晚餐。

「你們覺得我是主動去敲門把晚餐給他，還是留給他一點空間，讓小葉把晚餐帶回去給他呢？」蕭立呈問著葉幸司。

「你今天晚上就別煩他了。」

但傅永傑不是這麼想，「打鐵趁熱。」

葉幸司非常不贊同傅永傑的提議，「傅永傑！」

「我其實想跟你一間房……」

傅永傑的話令葉幸司有些害羞，但身為哥哥，他仍擺出嚴肅的模樣，「不行！我還沒想清楚之前不准再有更進一步的接觸。」

傅永傑聽了，只好失望地低下頭。

蕭立呈也無奈地交出手中的提袋，「好吧！那麻煩你把晚餐交給他。」

葉幸司接過給藤沐仁的晚餐，就在這時，蕭立呈的手機響了。他拿出手機一看，瞬間臉色大變。

察覺到他的異狀，葉幸司趕緊問他：「怎麼了？」

「Gill 傳簡訊感謝我介紹男朋友給她。」

「男朋友？你還有介紹其他人給她嗎？」

「當然沒有，她說的就是藤沐仁。」

蕭立呈咬牙切齒地說出最後三個字。

第七章

待在飯店房間的藤沐仁看著黑掉的手機螢幕，心想：蕭立呈才剛說喜歡他，立刻約女生出去玩，這麼做真的好嗎？立呈會怎麼想？

他搖搖頭，不能再陷進這個死胡同裡了，上次跟Gill見面時聊得很愉快，也有共同興趣，或許真能進一步成為男女朋友，別再煩惱了。

對自己信心喊話完了，藤沐仁就拿起手機傳訊給葉幸司。

『你們在哪裡吃晚餐？我過去找你們？』

葉幸司回傳訊息：『我們買晚餐回去給你了。』

訊息才剛傳到，房間就響起了門鈴聲，藤沐仁也沒有多想什麼，走去打開房門。

「怎麼這麼快就回……」

門一打開，他發現站在外頭的不是葉幸司而是表情十分嚴肅的蕭立呈。

他詫異地看著蕭立呈，一陣心虛感湧上心頭。

「是你啊……」

「幫你送晚餐。」蕭立呈的語氣很僵硬，看起來心情不是很好。

「謝謝。」藤沐仁向蕭立呈伸手，想拿走自己的晚餐，但立呈沒有動作，只是盯著他。

藤沐仁的手停在彼此之間，因為蕭立呈遲遲沒有動作讓他很尷尬，因而再度開口：「你不把晚餐給我嗎？」

「你沒有話要跟我說嗎？」蕭立呈問他。

「……我已經說謝謝了。」

蕭立呈深吸了一口氣，然後伸手推開藤沐仁，直接走進房間，同時開口說：「既然你沒話要跟我說，那我有話要跟你說。」

蕭立呈直接走到房內的小桌旁，把晚餐放在桌上，然後轉身面對仍站在門口的藤沐仁，直視著他。

藤沐仁保持鎮定，把門關上，一派輕鬆地開口：「你要跟我說什麼？可以邊吃邊說嗎？晚餐聞起來很香。」

藤沐仁邊說邊進房內，伸手想拿自己的晚餐，蕭立呈卻突然捉住他的手腕。

「你想約 Gill 幹麼？」

藤沐仁先是一愣，然後手腕一轉，抽回自己的手。

「你怎麼會知道？」

「因為她傳訊感謝我介紹男朋友給她。」

「那就是你聽到的，我也應該謝謝你，讓我認識 Gill 這樣的美女。」

「你們才一起吃了一頓飯。」

「還看了一場電影。」

蕭立呈實在不敢相信，「然後就決定交往了？」

「交往不就這樣，彼此有感覺了就在一起啊！」

既然藤沐仁都這麼說了，蕭立呈便邁開步伐走向沐仁。沐仁下意識退開，便隨著立呈的接近而一步步退後，直到背靠牆面。而立呈卻繼續靠近，把沐仁困在自己與牆之間。

「蕭立呈，你想幹麼！」藤沐仁心慌地問他。

「你說有感覺就在一起，那為什麼不選我？」

「我對你又沒有感覺。」

「你說謊！」蕭立呈把藤沐仁困在牆邊，「我感覺得到，你身體緊繃，心跳加速，但不討厭，就跟我一樣。」

「我才沒有，你少自作多情。」

「我自作多情，你確定？」

藤沐仁不想爭辯，抬手要推開蕭立呈，不料卻被立呈捉住雙手，壓在牆上。沐仁的力氣抵不過蕭立呈，雙手被壓在牆邊的姿勢也讓他無法全力掙脫，就聽蕭立呈說著。

「認識這麼久，你的個性我很了解。剛剛我跟你告白，還吻了你，要是你覺得噁心，早就給我一拳，但是你心慌逃跑了。而且我現在出現在你面前，你沒有指責我，一個嫌棄的眼神也沒給我，你敢說我是自作多情。」

「你想討打？可以，放開我，我現在就給你一拳，兩拳三拳都可以。」面對蕭立呈強硬的指明，他仍倔強地吼了回去。

蕭立呈鬆手，氣憤藤沐仁到現在還不承認自己的心意，「要不是心慌，你會在這個時間點打給 Gill 說要跟她交往？」

藤沐仁卻也嗆了回去，「我什麼時候想跟誰交往，難道還要選日子！」

「藤沐仁，坦白承認對我有感覺是會死嗎？」

「沒有就是沒有，你要我坦白什麼，你不要自己一頭熱，搞到連朋友都做不成。」

朝彼此吼完，兩人怒瞪著對方，誰也不讓誰地較量著。

劍拔弩張的氣氛就像繃緊的弦，兩人正在一觸即發的氛圍下對峙著。

然而最後，蕭立呈悻悻然地往後退了一大步，拉開與藤沐仁的距離。他忍著氣，不說一句話地掉頭就走。

房內只剩下藤沐仁，他摸著被握痛的手腕，混亂的心緒令他緊抿著嘴。

＊＊＊＊

隔天，到了退房的日子，四人往停車場走去。

蕭立呈走在最前頭，藤沐仁則刻意走在旁邊走道，與三人拉開了些距離，兩人都不帶任何表情，氣氛十分僵滯。

走在中間的葉幸司不時看向前面的蕭立呈，一會兒又看往像在欣賞風景，刻意放慢腳步的藤沐仁。

傅永傑察覺到葉幸司十分擔心他們的心情，便開口說：「如果擔心，可以幫一下。」

葉幸司搖頭，「感情的事誰也幫不了，勉強不來。」

「那就不要理。」

「怎麼可能，他們兩個是我最好的朋友。」

傅永傑見葉幸司為此十分苦惱，自己也很難為，想替幸司分擔煩惱，便陷入了一陣苦思。幸司知道永傑正在幫他想辦法，心頭一暖，臉上也有了笑意。

「你不用替我苦惱。」

葉幸司抬手摸了摸傅永傑的頭，但傅永傑卻立刻閃躲，這讓他的手停在空中，愣了一下，便用自嘲來化解這股尷尬。

「這一幕有點似曾相識啊。」

「我不喜歡你摸我的頭，因為這個時候的你是哥哥，我分得出來。」

傅永傑的話讓葉幸司終於明白了閃躲的原因，訝異地看向永傑。

「我不想你當我哥哥。」傅永傑說著。

了解之後，葉幸司感到有些無奈，畢竟他希望和傅永傑成為一家人，也怕之後他給的答案並不是永傑想要的結果，便用不確定的口吻問著：「永傑，你有想過嗎？如果最後我弄清楚我只是太寵你，而不是愛你，你會怎麼辦？無法成為情人，難道我們就連兄弟也當不了嗎？」

傅永傑沒說話，只是微微低了頭，沉默著。

葉幸司也沒有繼續說話了。

四人坐進轎車內，蕭立呈開著車，這回，傅永傑坐在副駕駛座，葉幸司和藤沐仁則坐在後座。

車內靜悄悄地，沒人說話。

蕭立呈偶爾會透過後視鏡觀察後座的藤沐仁，因為目光很直切，沐仁感受到他的視線，卻故意無視，像是渾然未覺，只是難過地看向窗外飛逝的美景。

而傅永傑則直視前方車況，面無表情地沉思幸司的問題。

葉幸司不時看向前座的傅永傑，無奈充斥心頭。

車窗外的美景飛逝而過，而此刻，車內的四人各有各自的煩惱，帶著複雜的心緒回家。

＊　＊　＊　＊　＊

回到住處，藤沐仁沒多做休息，換了件體面的外出服，在浴室鏡前確認了自己的服裝儀容。但鏡中的自己卻沒有想像中的快樂，心緒混亂、愁眉苦臉的，以往要和女孩子約會，他都不可能是這種表情。

他落寞地看著自己，蕭立呈突然和他告白，沒給他時間思考，他也只能逕自逃走了。

他用力拍了拍臉頰，試圖讓自己趕緊振作起來。當他一打開浴室門，就見蕭立呈還故意拉了椅子，正對著浴室方向，緊迫地盯著他。

被蕭立呈虎視眈眈地盯著，藤沐仁的表情立刻沉了下來，剛才振作起來的心情一下子全沒了，便不服輸地瞪了回去。

葉幸司看他們倆就像在進行瞪人比賽，想緩和氣氛而主動說話：「才剛旅遊回來，不要玩太晚，明天還要上班呢！」

「跟女孩子約會一點也不會累，不過我會注意時間，要是太晚我就不回來，你們不用擔心。」

藤沐仁的話成功激起了蕭立呈的情緒，他緊緊握拳，神情嚴峻，但什麼話也沒說，就只是盯著沐仁像是沒看見他的表情似的，穿好鞋，瀟灑地走出大門。

藤沐仁這一走，蕭立呈才像洩了氣的氣球，不爽地閉上眼，難掩疲憊的神情。

葉幸司看著蕭立呈，泛起了惻隱之心。

「你現在打算怎麼樣？」

「不怎麼辦，我知道他不討厭我，但也不確定他喜不喜歡我……」蕭立呈重重地嘆了口氣。

「如果他不選擇我，而是去選擇其他男人，我會直接動手搶人，可是我不可能阻止他去喜歡女人，所以只能看著……」

葉幸司聽得出蕭立呈的語氣十分疲憊，不忍立呈繼續難受，便問著他，「你要放棄了？」

蕭立呈苦笑，能輕易放棄的愛，真能稱得上是愛嗎？至少，蕭立呈確定自己是打從心底愛著藤沐仁，這份心意是不可能輕言放棄，但如果他單方面的愛讓沐仁感到困擾的話……

「我不知道，小葉，我真的不知道是不是應該要……停止喜歡他……」

蕭立呈走到玄關，把自己的拖鞋和藤沐仁的一起擺好後，走到後院，獨自一人坐在椅子上，苦思著下一步該怎麼走下去。

最後甚至直接躺在座椅上，沉思了一整個下午。

＊＊＊＊

藤沐仁與 Gill 約在餐廳共進晚餐，這間是初次與 Gill 見面時，她推薦的餐廳。此時，Gill 正向藤沐仁介紹餐點。

「這家有耗時二十八天的乾式熟成牛排，這樣的熟成時間，既能嘗到牛排特有的柔嫩和有深度的風味，肉品本身的風味也不會過於強烈。」

「再搭配紅酒，確實是一種無上的饗宴。」藤沐仁說著。

「你真懂吃，我還記得第一次帶立呈來，根本就是浪費，問他感想，他居然說比我家牛排好吃一點。」

Gill 說著還翻了白眼，藤沐仁忍不住笑了出來。

「很像是他會講出來的話。」藤沐仁頓了一下，斟酌後才開口，「妳是什麼時候帶他來吃這家牛排的？」

「大四，他說要幫我慶生，我帶他來，結果吃完他就破產了，接下來半個月他靠四條吐司過日子。」說起這件事，Gill 笑得很開心，藤沐仁聽著，依然保持優雅的微笑。

「你們感情很好呢，怎麼沒交往？」

「交往過啊！」

此話一出，藤沐仁愣了一下，Gill見狀笑得更開心了。

「不過我們很快就分了。」她扳手數著，「第一天牽手，第二天親嘴，第三天就分手，因為不來電，立呈還苦惱了一整晚都沒睡，想著要怎麼說才不會傷害我，隔天約我出來談分手的時候黑眼圈好深。」

藤沐仁不知為何，心底湧起了一股酸楚感，但表面上依然優雅地切了一口牛排放進口中，靜靜地聆聽Gill侃侃而談與立呈的點滴過往。

這時，Gill悄悄看了一眼藤沐仁，猶豫了一下才看口，「說實話，你突然約我出來，我有點驚訝，畢竟上次見面之後，就沒有再聯絡了。」

藤沐仁停止切肉的動作，對Gill露出帶有歉意的笑容。

「不好意思，這陣子工作比較忙……其實上次見面跟妳很聊得來，我就一直想著要約妳，來吃妳說的乾式牛排。」

「意思是……我讓你印象深刻囉？」Gill很俏皮地對藤沐仁眨著眼，讓氣氛變得更為活絡，藤沐仁也因此堆出笑容。

「妳確實很大方活潑，讓我印象深刻。」

「那你要不要追我，讓我當你的女朋友嗎？」Gill問他。

「我是有這個打算，想再多相處幾次，所以才約妳出來。」

「你挺坦白的嘛！」

「都是成熟的大人，而且我個人不是很喜歡玩曖昧的手段。」

「那等一下吃完飯要不要到我家？」

Gill直率的邀約，令藤沐仁愣了一下，「時間有點晚了，而且……」

Gill聽到他想委婉拒絕，便笑著說：「你不要多想，我沒別的意思，只是想我們之間共同的話題目前就是立呈了，我打算多消費他，來拉近我們之間的距離，給你看他大學那時候矬矬的樣子，可沒現在帥唷！」

藤沐仁莞爾一笑，沒有點頭，也沒有搖頭拒絕。

＊＊＊＊

假期結束，回到往常忙碌的上班日。這幾天氣溫偏低，正午難得出了個大太陽。從一大早就忙於公事的職員們就利用午休時間出外透透氣，晒著令人舒服的暖陽。然而蕭立呈卻沒什麼心情出外用餐，與劉美芳約在茶水間談論起假期發生的事情。

劉美芳聽著蕭立呈轉述，一臉不捨地看著他。

「他不喜歡你？你確定嗎？」劉美芳問。

「在我告白之後，他就去跟女人約會到凌晨三點才回家，再加上這陣子他對我視而不見，我想我確實是沒希望了。」蕭立呈故作堅強地笑了笑，聳聳肩，劉美芳的表情卻很難過。

蕭立呈反而安慰起劉美芳，「不要哭喪著臉嘛。」

「你一定很難過……」

「想安慰我嗎？那不然……要不要考慮我，反正妳是我的初戀，妳來安慰我，我恢復得比較快。」

「好啊！那我們就交往吧！你當我男朋友。」

蕭立呈原本只是開玩笑，未料到劉美芳居然答應了，反倒變成他愣住，但劉美芳沒放過他，繼續逼近。

「我答應了，我們現在是男女朋友，來，親我一下，要法式的。」劉美芳說完嘛起嘴唇，一副要蕭立呈親她的樣子。

「美芳……這裡是公司，我只是開玩笑的……」

劉美芳睨了他一眼，不是很贊同他的玩笑，「感情的事不可以開玩笑，你只是耍嘴皮子，但要是有人聽到傳到藤經理耳中怎麼辦？」

劉美芳想著，搞不好可以利用這個流言蜚語，讓藤經理弄清楚自己究竟是對立呈的交往感到祝福，還是會吃醋？

這讓蕭立呈苦笑了，「就算傳到他那裡，我想他也不會在意。」

「別這樣想，他也許只是一時不適應從朋友變成情人，我和我朋友可以幫忙想辦法？」

蕭立呈明白自己並沒有放棄，但不確定這份堅持是否造成了沐仁的困擾，因此搖著頭：「不用了，或許冷靜一陣子，拉開距離，我自己可以慢慢釋懷，對彼此都好。」

蕭立呈消沉的模樣令劉美芳很心疼，想替他分擔些煩惱，猶豫地說著：「其實，有人說過治療失戀的方法就是談下一場戀愛，轉移注意力……」

「不了，我不是喜歡男人，我只是喜歡他。」

劉美芳聽了十分感動，猛點著頭，「是真愛，真的是真愛！」她抓著蕭立呈的手臂央求著。

「不要分手好不好？」

這話讓蕭立呈有些無奈，「我們還沒開始談呢，怎麼分？」

劉美芳替他難過得不得了，就像快哭了的模樣，蕭立呈看了心裡也略感酸澀。

「妳這麼希望我成功，我很感動，但抱歉，當初話說得太滿，讓妳和妳朋友失望了。」

劉美芳哽咽地搖了搖頭，雙手環抱住蕭立呈，安慰地拍拍他的背。

＊＊＊＊

設計部門的 Dan 正要下樓買東西，就在梯廳碰見了蕭經理與藤經理。他發現兩人之間保持了一段距離，而且蕭立呈目不轉睛地看著藤沐仁，藤沐仁卻裝作沒發現似的望著電梯方向。

Dan 有點不適應這種詭譎的氣氛，決定轉身直接走樓梯下樓。

Dan 離開後，蕭立呈仍凝視藤沐仁的身影，沐仁繼續維持不在意的態度，目視前方。電梯門打開，沐仁走了進去，立呈卻留在原地。

藤沐仁沒有按開，也沒有按關，讓電梯門自動緩緩關上，隔開了兩人。

而這件事一直讓 Dan 耿耿於懷，買完東西回到公司後，立刻把這件事告訴少芬，兩人竊竊私語討論起蕭經理與藤經理急速轉變的關係。

這時，葉幸司開完會，正拿著開會文件回到設計部門，劉美芳與王姊也隨著他一起回來。

葉幸司對美芳說：「剛才開會的紀錄今天下班前要給我。」

「好的。」

葉幸司也對王姊說：「這份婚宴設計圖依照剛才討論的修改，明天給我。」

王姊點點頭，和劉美芳回到座位後，開始展開一連串忙碌的修改工作。

趁這空檔，少芬和Dan悄悄來到總監的座位旁，問著他。

「總監，你跟蕭經理和藤經理是好朋友，他們最近怎麼了？」

少芬問完，Dan繼續補充問了，「是不是鬧翻了？」

葉幸司很驚訝會有這樣的流言出現在設計部門，「當然沒有！怎麼會這麼問？」

Dan就向總監說明了方才看到的情況，「因為他們在公司零互動！」

少芬也順著推測，「是因為PK賽嗎？聽說蕭經理搶了藤經理的客戶。」

「沒有，你們不要聽這種流言，都是假的。」葉幸司嚴肅地推翻這些推測。

既然這些都不是，少芬便想從和他們最要好的總監口中探些八卦，「總監你說清楚嘛！」

「我……我不知道要說什麼……」

「他們兩個不理對方是真的，業務部現在氣氛超級糟糕的，到底發生什麼事啊？」

Dan繼續打聽追問著。

「就算有事，也是他們兩個之間的事，大家……」

葉幸司還沒說完，少芬的眼睛就亮了。

「所以他們真的鬧翻了，是為了女人還是業績？」

葉幸司一聽便皺起眉頭，但還沒開口說重話，劉美芳卻已經受不了地拍桌站了起來。斥責著少芬。

「業務部吵架關你們什麼事？總監才剛開會回來，手上一堆工作要做，你們要是閒到沒事，就幫忙把設計稿修一下啊！」

少芬被新人教訓，心裡可火了，不服輸地反駁回去，「妳這個新來的是什麼態度？」

「我新來的至少認真做事，你們這些自以為資深的要是不想幹，就不要占著茅坑不拉屎，讓機會給肯做事的新鮮人！」

「妳！」

少芬正想反駁，卻被葉幸司斥責的聲音阻止了。

「好了！都不要吵了！現在是上班時間，我雖然不限制大家聊天只能聊工作上的事，但是我希望不要影響到工作，都回座位去。」

葉幸司難得會這麼嚴肅叱責他們，少芬和 Dan 也只好乖乖回到座位，繼續下午的工作。

走回座位的途中，少芬悻悻然地瞪著劉美芳，劉美芳也毫不畏懼地瞪了回去。

＊＊＊＊＊

葉幸司加班完成手邊的工作，同時回想起公司裡關於藤沐仁與蕭立呈的流言。身為兩人的好友，他卻什麼忙也幫不上，這股力不從心的感覺讓他神情顯得更加疲憊。

正當葉幸司把車停好的時候，看見了某人的身影，表情瞬間有了極大的轉變，面帶微笑地快步走上前。

此時，傅永傑正站在住處樓下等他下班。

葉幸司見到傅永傑，那些沮喪疲憊勞累的情緒全都一掃而空。

「你怎麼來了？」他問著不知待了多久的永傑。

「我來，不是來打擾你，是給你答案的。」

「什麼答案？」

「之前你不是問我，如果最後你弄清楚了，你只是太寵我而不是愛我，我會怎麼樣？我們真的連兄弟也當不了嗎？」

葉幸司一愣，「你一直在思考這個問題？」

傅永傑點點頭。

「我想清楚答案了。」傅永傑凝視著葉幸司，語氣堅定地說：「我是你最好的選擇，但是如果你最後真的不選擇我，我還是願意當你的弟弟。」

葉幸司十分感動傅永傑認真對待他所提出的問題。

「我說的每一句話，你都這麼認真思考嗎？」

傅永傑一點也不遲疑地點頭，葉幸司就情不自禁地將永傑拉進自己的懷裡，感動地眼眶都要泛淚了。

「謝謝你……這麼在乎我。」

傅永傑也回抱幸司，兩人緊緊相擁著。他們並不知道，不遠處，葉智輝和李晴芳正一臉詫異地看著他們，手裡還提著買給幸司的東西。

＊＊＊＊

葉幸司想到的辦法，是讓三人能像以前在居酒屋吃飯時，痛快喝酒，暢談心事，藉此化解彼此的芥蒂。因此，葉幸司買了熱炒和啤酒，將晚餐放在餐桌上。

蕭立呈則在一旁幫忙擺筷子，看著桌上擺滿了啤酒，問著葉幸司，「幹麼買這麼多啤酒？」

「我們三個人好久沒有好好聊天，今天就來喝個痛快吧！」葉幸司認為酒後吐真言，或許能趁機讓蕭立呈和藤沐仁坐下來好好聊聊。

「明天還要上班喔！這一點也不像你會做的事，是不是聽到什麼不好的流言。」

不太會說謊的葉幸司被猜中後，也不知道要找什麼藉口，只能說：「沒有啦……」

蕭立呈笑了笑，也不戳破他，很感動葉幸司為他做的一切，「謝謝你，小葉。」

葉幸司拍拍蕭立呈的肩膀，一切盡在不言中。這時，藤沐仁開了門，探頭對幸司說：「幸司，我出門囉！」

葉幸司沒聽說藤沐仁有約，驚訝問著：「你今天也要出去？」

「是啊！我跟 Gill 約好了。」

葉幸司走到門口想拉住藤沐仁，「我買了三人份的熱炒……」

藤沐仁看了一眼餐桌，依舊沒正眼看向蕭立呈。

「你們兩個慢慢吃吧！要是我早點回來，再加入你們。」

蕭立呈知道藤沐仁這幾天冷漠的態度還有小葉的擔憂，原因全都出於他突然的告白，自己選擇的路就得自己做個了斷。蕭立呈抱著決心，走向藤沐仁。

「沐仁，等一下，我有些話想跟你說。」

藤沐仁動作一頓，停下腳步，緩緩轉身將目光落在蕭立呈身上，此時的表情和眼神依然很冷淡。

「你要說什麼？」

蕭立呈看著藤沐仁冷淡的眼神，想起了小葉曾經對他說，喜歡上朋友結局不一定會很美好的，一個不小心，不只連朋友都做不成，還可能變成難堪、痛苦的回憶。

蕭立呈不願意讓這五年間的感情，因為他的一句告白，而成為陌生人。深吸一口氣，然後慎重地開口，「對不起！」

藤沐仁沒料到他會道歉，有些愣住了，葉幸司也很訝異地看向蕭立呈。

「我道歉不是因為我向你告白，是為了我的告白帶給你困擾，讓你不自在，讓你現在幾乎每天晚上都要出門去跟 Gill 約會，減少跟我相處的時間，我對你很不好意思。」

藤沐仁微微蹙起眉頭，卻沒說什麼。他覺得奇怪，內心好像有種情緒正在擴大……

「我思考過了，你和小葉說得沒錯，我不想連朋友都做不成，所以就到此為止。」

藤沐仁的眉頭皺得比方才更深了。明明一直想避開蕭立呈，立呈收回告白，想跟他繼續當朋友，理當要開心才對，可是心裡卻突然有一陣涼意，無力感往四肢蔓延開來。

藤沐仁還在確定這股矛盾感到底算什麼……

「你的意思是，你不喜歡我了？」

「不是，我還是喜歡你，只不過，我放棄了。」

「你後悔告白了？」

藤沐仁的問題讓蕭立呈苦笑著。

「有一點……」

要放棄喜歡上一個人，真的很難，但蕭立呈為了能和藤沐仁繼續當朋友，他甘願這麼做。葉幸司試想著這些，便心疼起立呈。

「反正我還想繼續當好朋友、好兄弟，所以……就 stop！」

蕭立呈一派輕鬆地做出停止的手勢，想讓氣氛熱絡些。

「總之，事情到此為止，你就當前陣子我腦子有病，反正以前你也常這樣罵我，往後我們還是該幹麼幹麼！把酒言歡，友情不變。」

藤沐仁沉默了一會兒，等複雜的情緒逐漸平緩後，理智地認為，「我跟 Gill 約好時間，臨時放鴿子不太好。」

「沒事，你去約會吧！Gill 是個好女人，當初我介紹她給你認識，也是覺得你們一定聊得來。」

聽蕭立呈這麼說，藤沐仁便點頭轉身離去。

蕭立呈難過地看著藤沐仁關上的大門，不想因為他的愛讓彼此的距離越來越遠，「堅持下去也沒意義，我又不是女人，怎麼可能逼他接受我。沒事的，男人的氣概就像海綿，擠一擠還是有的。」

葉幸司擔心地看向立呈，「你真的放棄了？」

蕭立呈拍拍葉幸司的肩膀，拿起一罐啤酒，「今晚你就陪我借酒澆愁，致敬我的失戀，痛快喝一晚，明天還是好天氣～」

葉幸司難過地看著蕭立呈強顏歡笑著，豪邁地仰頭灌酒，一直沒停。

＊＊＊＊

複雜的情緒在藤沐仁的體內逐漸膨脹，以至於他根本沒什麼食慾吃飯，連行經的商店正播放出輕快的耶誕歌曲，路樹也懸掛著閃耀的聖誕燈，走在被歡樂氣氛渲染的街道上，他也沒有心思去欣賞街景。

Gill 正神情愉悅地和藤沐仁聊著天，沐仁卻若有所思地沉默著。

「……所以我馬上就不買了，誰知道是不是詐騙呢！你說對不對？」

藤沐仁沒有反應，只是跟著 Gill 一直走著，Gill 就輕推了沐仁一下。

「回神囉！」

「我有在聽，妳做得很對，現在詐騙那麼多，要小心一點。」

「我說話很無聊嗎？你一整個晚上很安靜，看起來心事重重的，是不是天天跟我約會累了？」

「沒有，妳是一個很好聊天的朋友。」

「只是朋友？」

藤沐仁這時停下腳步，因為蕭立呈收回了告白，所以他才會覺得空虛無力，心不在焉，吃不下飯了嗎？

所以，他下定決心要弄清楚自己的真正心意，而嚴肅地看著 Gill，坦白這一切。

「Gill，我之前說想追妳，想多相處了解彼此，我……我說謊了。對不起，其實我對妳沒有感覺，我是為了證明我還喜歡女人，才會找妳約會。」

Gill 一臉不敢置信地看著他，「原來你不喜歡女人？」

「不是，我喜歡女人，我交過女朋友，只是我最近……最近有點亂……」藤沐仁顯得有點侷促，不知該從何說起。

「該不會跟立呈有關吧？」

藤沐仁很驚訝 Gill 會這麼說。

「妳怎麼知道？」

「女人的第六感是很敏感的，我們聊天的時候，你最有興趣的話題就是立呈。但是你第一次找我約會那一天，我邀你去我家看蕭立呈大學時期的矬樣，你卻拒絕我。」

「我只是……」

「你只是不高興我知道很多你不知道的立呈，你對我有敵意。」

「沒有敵意，不是的……」

「那就排斥囉！」

Gill 說完，藤沐仁沒有回應，似乎是默認了。

「果然，真沒想到，我這樣的美女居然會被男人排斥。」

Gill 有點不悅地看著藤沐仁，「沒關係，反正我也沒有很喜歡你。」

「真的很對不起，浪費妳的時間。」

Gill 朝藤沐仁揍了一拳，「以後不要拿女人來逃避問題，長這麼帥，不要變成渣男。不過對象竟然是立呈，你是人生太順遂，想找氣受嗎？他除了帥一點，身材好一點，其實缺點一大堆，跟他在一起你會被氣死。」

Gill 開始對藤沐仁諄諄訓誨……

＊＊＊＊

傅永傑答覆了葉幸司的問題後，便返回住家。

「我不想加入你那一組，教授那邊我自己會去說……」他邊講手機邊走進家門，關門轉身一看，就見葉智輝和李晴芳表情凝重地坐在沙發上，氣氛明顯很不好，似乎在等他。

傅永傑沒有驚訝，表情依舊平淡地講著手機。

「我家裡有事，就這樣。」傅永傑直接掛斷電話，順便將手機調成震動模式，才走到葉智輝和李晴芳面前。

「等我有什麼事？」

葉智輝表情嚴肅，李晴芳有點不安地先開口，「今天我跟你爸帶了你哥愛吃的家常菜去找他，結果看到你們兩個在大街上抱來抱去。」

「這沒什麼吧？」

傅永傑的回話讓葉智輝忍不住開口，「所以你的意思是，那只是兄弟之間的友愛行為？」

「不是。」

「那是什麼？」

「我愛他。」傅永傑很果斷的回應，令葉智輝勃然大怒，立刻站了起來。

「傅永傑！」李晴芳擔心葉智輝情緒激動會讓身體負荷不了，而跟著站了起來。

葉智輝對傅永傑吼著，「他是你哥！」

「我愛他。」傅永傑仍不改他的回覆。

葉智輝氣得對李晴芳說：「把幸司給我叫回來，我要問問看是怎麼一回事。」

傅永傑不想把火延燒到葉幸司的身上，直截了當地坦白一切，「不用叫他，是我一廂情願。」

「你一廂情願，他會那樣抱你？」

「我有證據。」

要讓葉智輝明白所有的事都因他而起，傅永傑便滑開手機，讓葉智輝和李晴芳看那一晚他灌醉葉幸司的影像。

在葉幸司喝醉後神智不清的時候，是他替葉幸司一顆顆解開釦子。但葉智輝沒看完畫面，因為這對他來說簡直不堪入目，氣得一把揮開傅永傑的手機，揮落地面的手機立刻當機，畫面刷黑。

「你錄的是什麼東西，你還要不要臉啊！」

「我只要他，所以灌醉他，跟他上床，然後欺騙他，說是他勾引我，讓他心裡愧疚，所以才對我很好。」傅永傑的話摻著謊言，但他無所謂，只要戰火別燒到幸司就行了。

「傅永傑——」葉智輝氣到血壓飆高，揚起拳頭要揍他，卻忽然感覺心臟不舒服，整個人跌坐回沙發。

李晴芳大驚失色，趕緊幫葉智輝順氣。

「爸比？你怎麼了？不要嚇我……」

傅永傑立刻按住葉智輝的人中，對李晴芳說，「叫救護車！」

李晴芳著急地拿起家用電話，撥打一一九。

「麻煩派救護車過來，這裡的地址是臺北市中正區……」

傅永傑不慌不忙地照顧著葉智輝。

＊＊＊＊＊

隔天早晨，蕭立呈一臉睡眼惺忪地躺在沙發上，宿醉讓他的頭很疼，手緊壓著額邊仍沒有任何改善。就在此時，拿著解酒液的手出現在他的眼前，定神一看，是沐仁，他頓時清醒。

「幸司說你昨天晚上喝很多。」

「謝謝。」

蕭立呈收下解酒液，兩人之間的氣氛有些微妙，藤沐仁先打破僵局說著：「昨天太晚回家，沒跟你們喝到，今天中午我請吃飯？」

「今天中午我跟美芳和王姊約好一起吃了。」

「好，那下次吧。」

這時，葉幸司從廁所走出來，看到兩人和好如初，露出了笑容。既然都已經說開了，就對兩人提議：「不然這星期五晚上我們來開三人趴。」

「好啊！我們三個好久沒有狂歡一次了，不醉不回房。」蕭立呈同意這個邀約。

「喝這麼猛對身體不好吧。」藤沐仁說。

葉幸司改口，「那就小酌聊天。」

蕭立呈表示贊同，「ＯＫ！沒問題！」

三人相視而笑，宛如回到了最初的友誼。

＊＊＊＊＊

與蕭立呈和好後，藤沐仁難掩愉悅的心情，提早把手邊的工作完成，拿著杯子往茶水間走去，卻在門口聽見女同事們聊起立呈的八卦，他下意識地停下腳步。

「蕭經理跟你們設計部門的美芳在一起嗎？」

「對，而且是她纏著蕭經理不放。」少芬不加思索地回應女同事的問題。

「真的假的？」

「有人親耳聽到，她哭著求蕭經理不要分手，最後還緊抱蕭經理不放手，臉皮有夠厚的。」少芬混了些私人恩怨，口氣也說得很重。

「看不出來她這麼大膽。」

「妳才知道，她其實超級囂張的……」

藤沐仁聽不下去，直接走進茶水間，也因為他的出現，少芬立刻閉上嘴巴。

「謠言止於智者，辦公室裡的流言蜚語，還是少講一點得好。」

「不是流言蜚語，是真的。」少芬亮出手機給藤經理看那幾張偷拍的照片。手機裡是劉美芳一臉想哭地看向蕭立呈，立呈正心疼安慰她的照片；下一張就是兩人親密相擁。

藤沐仁面無表情地盯著畫面，很平淡地說：「就憑兩張照片看圖說故事，就是千真萬確？妳跟當事人求證過了嗎？」

少芬一時語塞，旁邊的女同事見情勢不對，說著：「我先回辦公室了。」就匆匆離去，茶水間只剩藤沐仁與少芬兩人。

「妳也是女人，這種流言對女孩子殺傷力不小，希望妳以後慎言。」

藤沐仁說完，逕自替自己泡了一杯咖啡，不在乎少芬的反應，少芬便訕訕地離去。

＊＊＊＊＊

藤沐仁和葉幸司花了比預期還久的時間排隊，買到便當後便返回公司，坐在會議室裡等著享用辛苦換來的戰利品。

葉幸司雖然知道這間店很有名，但他還是很訝異，「沒想到只是晚五分鐘出去買便當，就等了這麼久。」

「這家港式燒臘店本來就比較多人買。」

藤沐仁說完，拿出自己最愛的便當菜色，然而腦海裡卻浮現了正午看到的畫面。

因為蕭立呈中午有約，他就和葉幸司約好一起去買便當。

當時，他提早抵達公司的一樓大廳，望著電梯的方向等待葉幸司下樓。

有一波人從電梯走出來，見到劉美芳親密地摟著蕭立呈的手，還開心地晃著，兩人說說笑笑地離開。

他很訝異兩人的關係變得這麼要好。

直到幸司抵達一樓，跟他排隊買完便當，回到公司的這段時間，一直在想著這件事。

就在藤沐仁沉思的時候，葉幸司把便當拿出來，手機就傳來訊息，他拿起一看，是永傑傳來的。

『最近課業比較重，短時間沒辦法去找你。』

葉幸司笑了笑，趕緊回訊：『沒關係，等過一陣子功課不忙再見面。』

回完訊息，葉幸司打開便當正準備享用午餐，卻發現藤沐仁還沒開動，愣愣地不知在想些什麼。

「你怎麼了？」葉幸司問著。

「我剛在大廳等你的時候，看到蕭立呈跟劉美芳一起去吃飯，但沒看到王姊跟他們在一起。」

「王姊今天臨時請假半天，好像是小孩身體不舒服。」

「喔，這樣啊。」

「怎麼了？」

「沒什麼，我只是突然想到，立呈說他喜歡我，那美芳呢？他還喜歡美芳嗎？」

葉幸司不解，「怎麼會這麼問？」

「我看他們好像很要好的感覺，有沒有可能……」

「沐仁，立呈的個性你應該了解，他不是花心的人，也不是三心二意的男人，他也許遲鈍一點，不過確定心意之後就會勇往直前，但也不會死纏爛打。」

「我知道，我不是說他花心，我只是想他說放棄我了，有沒有可能繼續追美芳……」

「如果他繼續追美芳，也是他的選擇啊！」

葉幸司的話讓藤沐仁愣了一下，隨即點點頭。

「也是。」

藤沐仁笑著，裝作不在乎地吃起便當。

可是此時，原本美味的燒肉，吃在嘴裡卻多了幾分苦澀。

葉幸司看了藤沐仁一眼，似乎有點摸不透藤沐仁此刻的想法。

＊＊＊＊

吃完午餐，藤沐仁獨自來到頂樓天臺。眺望遠方，整理混亂的心緒。

記得最初他分配到帶蕭立呈跑業務的時候，立呈不但沒有身為菜鳥必須要謙虛聽話的自覺，還很好勝、情緒亢奮到過嗨又愛聊天開些無聊的笑話。碰到難搞的客戶，不高興的情緒會完全表達給他知道；當簽下第一份合約時，還開心得帶他去吃高級料理，結果不到月中，晚餐費就得靠他的施捨才勉強度過。當時的他在心裡認定，蕭立呈和他的個性截然不同，絕對八字不合，不可能成為朋友。

自己把話說得太早太滿，結果相處了幾個月，就答應蕭立呈的邀約，與設計部門的幸司一起合租住處。甚至他也無私地分享了跑業務的經驗，一路看著蕭立呈從菜鳥升成了業務部經理，也與有榮焉地替立呈開心。

細想很多時候，蕭立呈開的玩笑只要無視就好，他卻會忍不住想回話，想跟立呈鬥嘴。明明過去的自己不可能容忍被鬧被亂碰，卻因為對象是蕭立呈，他甚至能為了立呈的初戀，犧牲自己來配合演出。

回想在溫泉旅館的房間裡，蕭立呈深情地看著他，對他說：「**我要跟你說的話，就是我愛你！**」

蕭立呈吻了他，如果想拒絕，他肯定可以推開立呈。然而他卻只是愣愣地瞪大雙眼。回想當時的自己會愣住，是發現了自己竟然不排斥立呈的吻。

原來他已經在不知不覺中對立呈日久生情了。只因為他們都是男人，才沒有意識到這份情感早已昇華成了愛情。

他靠在頂樓欄杆處，沮喪地垂下頭，俯視著模糊的街景，蕭立呈的模樣突然浮現在眼前。

「**藤沐仁，坦白承認對我有感覺會死嗎？**」

「**對不起！這幾天我有好好思考，你和小葉說得沒錯，我不想連朋友都做不成，所以就到此為止。**」

藤沐仁懊悔不該將愛情只設定在男女身上，早該知道這份愛是無關性別……如果他能早點發現自己的心意，就不用聽蕭立呈對他道歉了。

藤沐仁輕嘆了口氣，然而立呈已經選擇收回告白。

他是不是錯過了……

＊＊＊＊＊

約好週五晚上要不醉不回房，下班後三人就聚在住處客廳。蕭立呈與葉幸司將買來的熱炒和啤酒擺在桌上，看滿桌的美食美酒，蕭立呈難掩興奮之情，告訴幸司：「明天放假，喝到倒也不用怕宿醉。」

葉幸司想起蕭立呈上次失戀喝到醉倒，便問著他：「那天很難受吧？」

「是啊！以後真的不要在隔天要上班的時候喝酒。」

蕭立呈刻意心有餘悸地露出誇張的表情，葉幸司笑了笑。

這時，藤沐仁拿出私藏已久的紅酒與開瓶器從廚房走來。

葉幸司訝異地看著藤沐仁手中的紅酒。

「你要開你珍藏的紅酒給我們喝？」

蕭立呈也不敢相信地說，「哇！今天是吹什麼風，以前要你貢獻出來給兄弟我分享，你還說我資格不夠。」

「我是看在幸司的份上才打開的，那個……」他對蕭立呈說，「晚一點我有話想跟你聊……」

「聊什麼？現在講也可以啊！」

蕭立呈沒多想，但葉幸司看出藤沐仁此時露出有點拘謹的模樣，便幫忙沐仁把話說得更清楚點。

「沐仁應該是有悄悄話要跟你說，你不想聽啊？」

「聽聽聽，一定洗耳恭聽，認真聽，那這樣可以把最貴的那一瓶紅酒也打開嗎？」

藤沐仁直說：「最貴的那瓶你還沒資格喝。」

沒能喝到極品紅酒，蕭立呈裝出一臉可憐的模樣，惹得葉幸司又笑了出來。

就在這時候，蕭立呈的手機響起訊息聲，立呈拿來一看，馬上皺起眉頭。

「兄弟們，美芳問我有沒有空，她有個朋友需要幫忙，我現在過去一下，晚一點回來。」

不知發生了什麼事，蕭立呈的表情相當嚴肅，葉幸司便擔憂地問：「嚴不嚴重？」

「要不要跟你一起去？」藤沐仁說。

「不用，我處理完馬上就回來，你們先吃。」

似乎事態緊急，蕭立呈匆匆就走出家門。

眼看客廳只剩他們兩人，藤沐仁便放下紅酒，斟酌後，開口對葉幸司說著：「紅酒一接觸空氣就會開始氧化，我們還是等他回來再開？」

「當然沒問題。」

藤沐仁笑了笑，然後兩人打開啤酒，開始吃起東西。

時間過了好一陣子，桌上的啤酒和食物都只剩一半了，蕭立呈還是沒有回來。

葉幸司觀察到沐仁時不時看向手錶，問著他：「要不要問他什麼時候回來？」

「不用，反正菜還沒吃完。」

又過了一段時間，桌上的食物都吃得差不多了，藤沐仁有點不開心地喝著啤酒，葉幸司則用手機與蕭立呈聯繫。

「他剛回訊要我們不用等他了。」

「那就不等了。」藤沐仁拿起放在一旁的紅酒，替自己與葉幸司倒了一杯，負氣地說：「我們把紅酒喝光，一滴都不要留給他。」

＊＊＊＊＊

隔天，藤沐仁剛睡醒，從房間走了出來。

昨晚喝了太多酒讓沐仁有些身體不適，扶著額邊經過蕭立呈的房間時發現房門是敞開的，床組很整齊，沒有睡過的痕跡。

就在沐仁感到疑惑的時候，浴室門被裡頭的人打開了，蕭立呈正穿著昨天的衣服走了出來。

突然出現的立呈嚇到了他，倏地睏意全沒了。

「對不起，我吵醒你啦？」

「你現在才回來？」

「對啊！昨天晚上美芳的朋友……算是失戀吧！我就陪了她們一整晚。」

「算是失戀，什麼意思？」

「說來話長，晚一點再跟你說，陪了他們大半夜，安慰到天亮，睡沒幾小時，我現在超睏的，先去補眠。」蕭立呈打了一個大哈欠，經過藤沐仁的時候，身上飄出了很香的味道。

藤沐仁一聞，說著：「你洗過澡了？」

「是啊！中途實在睏得不行，我就去洗個澡提振一下精神。」他笑笑地看著沐仁，「說實話，你的鼻子真的很靈耶！」

蕭立呈沒當一回事，走進房間，關上房門。

藤沐仁微微蹙著眉頭，看著蕭立呈關上的房門，輕輕說道。

「是飯店沐浴乳的香味……」

蕭立呈不是去找美芳嗎？他們還去了飯店？

第八章

蕭立呈、藤沐仁與葉幸司三人來到家裡附近的超市。因為今晚葉幸司要回家和父母吃飯，想帶點禮品回去，立呈就陪著幸司逛到保健食品區。

「顧眼睛、顧骨頭！啊！我知道了B群很不錯，不只老人家可以吃，你也可以吃，你老是熬夜。」

當蕭立呈與葉幸司討論保健食品的時候，站在不遠處的藤沐仁假裝看眼前的商品，實則偷偷觀察著立呈。

葉幸司想起傅永傑曾傳訊說這陣子課業繁忙，便拿起保健食品說：「永傑讀醫學系也很忙，最近我傳訊給他，他都是深夜回我，看起來幾乎天天在熬夜。」

「說起來確實很久沒見到那個小鬼來串門子了。」蕭立呈說。

「所以我今天回家看看，也許晚上就住在家裡不回來了。」

葉幸司說完，蕭立呈就對他露出曖昧的微笑。

「想弟弟囉？」

「他是我家人，我當然會想啊！」

「以前也沒見你這麼想過，還打算回家住個兩天一夜唷。」

葉幸司被蕭立呈發現了自己心態的轉變，有些心慌，急忙替自己解釋：「以前是放在心裡想，現在是表現出來，一樣的。」

「好，你說了算。」蕭立呈並不想戳破幸司的心意，便轉頭尋找沐仁。這一轉身，恰巧與沐仁對上眼，這原本沒什麼，但沐仁卻用力地轉過頭避開，假裝在看其他東西，過度的反應讓立呈感到訝異。

蕭立呈不曉得昨晚發生了什麼事，便問著身旁的葉幸司，「他怎麼了？」

「昨天你沒回來，他有點不高興，所以把一整瓶紅酒全喝光了。」

「喝光了？全部？一滴不剩？」

葉幸司點點頭，蕭立呈感到十分可惜，「你怎麼不幫忙留一口給我？」

「我酒量不好，都是沐仁喝掉的。」

「所以他現在在生氣？」蕭立呈想了想又搖頭，「他剛才那個反應不是生氣，他真的生氣起來，那眼神可以凍死人，還會緊盯著你，就是要凍死你。」

蕭立呈和葉幸司看向藤沐仁討論著此事，沐仁似乎也知道他們在討論他，便不自然地走往另一頭，像是要找其他東西似地走掉了。

葉幸司觀察藤沐仁的行為，「雖然不是生氣，但好像也不是很高興……」

蕭立呈忽然想起了一件事。

「我知道了！我昨天走掉之前他說有話要跟我說，結果我一整晚都沒回來。」

「那你快去找他，聽聽看他到底要說什麼。」

蕭立呈點點頭，循著藤沐仁的方向走了過去。

此時，藤沐仁走到沐浴乳區，拿起眼前的幾瓶，看了上頭的香味。

「不是這種香味……那個味道聞起來有點像是在飯店或旅館洗的澡……可他不是去找美芳和她的朋友嗎？」藤沐仁百思不得其解，拿著沐浴乳苦思著。

「玫瑰香味？你不是不喜歡這種太濃郁的味道，最喜歡柚子香味嗎？」

蕭立呈的聲音突然在他身邊響起，猛地回神，就見立呈不知何時已經站在他身邊。

「就……偶爾也想改變一下。」藤沐仁不經意地提起，「今天早上我聞到你身上的那一款沐浴乳的香味也很不錯，不知道是哪一個牌子的？」

「我沒注意是哪個牌子，有什麼就用什麼，對了！你昨天說有話想跟我聊，是什麼？」

沒料到蕭立呈會突然問這個，藤沐仁愣了一下，環顧四周，不知該怎麼開口。

要在這麼多客人推著推車來回經過的大賣場告、告白……怎麼想都不符合他的個性。

「這邊……不是聊天的好地方。」

「也是，不然今天晚上聊吧！小葉今天晚上回家住，我們有大把的時間可以好好聊一下。」

聽到蕭立呈的建議，藤沐仁突然緊張了起來，因為這意味著他今晚就要向立呈坦白心意，但最後還是點點頭。

「嗯……好啊！」

「小葉應該買得差不多了，我們去找他。」

蕭立呈轉身走向葉幸司，藤沐仁則把手中的沐浴乳放回架上，正要跟上時，手機突然響起訊息音，拿起來一看，是少芬傳來的訊息。

『藤經理，我沒有傳播謠言，他們真的在一起，還去開房間。』

他點開少芬傳來的影片，鏡頭從遠方拉近，蕭立呈與劉美芳在飯店櫃檯，似乎在Check in，接下來是兩人拿著房卡一起走進飯店電梯，上樓。

藤沐仁看著，眉宇緊緊地皺了起來。

這則訊息也傳到葉幸司的手機，看完影片，蕭立呈就走回他的身邊，問：「買好了嗎？去結帳吧！」

「你看到公司群組裡傳的影片了嗎？」葉幸司的表情不太好，蕭立呈還不知道發生了什麼事。

「什麼？」

「你和美芳被拍了。」

「什麼！」蕭立呈一臉驚訝地拿出手機來看，然後眉頭逐漸深鎖，「誰這麼無聊偷拍我們兩個？」

「昨天晚上你真的跟美芳去開房間？」

「當然不是，是美芳跟她朋友住在這間店，我們去找她，她外出了把房卡寄放在櫃檯……哎！現在不是跟你解釋的時候，現在重點是要怎麼澄清。」

「一定要澄清，之前就已經有不利美芳的流言傳出來了。」葉幸司說。

「媽的，被我逮到是哪個小人故意鬧事，我一定揍死他。」

蕭立呈馬上打給劉美芳，跟美芳約好在公園見面，結束通話。葉幸司見只有蕭立呈來，就問著立呈，「沐仁呢？」

「在後面……」蕭立呈回頭一看，沒見到沐仁，「奇怪，人呢？」

「我去找，你先和美芳會面商量一下吧！有結論跟我說。」

「好。」

看著蕭立呈急匆匆離去的身影，葉幸司滿是擔心。

＊＊＊＊＊

究竟是誰拍攝的影片？

蕭立呈離開超市的這段時間，思索著自己這陣子是否有與人結怨。

他來到與劉美芳相約的公園，此時的美芳滿臉怒容，反倒是一旁的他正在緩和美芳的怒火。

「許少芬實在太過分了，直接在公司群組裡面公布，分明就是要我死，本宮不會屈服！」

「妳宮鬥戲看太多了。」蕭立呈正一面玩著公園設施，一面與劉美芳討論這件事，畢竟他們兩人真的沒有開房間，清者自清。

「我只是猜測啦！因為之前我跟她吵過架，後來她就到處傳我糾纏你不放的事情，還拿照片佐證，一下子就傳開了。」

蕭立呈一聽，就從設施下來，走到劉美芳身邊，皺起眉頭深思著。

劉美芳有些忐忑不安地看著他，「怎麼了？」

「我是在想，妳說的那個同事，她有這麼大的本事整天跟蹤你，拍下我們的照片，錄下我們一起去飯店的事嗎？」

「是有點奇怪，她怎麼知道我的行程，難道一直盯著我？有這麼閒嗎？還是在我身上放了定位追蹤器？」

「這件事得好好查一下，肯定是有人惡意攻擊。」

蕭立呈的表情變得十分嚴肅，認為這件事似乎沒那麼簡單，這讓劉美芳也跟著著急了起來。

「那現在我們該怎麼辦？要趕緊澄清才行啊！」

「現在多說多錯，要怎麼解釋都沒用，畢竟我們被拍到是鐵錚錚、血淋淋的事實，所以暫時不用澄清，就假裝我們在一起……」

「不行！」劉美芳激動地直接拒絕，嚇到蕭立呈了。

「只是假裝跟我在一起有必要這麼激動嗎？」

「你忘記藤經理啦！你現在跟他好不容易恢復友誼，和緩一點，要是宣布跟我在一起，他真的誤會怎麼辦？你就更沒機會了。」

原來劉美芳是在擔心他與藤沐仁的關係，雖然很感謝美芳，但就怕這麼做只是白費了她的好意。

「我早就沒機會了，他只願意跟我當朋友。」

「可是……」

蕭立呈打斷劉美芳的話，「現在不是討論這個的時候，總之這件事我覺得有蹊蹺，我們應該好好釐清一下敵人究竟是誰才是首要之務。」

劉美芳認為蕭立呈說的是對的，也只好點頭認同，「那你有辦法嗎？」

「我有個學弟或許可以幫我忙……」蕭立呈和劉美芳開始討論起今後的反擊方法。

＊＊＊＊

藤沐仁買了一堆啤酒回家。他推開住處大門，平常至少還有幸司或是立呈待在家，此刻，卻只有他一人回家。

也正好，他現在心情鬱悶，沒辦法在人前裝沒事。

他直接坐在餐桌前，獨自喝著悶酒。

灌了好幾瓶，覺得身體實在悶得快透不過氣了，便踉蹌地走到陽臺。回想蕭立呈買蛋糕給他吃的那次，伸手輕撫過他唇角的奶油，然後把奶油放到嘴邊舔了一口。

想起了蕭立呈不顧一切奮力從高副總手中救出他。

然後在溫泉旅館吻了他，向他告白，氣他逃避去和 Gill 約會。

蕭立呈為他做的一切，往後只能回味了，因為蕭立呈跟劉美芳已經……

他們真的去開房間了嗎？

他已經沒有機會了……

想到這裡，藤沐仁就仰頭飲盡手中的這瓶啤酒，看酒沒了，乾脆去房間把幾瓶紅酒都拿來，一邊懊悔自己太慢察覺到喜歡上蕭立呈的心意，一邊灌著酒。

與此同時，葉幸司提著要送家人的禮品返回葉家。

「我回來了。」

葉幸司將補品放在桌上，李晴芳則如往常般地迎接他回家。

「回家就回家，買那麼多東西幹什麼，家裡都不缺。」

葉幸司難得回家一趟，就想多帶點禮物給父母，便笑著對晴芳說：「我知道家裡不缺，所以就隨便買點保健食品什麼的，我還買了牛小排，永傑喜歡吃，他最近很忙，好好的慰勞他一下。」

提到傅永傑，李晴芳的表情有一瞬間不自然，但隨即又堆出笑容。

「永傑今天不會回來吃晚餐。」

「沒關係，我今天住家裡，明天中午再做給他吃。」

李晴芳難掩不自然的神色，支吾了起來，「那個……永傑他……最近都不在家……」

「課業這麼忙嗎？」

「是……」

葉智輝打斷李晴芳的話，「他搬出去了。」

葉幸司聞聲回頭，看著從房間出來的葉智輝，此時父親的神態十分憔悴，還不時地輕咳出聲。

「你怎麼出來了，醫生要你不要亂動，多休息。」李晴芳見狀趕緊上前攙扶，把葉智輝扶到沙發上坐著。

葉幸司並不知道父親的身體狀況變差，十分擔憂地問著：「爸，你怎麼了？」

葉智輝沒有說話，只是眉頭深鎖著。李晴芳也不好說什麼，收起笑容，坐在葉智輝的身邊。

見到兩人的表情，葉幸司這才察覺到家裡發生了事情。

他想，最有可能的原因就是……

「跟永傑搬出去有關嗎？」

葉智輝重重嘆了口氣，「我已經知道你跟永傑……的事情……」

葉幸司聽了一時之間腦袋空白，完全不知道該怎麼反應，該說些什麼，張口欲言，卻發不出一絲聲音。他從沒想過會被父親先發現，而不是自己主動坦白。

李晴芳察覺到葉幸司的異狀，趕緊握住他的手，試圖安撫他。

「不是你的錯，都是永傑強迫你。其實你幫他慶祝生日那一晚，我就知道他要幹麼了。」

葉智輝震驚地看向李晴芳，「李晴芳，妳說什麼？」

「我沒有阻止他，所以我也是共犯。」李晴芳看向葉智輝，「我一直想跟你說，但是又怕太刺激你，所以才一直隱瞞著。就算他個性再怎麼沉默寡言，他也是我生的，我知道他很早就喜歡葉幸司了。」

葉智輝痛心疾首地看著李晴芳。

「你怪我、怨我，我都無話可說，我也準備好離婚協議書，葉智輝，是我們母子對不起你。」

葉幸司不希望一直很恩愛的父母因為他們的事情吵架，「不、不是……我……我喜歡的是男人，是我的問題，不是媽也不是永傑……」葉幸司低垂著頭，根本不敢看向父親，就這樣坦承了一切。

李晴芳想幫葉幸司多說點什麼，「幸司……爸比，其實他們……」

「我現在不想聽這些。」葉智輝對李晴芳搖著頭，然後看著自己的兒子，神情複雜，最後喘了幾口氣，轉過身，一句話也沒再說，直接回去房裡，關上房門。

葉幸司強忍著悲傷，望著那緊閉的房門。

＊＊＊＊

蕭立呈與劉美芳討論完對策後，便返回三人合租的住處。

一進家門，他便看見桌上擺了好幾瓶空的紅酒瓶和幾罐啤酒，對這景況愣了一下，再聽見浴室傳來沖水的聲音，接著藤沐仁從裡頭走了出來。他雙頰紅潤，看著蕭立呈，突然呆愣地站在原地。

「這些都是你喝的？」

藤沐仁沒說話，就只是呆呆地看著蕭立呈。

「你一個人喝這麼多，怎麼了？發生什麼不開心的事？」

聽到蕭立呈的關心裡提到「不開心」這三個字，藤沐仁終於回過神，堆出了笑容，往廚房方向走去。

「沒有不開心，是很開心～」

藤沐仁從廚房的櫃子拿出一瓶紅酒，「要替你慶祝。」

蕭立呈察覺到藤沐仁已經醉了，走路時已經維持不了身體的平衡，他趕緊上前攙扶藤沐仁，近距離下聞到沐仁身上濃烈的酒氣，立刻皺起眉頭。

「酒味這麼重，你喝太多了，不能再喝。」

「要喝，你看～」藤沐仁抬高拿著紅酒的那隻手，「這是你最想喝的那一瓶呢，最貴的～～」

蕭立呈擔心著藤沐仁，「改天再喝……」

「今天喝！要恭喜你跟美芳終於兩情相悅，在一起～～」

蕭立呈這才明白藤沐仁為何會喝得酩酊大醉，「你是看到群組裡的影片？那不是真的……」

藤沐仁突然伸手摀住蕭立呈的嘴脣，不讓他說話，雖然嘴上說恭喜，卻也難掩心裡的難受，沐仁一臉委屈地看著立呈。

「不要騙我了，我想通了，我可以祝福你，因為是我拒絕你……所以你放棄了，繼續去追美芳，喜歡美芳，不喜歡我了……我明白，我真的明白……」

蕭立呈皺著眉頭想開口，但藤沐仁沒有要鬆手的意思。

「你先不要講，聽我講！你突然跟我告白，我嚇到了，我不理你，是因為我不敢理你，我不知道怎麼辦，我……我還騙了 Gill……」

藤沐仁說完便鬆開手，蕭立呈耐住性子，冷靜地問他，「你騙她什麼？」

「我說要追她，可是我不喜歡她……她邀我去她家……我沒有去，但是又不想太早回來面對你，我就故意在外面晃，到三點才回家……」

聽藤沐仁對他坦白這些事，蕭立呈臉上逐漸浮現喜悅的神情。

「你的意思是……你也有一點點……喜歡我？」蕭立呈不確定這個想法是否正確，而放慢語氣問著藤沐仁。

藤沐仁看見蕭立呈那既忐忑又期待的表情，更委屈地癟嘴，抬起另一隻手撫著自己曾經被 Gill 打的部位。

「我第一次騙人……我從來不說謊……我還被揍了一拳……」

聽到這，蕭立呈就不悅了，「Gill 打你？我現在叫她跟你道歉！」

蕭立呈拿起手機要打給 Gill，藤沐仁就兀自難過起來。

「對不起……」藤沐仁難過地道歉，讓蕭立呈有點手足無措。他放下手機，專心安慰著喝醉的心上人。

「你沒錯，是我錯了，我不應該嚇你。」

藤沐仁難過地說：「我太晚喜歡你……已經來不及了……」

「不晚，一點都不晚。」蕭立呈急切地回應。

藤沐仁卻傷心地搖著頭，「你都跟美芳去開房間了，你不可以腳踏兩條船，我不要當小三……」

「你怎麼可能是小三，聽到沒有，我沒有跟美芳開房間。」

「你跟她在一起吃飯很開心……還抱在一起……」

藤沐仁還細想著過往的那些畫面，此時的蕭立呈已經聽不下去，乾脆把沐仁拉進懷中，一手按住沐仁的後腦勺，吻了上去。

藤沐仁愣愣地盯著蕭立呈，這一吻，立呈沒有親太久，只是想阻止沐仁繼續說下去。見沐仁情緒緩和下來，他才停止親吻，凝視著沐仁。

「我不喜歡美芳，我喜歡你，只喜歡你，沐仁，你喜歡我嗎？」

蕭立呈深情地注視著藤沐仁，等著藤沐仁給他答覆。而藤沐仁給他的答案，是捧著他的臉龐，主動吻了過去，然後輕喃著。

「喜歡……你……」

最後一個字才剛說出口，藤沐仁就腿軟。蕭立呈趕緊摟住差點跌下去的沐仁，就見懷中的沐仁已經醉倒睡著了。

＊＊＊＊＊

隔天早晨，陽光從窗戶透進藤沐仁的房間，被光線喚醒的他微微蹙眉，睜開眼睛。

回味昨晚發生的事，他抿抿嘴唇，暗自竊喜著。

這時，有人正敲著門，藤沐仁還沒回應，房門就被打開，走進房間的人正是蕭立呈。

蕭立呈看藤沐仁醒了，露出微笑，走到他床邊坐了下來。

藤沐仁有些緊張，畢竟昨晚他才向蕭立呈表達心意，此時的他傲嬌地收起笑容，故作沒事。

蕭立呈說：「你睡好久，都已經中午了。」

「喔……」

「頭會痛嗎？」

藤沐仁點點頭，蕭立呈馬上幫他按摩。

「餓不餓？」

藤沐仁感受了一下立呈按摩的力道，然後點點頭。

「煮麵好不好？」

藤沐仁又再次點頭。

蕭立呈抬手摸摸藤沐仁的頭，「好乖呀！」說完，他傾身吻向沐仁。沐仁雖然瞪大眼睛，但沒有推開他。

吻完之後，蕭立呈凝視著藤沐仁，開口問他，「昨天說的話，你該不會忘記了吧。」

藤沐仁沒立刻表態，只是愣愣地盯著他，這讓蕭立呈很著急。

「忘了？」

「沒……沒忘……」

藤沐仁害羞地笑著，蕭立呈也跟著露出笑容，很滿意地再輕輕吻了藤沐仁，挪開一點距離，看著藤沐仁的雙眼，然後再一次。

藤沐仁完全接受了蕭立呈一吻再吻的舉動，閉上雙眼，感受貼緊的雙唇間蔓延出一股甜上心頭的滋味。彼此都貪戀這個讓人心跳加速，體溫上升的甜膩幸福感。深吻了好一陣子，直到蕭立呈慢慢挪開身子，即時打住，盯著眼神變得迷濛的藤沐仁。

「我去煮麵。」蕭立呈說完，輕撫著藤沐仁的頭，就離開房間。

＊＊＊＊

葉智輝這陣子苦思著葉幸司與傅永傑的事，每夜難以入眠，以至於吃完午餐，他就坐在沙發上睡著了。因為到了要吃藥的時間，葉幸司便走到他身邊，輕聲喚醒父親。

「爸，吃藥了。」

葉智輝接手葉幸司拿來的水和藥，把餐後的藥吃了。

葉幸司等父親吃完藥，鼓起勇氣開口，「爸，我們可以聊聊嗎？」

葉智輝只是看著葉幸司沒有回答。葉幸司就坐到另一邊沙發，神情緊張地看著父親。

「爸，對不起，但是我就是喜歡男人，你願意接受這樣的我嗎……」

「你搬回家吧！」

葉幸司訝異地看著父親，以為是自己聽錯。

葉智輝繼續說：「你是我兒子，你媽過世得早，我們兩個生活在一起這麼久，我再怎麼粗心，也不可能沒發現到你……喜歡男生。」

葉幸司沒想到父親早已發現他的性向，有些錯愕，「你什麼時候發現的……」

「你剛升大學那時候吧！你沒交女朋友，倒是大學跟一個男同學很要好，整天開心得就像是在談戀愛一樣，那時候我就隱約明白了。」

「你……對我失望嗎？」

聽葉幸司這麼問，葉智輝重重地嘆了口氣。

「你決定搬出去的時候，我沒有阻止。我想，我也需要一點時間想一想，只是沒想到這麼一想，就好多年過去了……」

葉幸司低下頭，雙手緊緊交握著。

「對不起……」

「不用說對不起，人生是你自己的，過得明白開心比什麼都重要，你搬回家住吧！」

「爸，謝謝你……謝謝……」

葉幸司感動地抱著父親，他夢想著有一天能向父親坦白，並能被父親理解，這些都在此刻實現了，忍不住流下眼淚。

葉智輝另一手按著葉幸司的肩膀，用力地拍了拍，拍完後摸著幸司的頭，心疼著他的寶貝兒子為此煩惱了這麼多年。

在廚房看著這一幕的李晴芳，很欣慰地抹了抹眼角，並拿出手機傳訊給傅永傑。

『都說開了，你爸要幸司搬回家住。』

＊＊＊＊＊

蕭立呈與劉美芳貌似開房間的偷錄影片在公司群組裡傳開後的第一個工作日，劉美芳走進所屬的設計部門，來到自己的座位，才剛把手裡的早餐放到桌上，少芬就忍不住對她冷嘲熱諷了起來。

「今天有沒有感受到萬眾矚目啊？」

劉美芳不是很想理她，只是微微皺著眉頭不說話。

王姊擔心地看著劉美芳，猶豫要不要幫忙她說話。

少芬卻因為劉美芳不回話，反倒繼續說：「如果是男女朋友去開房間，就是談辦公室戀情；如果不是男女朋友，那就是約砲，妳跟蕭經理是哪一種？」

「什麼都不是，我跟他是去找我的朋友。」劉美芳冷靜地回著。

少芬卻對這解釋冷嗤，「編理由也有點誠意好不好……」

「事實就是事實，坦白講出來就很有誠意啊！」門口傳來蕭立呈的聲音，眾人聞聲往門口看去。此時，蕭經理和藤經理都出現在設計部門口。

藤沐仁直接走到葉幸司座位，沒看到幸司的東西，微微蹙眉。

「幸司還沒來？」

王姊回著：「總監今天請假，他早上臨時通知我幫他參加下午一場會議。」

藤沐仁一聽有些擔心葉幸司的狀況，拿出手機撥打給幸司。

蕭立呈則對少芬與其他同事們開口，「我鄭重地跟你們澄清，我和美芳確實有去飯店，但我們是去找她的朋友。」他轉向少芬，「我倒是比較好奇，妳是怎麼拿到這段影片的？」

少芬突然被點名，有些支吾了起來，「就有人寄給我……」

「誰？」蕭立呈雖然面帶微笑，但此時的眼神相當認真，透露出強烈的氣勢。少芬略感慌張，其他同事也沒幫腔，只是看著他們。

藤沐仁拿下手機，擔憂地說著：「幸司沒有接電話。」

蕭立呈溫柔地安撫藤沐仁，「也許是在忙，不然你傳訊息給他，他有空看到了一定會回。」

藤沐仁點點頭，開始打著訊息。

蕭立呈對藤沐仁溫柔地說完話，面對少芬時，語氣和臉色丕變，帶著強勢的語氣問著少芬，「妳還沒告訴我是誰寄影片給妳。」

「誰寄的我不知道，蕭經理，你這樣質問我也很奇怪，如果你和劉美芳坦蕩蕩，幹麼那麼緊張那段影片是誰寄的。」

Dan也湊熱鬧地說：「蕭經理，你要是想護著美芳，就乾脆承認交往啊。」

「當然不行！我可是有另一半的男人，我追影片不是要保護劉美芳，是要讓我的另一半釋疑，我怕他不高興。」

蕭立呈坦白直說了，所有人頓時傻住，劉美芳與王姊更是有默契地瞪大眼睛不可置信，想著該不會是……

Dan驚訝地問著，間接想討個新的八卦話題，「蕭經理，你有女朋友啦？」

「不是女朋友，是男朋友。」

此言一出，所有人都倒抽一口氣。劉美芳和王姊有默契地同時看向藤經理，此時的藤沐仁還在認真看著手機，等待幸司回覆。

「蕭經理，你不要為了劉美芳故意說這種謊。」少芬仍不相信地說著。

「我幹麼說謊……」蕭立呈對少芬的質疑感到不悅。

「煩死了！」

藤沐仁突然打斷眾人的話，他傳的訊息幸司一直沒有已讀，就已經令他很煩心了。他直接走到蕭立呈身邊，將自己的手機調成自拍模式，把手機對準自己與蕭立呈。

下一秒，在眾目睽睽之下，藤沐仁用另隻手把蕭立呈的臉轉過來，然後主動吻了上去，拍下兩人親吻的照片。

眾人看著有些傻眼，劉美芳與王姊則極度喜悅地在心裡驚喜尖叫。

拍下照片後，藤沐仁結束親吻，看向傻住的少芬，直接把照片亮在她面前，面露嚴肅地說，「謠言止於智者，老是說不聽，以後就算有影片也要小心求證之後再公布，就像這張鐵錚錚的事實，等一下我會光明正大發在群組裡。」最後，他對著蕭立呈說，「走吧。」

蕭立呈開心地回答：「好。」跟著藤沐仁走出設計部門。

藤沐仁和蕭立呈並肩走著，相對於心情超級愉悅的蕭立呈，此時的藤沐仁依舊微微皺眉。他看著腳步輕快，一直掛著笑容的蕭立呈，忍不住問著：「你都不擔心幸司嗎？」

「小葉是大人了，偶爾請個假，也沒什麼。」

「可是以往他都會跟我們打聲招呼，這一次什麼都沒有，你不覺得奇怪嗎？」

「如果你擔心的話，下班之後我們可以去他家找他。」蕭立呈依舊開心地說著。

「你幹麼一直笑。」

「有嗎？」蕭立呈摸摸自己的臉，有這麼明顯嗎？

「牙齒都露出來了。」

「因為開心啊！藤藤，你剛才好man，直接就公開了耶！」

藤沐仁皺起眉頭，不說話了，這讓蕭立呈趕緊收起笑容，不安地問他，「你不高興？後悔？」

「不是……」

「那是怎麼了？」

藤沐仁猶豫該不該在兩情相悅之後問，但如果因為一個誤會讓兩人疏離也不好，最後還是決定把事情弄清楚，「那段影片裡你跟美芳是真的去飯店……」

蕭立呈抓住藤沐仁的手，「跟我來！」

蕭立呈帶著藤沐仁走進無人的會議室，還上了鎖，確保兩人講話時不會有其他人打擾。

「你在擔心我還喜歡美芳嗎？」蕭立呈問。

「也不是……」

蕭立呈握著藤沐仁的雙手，十分誠懇地凝視沐仁，語氣也格外慎重。

「藤藤，我們好不容易在一起，什麼話都要講出來，不要有一點點的隱瞞或者猜測。只要你問，我一定據實以告，絕對不欺騙你，所以你也要把話講出來，好不好？」

他邊說邊哄著藤沐仁，就怕沐仁有一絲委屈或不開心而影響了彼此的感情。

藤沐仁看著戰戰兢兢說話的蕭立呈，點點頭，開口問了心中的疑惑，「我上次問你，你回答我說來話長，晚一點會再跟我說，可是一直都沒有說。你跟美芳那一晚到底是怎麼回事？」

「對不起，我一直忘了跟你說。你也知道，美芳是腐女，她有一群朋友也是腐女，在她相信我喜歡你的一開始，就把那一群朋友介紹給我，所以大家還挺熟的，這一次是一個叫小筠的女孩子為CP痛哭難過。」

「CP？」

「就是小筠喜歡一齣BL劇，那對CP其中一個死掉了，小筠沒辦法接受北上散心，找朋友們尋求安慰，美芳就把我一起找過去。」

「你去能幹什麼？」藤沐仁說。

「我那時候剛好也在你這裡慘遭滑鐵盧，所以就以同樣悲戚的心情要小筠看開一點，我們陪她聊了一整晚，她終於豁然開朗，心情也平靜下來。」

「你還在飯店洗澡……」

「放心，我另外開了一間房，還有刷卡單，回家我拿給你看。」聽到這，藤沐仁心裡沒疙瘩了，臉上也有了淡淡的笑意。

蕭立呈靠藤沐仁很近，近到鼻子幾乎都要碰上了，告訴沐仁：「我喜歡你可是下定決心，不可能放手。你也要答應我，不能隨便玩弄我，拋棄我啊！」

藤沐仁嗔斥著他，「你胡說什麼！對了，剛才你們講影片的事，你認為是有人在故意針對你或美芳嗎？」

蕭立呈想了想，「美芳才剛進公司，所以針對我的可能性比較大。」

「針對你？」藤沐仁擔心地皺著眉。

「擔心我啊～」

藤沐仁乖巧地點點頭，蕭立呈便露出溫柔的笑容。

「放心，我不會讓對方得逞，我已經找學弟幫忙，只要把寄影片的信箱地址要來交給我學弟，很快就可以找出對方是誰，把他揪出來狠狠教訓一頓。」

藤沐仁說：「我也可以幫忙。」

「好，需要你的時候，一定會跟你說。」

藤沐仁終於開心起來，蕭立呈卻想起什麼忍不住叮嚀他，「對了，剛剛你拍的那張照片記得要光明正大放進群組啊！我要收藏起來。」

藤沐仁心裡甜滋滋地睨了蕭立呈一眼，兩人之間充滿粉紅泡泡，吻向主動噘起嘴來的立呈。

＊＊＊＊＊

葉幸司和父親坦白後，還有一件懸在心裡的事。讓他悄悄走進傅永傑的房間，望著室內沒有搬空的物品。

葉幸司坐到書桌前，拿起兩人的合照，發現相框背後有一把小鑰匙。試著拉動書桌的抽屜，其中一個果然鎖住了。

他用那把小鑰匙打開了上鎖的抽屜，就見裡頭放滿了他送給傅永傑的小禮物，有音樂盒、水晶球、小木刻……這些小物令他充滿懷念。

葉幸司又注意到一個鐵盒，裡頭是一張張他寫給傅永傑的卡片與便條紙。

永傑，電鍋裡有媽媽準備的蔘茶記得要喝。晚上念書不要念太完，休息還是很重要。

今天聽到你跟媽為了你在學校打架的事情起爭執，媽媽都是為你好，擔心你。家人是最重要的，希望你不要生氣。

今天陪媽媽逛街，幫你買了一雙新的運動鞋，試穿看看，不合腳我明天幫你拿去換。

永傑，我搬出去後，你要好好幫我照顧爸媽，我知道你其實也很在乎他們，只是不擅表達。

他再翻開傅永傑收藏的生日卡片。

永傑，生日快樂，轉眼間你已經是大人了。即將升上高中，課業很重吧，別給自

己壓力太大。哥哥愛你。

今年上國中啦，有不懂的隨時來問哥哥。希望你永遠開心，生日快樂。

他給的禮物，傅永傑都好好地收藏起來。

那一點一滴的回憶，慢慢地浮現在葉幸司的腦海裡，噙著淚水，肩膀微微顫抖。

他回來了，但傅永傑離開了。

＊＊＊＊

蕭立呈與學弟約在居酒屋見面，一進到店內，很快就見到他的學弟孫博翔。

孫博翔見到他，立刻揮了揮手，「學長！」

蕭立呈走向孫博翔，在他對面坐了下來，服務生替他送上餐具與酒杯。很久沒和學弟敘舊了，立呈臉上帶著笑意，說：「抱歉，臨時約你出來。」

「沒關係，你之前給我的那段影片，還有信箱地址我已經開始查了，需要一點時間。」

「我就知道找你沒錯，謝啦！」

「小事！」

蕭立呈對孫博翔說：「來！盡量喝，我請客！」

孫博翔笑著點點頭，兩人酒杯相碰。

蕭立呈此次和學弟吃飯，不只是要來談影片的事情。有件事，他想來請教請教身為大前輩的學弟。

「對了，我記得你跟你男朋友交往很久了？」

孫博翔點點頭，「八年。」

「有個問題想問你……你是1還是0？」

對於蕭立呈的問題，孫博翔錯愕地瞪大雙眼，立呈趕緊解釋：「我不是要探你隱私，是因為有些疑問……如果你是1的話最好，不是的話，改天我見到你男朋友再向他請教。」

孫博翔皺著眉頭看向蕭立呈，「學長，我不是很懂你的意思，你怎麼會突然問這個？」

蕭立呈有點不好意思，隨後露出幸福的笑容，「因為我也交了男朋友。」

「你？交男朋友!?」

蕭立呈不高興地看著反應過度的博翔，「幹麼這種語氣，難道我不能交男朋友嗎？」

「我不是這個意思，只是我印象中你女朋友一個換一個，沒發現你對男人有興趣。」

「我不是對男人有興趣，我是只對『他』有興趣，這是不一樣的。」

孫博翔見蕭立呈一臉認真，忍不住笑了，「看來你是遇到真心喜歡的人了。」

「好了，不要逃避問題，你是1還是0？」

蕭立呈一臉期待地看著孫博翔，博翔默默地比了1的手勢。

＊＊＊＊＊

李晴芳正在客廳清潔地板，葉幸司主動來到她身邊想分擔家事。

「媽，我來幫妳。」

「你不用幫忙，難得請假休息，發呆也好，眼睛消腫了嗎？」

葉幸司尷尬地笑著，「沒事了。」

「哭出來是好事，不用不好意思，你啊！就是習慣把什麼事都放在心裡，一直壓著，這樣對身體不好，以後有什麼話就說出來，沒什麼解決不了的。你看，你爸也沒那麼不能接受，是不是？」

李晴芳叨唸的同時，葉幸司停下手邊的動作，看著他。

「媽，妳也早就知道我是同志？」

李晴芳突然一愣，有點不知道該怎麼回答。

「妳不是說有話就說出來。」

李晴芳無奈地嘆了口氣，「雖然我不是你親生的媽，可是我也是把你當作自己兒子照顧，我應該跟那小子差不多時間知道的。」

葉幸司問著：「他什麼時候知道的？」

「升國中的時候。」

「……那麼早啊。」

說起傅永傑，李晴芳侃侃而談，雖然聽起來是在責備永傑，但幸司同時也感受到晴芳一直把永傑放在心裡最重要的位置，注意永傑的一舉一動，就怕永傑受傷。聽著這些，幸司忍不住帶起一抹淡笑。

「那小子，你不要看他不講話，他心眼可多了。以前放他一個人住在親戚家，我知道他一定受委屈，日子難過，不過他也沒讓其他人好過，私底下的手段可多了，整人都不留證據的。」

李晴芳說完，輕握住葉幸司的手，「我還沒跟你道歉呢！」

「道歉？」

「那小子灌醉你的打算我是知道的，不顧你的意願是我這個做母親的惡劣，你可以怪我。不過那小子說得也對，你太在乎其他人，就是不在乎自己，所以我同意他那麼做，也願意承受你的憤怒。」

「媽，我……」

「不要急著原諒我們，幸司，你要多愛自己一點，你可以不放過我們，但是你要放過自己，知道嗎？」

李晴芳慈愛地握著葉幸司的手，見幸司點著頭，晴芳也露出安心的微笑。

「媽，那妳可以幫我一個忙嗎？我打電話給永傑他都沒接，妳可以告訴我永傑在那裡嗎？」

＊＊＊＊＊

晚間，由於蕭立呈和學弟約好見面聚餐，藤沐仁便獨自返回家中。

一進家門，果真如他猜想的，葉幸司正在客廳瀏覽郵件，處理公事。

「你怎麼一整天都不回訊。」

葉幸司面帶微笑地回應藤沐仁，「對不起，讓你擔心了，我出了一點事情，得整理一下心情，所以才沒有聯絡你們。」

藤沐仁馬上意會到幸司指的是什麼事情，坐到幸司身邊，問著：「你爸發現你喜歡男人？」

葉幸司點點頭，「我坦承了！」

藤沐仁替葉幸司感到開心，因為他知道這一步對幸司來說可沒這麼簡單。

「哇！你好勇敢，那你爸說什麼？能接受嗎？」

「算是接受了，他要我搬回家住。」

「你要搬走？」

「是啊！說實話，我一直很想回家，跟家人在一起，我最擔心的事情已經發生，而且結局是好的，對我來說真的很幸運。」

回家是葉幸司的心願，能夠達成心願，藤沐仁很替他開心。但幸司是他多年的室友，突然說要搬走，心裡不免有些驚訝和不捨。

「你能回家當然是好事，不過只剩下我跟立呈，就感覺有點寂寞。」

葉幸司聽到蕭立呈的名字，便關切起他們的關係，「沐仁，其實立呈他是真心的，他……」

藤沐仁不讓葉幸司說完話，「我知道，你不用說，因為我們已經……已經決定在一起了。」

葉幸司愣愣地看著害臊的藤沐仁。

「你說的在一起，是我理解的那種意思嗎？」

藤沐仁點點頭，葉幸司立刻露出開心的表情，「什麼時候，我想聽！」

就見藤沐仁甜甜一笑，開始對葉幸司闡述上週末發生的事。

「就是呀，那天晚上我不是喝醉嘛……」

＊＊＊＊

這陣子，藤沐仁除了弄清楚自己的心意，與蕭立呈兩情相悅之外，也兼顧著他的業務工作。

最近有位相當棘手的客戶，他主動拜訪了好幾次都無功而返。就在休假日今天，蕭立呈說要陪他一起會見客戶，談論過程中，也多虧了立呈能和客戶相談甚歡，打開了客戶的心房，才在今日成功簽下合約。

傍晚時分，藤沐仁與蕭立呈手牽著手，在街上散步。

「今天謝謝你陪我來。」藤沐仁說。

「謝什麼。」

「這客戶斡旋了很久，終於談下來了。」

「恭喜你啊！厚厚，這樣業二組的業績就會一飛沖天了！」蕭立呈把藤沐仁的手握得緊緊的，只要沐仁開心，他就開心！這麼一想，他便得意了起來，「不過我覺得換個角度想，我，應該就是你的幸運星。」

蕭立呈開心得從身後環抱住藤沐仁，但此時廣場附近有人經過，沐仁不習慣在眾人面前晒恩愛，立刻將立呈的手拿開。

「怎麼了？」蕭立呈問著。

「沒事。」

「我們現在的關係你喜歡嗎？」

藤沐仁看了看四周的行人，難為情地說著：「我是喜歡你，但……我還是不太適應我們的互動。」

只要知道藤沐仁是喜歡他的，蕭立呈就覺得足夠了。

「那就好，不習慣是正常的吧！反正我們不用在意別人的眼光，幸福是屬於我們自己的。」

藤沐仁想起，蕭立呈會有所轉變，是從那天開始。不免也想確認一下立呈所謂的「喜歡」究竟是……

「那你喜歡我哪裡？」

藤沐仁這問題讓蕭立呈有些難為情，愣了一下，「很多啊，跟你在一起可以做我自己。」發現前面有個愛心造型的雙人盪鞦韆，蕭立呈就跑去坐著，一邊晃，一邊害臊地說著：「反正喜歡一個人不需要什麼理由吧！」

藤沐仁也漫步走到蕭立呈身邊，和他一起坐在鞦韆上。

「是沒錯。」

「最重要的是，你想想看嘛，你的臉那麼臭，除了我還有誰會喜歡你啊！」蕭立呈調皮地想用玩笑話帶過藤沐仁的話題，卻沒想到自己這麼一說，沐仁的臉更臭了。

「應該是說……有誰還能接受你那胡鬧的個性！」

藤沐仁的眼神瞬間冰冷，嚇得蕭立呈連忙安撫他，「哎唷，不要生氣嘛～我開玩笑的！」趕緊搭著藤沐仁的肩，要沐仁消消火氣。

暖風突然拂過臉龐，蕭立呈眺望著即將西落的太陽，此刻的世界突然寧靜下來，讓他憶起這五年間自己與藤沐仁相處的點點滴滴。原以為對沐仁的這份愛會無疾而終，兩人卻能從朋友昇華成戀人，這份感動讓平常總愛胡鬧的他突然靜了下來，抬手摸著沐仁的頭。

「下次我們去約會吧。」

「嗯。」藤沐仁靠在他的肩上。

兩人靜靜地坐在鞦韆上，享受假日最後的歇息片刻。

＊＊＊＊

歷經了影片事件，不久後，業務二組傳來一陣鼓掌與歡呼聲。

「今天業二的成績突破一千萬！Zoe還是我們業二的第一名，大家要多多向她學習。」藤沐仁對大家說完，轉向Zoe，說：「請繼續保持。」

「謝謝經理。」

相較於藤沐仁負責的二組瀰漫歡欣的氛圍，蕭立呈的業一組士氣有些低迷，只有立呈笑容滿面，對沐仁比讚，還一起鼓掌。

蕭立呈朗聲對沮喪的業一同仁喊話，「我知道大家這一個月很努力，所以今天中午我請大家吃米其林。」

此話一出，業一同仁們紛紛露出開心的表情，業二也跑過來湊熱鬧：「經理，我們也想去。」

蕭立呈看著他們來，笑得更開懷，「藤藤的組員就是我的組員，大家一起去！」

在眾人歡呼的同時，蕭立呈給了藤沐仁一個飛吻，還做了像丘比特射箭的手勢，把吻射向藤沐仁。

藤沐仁便接起那個吻，放進胸口。打算蓄積能量，再戰下一個月。

＊＊＊＊

大吃一頓，替組員們加油打氣過後，趁午休還有點時間，蕭立呈與藤沐仁來到公司的頂樓天臺處。

此時，藤沐仁背靠著女兒牆，蕭立呈則站在他面前，雙手撐在女兒牆上，把沐仁困在自己懷裡，一臉委屈的表情。

「我輸了，你打敗我了，要安慰我。」

藤沐仁說：「我看你和你們組很愉快，氣氛很好，不需要安慰。」

「什麼不需要安慰！那是用我的錢換來的，中午這一頓我失血嚴重，你要幫我補一補嘛～」

蕭立呈說完，直接把嘴嘟起來就要吻藤沐仁，卻被沐仁用手擋住。

「這裡是公司，現在是上班時間。」

蕭立呈馬上委屈嘟嘴，「我們獨處的時間很少，你都不珍惜。」

「我哪有不珍惜，我也很期待呀！再說幸司就要搬回家，到時候就只剩下我們兩個了。」

蕭立呈聽完，明白藤沐仁言下之意，調侃地說，「厚厚～原來你在期待小葉趕快搬走啊？」

「你不要亂說，我只是陳述事實。」

「那你打算等小葉搬走之後，每天晚上對我做什麼？」蕭立呈刻意掀開自己的外套，藤沐仁馬上伸手替他把外套穿好。

「我沒打算對你做什麼。」

「那我打算對你做什麼，你願意嗎？」

「蕭立呈，你也太直白了吧！」

蕭立呈收緊手臂，深情地看著藤沐仁，「我肖想你的身體，你對我有強烈的性吸引力，你不高興嗎？」

藤沐仁瞇起眼睛，「意思是，你喜歡我只是為了我的身體？」

說完，藤沐仁步步逼近蕭立呈，這讓蕭立呈心慌地退後，急忙解釋：「當然不是，我是因為喜歡你，所以才對你的身體有興趣。」

「如果沒記錯，你一開始喜歡上我就是對我有遐想，不是嗎？」

蕭立呈愣了一下，回想後點點頭，「這麼說也是沒錯啦……」

這答案讓藤沐仁一聽後，用力踩了蕭立呈的腳，蕭立呈立刻痛得跳開。見到藤沐仁一臉不開心地轉身離去，驚覺大事不妙，他一拐一拐地追了上去。

「藤藤，你不要誤會，我愛你，當然也愛你的身體啊！」

「你不要喊那麼大聲！」

「不然這樣好了，就算小葉搬走，我們還是分房睡，身體的接觸可以慢一點……」

「住口！」

藤沐仁和蕭立呈相繼離開頂樓。

「你不要那麼凶，我愛你也愛你的身體嘛～藤藤，等等我！」

就在這時候，天臺中央的庭園造景旁，某個男人正站在灌木後方，目睹著兩人的一切。

此人正是高副總，看著兩人離去的身影，惡意地微笑。

第九章

葉幸司和父親坦白了一切，父親也接受了他的性向，往後的日子，他不再需要躲到外面住，可以馬上搬回心愛的家。因此，葉幸司趁休假日的時間，把放在租處的衣物和物品裝箱打包，藤沐仁也幫他一起收拾。

此時，留在葉幸司房間的東西已經所剩無幾了。

葉幸司能如願回家，藤沐仁很替他開心，但看著相框上那張三人的合照與空蕩蕩的室內，心底難免有些感傷。葉幸司想將所有的衣物都放進行李箱，但全部塞進去似乎有些難度，藤沐仁見他苦惱著，便出聲說道：「你的東西不用全部都拿走，留幾件衣服在這裡，隨時回來住都沒關係。」

葉幸司邊笑邊調侃著藤沐仁，「我隨時過來，要是打擾到你們不太好吧！」

藤沐仁難為情地拍了他一下，「有什麼不好，就跟以前一樣啊！我們還是可以三個人一起喝酒聊天徹夜不睡。」

葉幸司看著藤沐仁，停下收拾的動作，猶豫是否該說，又認為應該讓好友先明白交往後會遇到的問題，才可避免日後產生不必要的爭吵。

「沐仁，你接受立呈是真的吧？不是一時的情緒或者刺激沖昏頭吧？」

「怎麼會這麼問？」

「因為你們在一起以後，關係和感覺就不可能像以前一樣，我看得出來，立呈是真的愛上你。」

藤沐仁一聽，立刻皺起眉頭，「你懷疑我不是真心？」

「我不是這個意思，只是想告訴你，從朋友變成情人之後，相處模式就絕對不可能再像當朋友那時候一樣，會有很多情人之間才能有的行為發生。」葉幸司委婉的述說，藤沐仁這才明白他的意思。

「你的意思是上床嘛！怕我排斥，是嗎？」

「你還記得你們之前為了1和0吵架的事嗎？不論是情人還是夫妻，『床事』也是相處裡重要的一環，我是不希望你們再為這個鬧脾氣或者有疙瘩，所以找時間跟立呈好好溝通一下吧！」

藤沐仁知道葉幸司是出於關心，便接受了他的建議。

＊＊＊＊

藤沐仁在客廳來回踱步，心慌地咬著手指，思索葉幸司方才說的話。

不一會兒，他坐到沙發上，拿起手機開始找尋男人跟男人如何做愛的資料。

而此時，蕭立呈正替葉幸司將行李一一搬進租來的休旅車，要送葉幸司回家。

後車箱塞完幸司的行李後還有很多的空間，蕭立呈不禁訝異地問著：「你的東西這麼少？」

「最多的是衣服，全塞進行李箱了。」
「其實你的東西也不用全部拿走，留幾件衣服在這裡，隨時回來住也沒關係。」
蕭立呈說完，葉幸司隨即噗哧一笑。立呈疑惑地看向發出愉悅笑聲的幸司。
「我講的不是笑話，是發自真心耶！」
葉幸司邊笑邊解釋：「對不起……我笑是因為……你和沐仁說一樣的話……」
蕭立呈聽了馬上莞爾一笑，「原來如此，這就叫做默契。」
就在要出發回家的這時候，葉幸司的手機響了，拿起一看，笑容頓時凝結在臉上。
出現在螢幕上頭的名單，是傅永傑。

＊＊＊＊

葉幸司請蕭立呈載他回家以前，先繞到與傅永傑相約的地方。立呈在車上等他，幸司則前往會合地點，坐在公共椅上，眺望著眼前的美景。
不久後，傅永傑背著背包緩步朝他走來，坐到他身邊。
一開始誰也沒說話，過了一會兒，葉幸司率先開口。
「好久不見。」
「嗯！」
「我打給你，你都不接。」
「我在等。」

弟。」

「等什麼？」葉幸司問著。

「等你冷靜，等你釐清好感情，因為我只有一次的機會，是當情人還是繼續當弟弟。」

「那你怎麼又主動打給我？」

葉幸司的話讓傅永傑垂下眼，神情有些落寞，「媽跟我說，你跟她要我住的地址，可是……你沒有來找我。」

「你擔心，害怕，忍不了了，所以主動聯絡我？」

「嗯！」

葉幸司盯著低下頭的傅永傑，抿了抿嘴才開口：「爸說，你給他看我喝醉那一晚的影片，這就是你說的，幫助我回家的方法嗎？」

「不完全是，因為提早了，我本來是打算先讓你愛上我……在我畢業之前。」

傅永傑抬頭看向葉幸司，眼神沒有一絲愧疚，並不後悔自己因為這麼做而搬了出去，「不過提早也好，你利用這次的機會出櫃，跟和我相戀比起來，出櫃這事情對爸來說，就變得不是那麼嚴重，比較容易接受。」

「可是這麼一來，我為了不要讓爸不開心，最後也不會跟你在一起。」

「我知道，但你可以回家了。」

葉幸司明白傅永傑做的一切，全是為了替他分擔心底的那份痛苦與酸楚，湧起的感動與不捨讓他開始哽咽了，「我回去了，那你呢？」

「我對『家』沒有那麼執著，反正爸有我媽照顧，你又可以回去，我在不在不是重點了。」

傅永傑平淡的回應，讓葉幸司更加難過。他聽媽說過，傅永傑從小因為突然失去爸爸，寄住在親戚家受了委屈，他並不認為傅永傑不在乎『家』，或許就因為曾經對『家』有所期待，才會對此感到失望，失去了對家的執著。

「怎麼不是重點，你也是家的一分子，你是我弟弟啊！」

「……這就是你的答案嗎？」

「是……」葉幸司打從心底，從見到傅永傑的那一刻起就非常疼愛永傑。

即便傅永傑已經想過葉幸司會這麼回答，也想故作鎮定接受這個現實，但當面聽到幸司這麼說，總是冷漠以對的他也終於流露出難過的神情。為了不讓葉幸司察覺到自己的表情，他壓抑住這股悲傷的情緒，站起身。

畢竟葉幸司已經可以回家了，沒有什麼比這件事還重要了，他說服著自己，「我知道了，世事總是無法兩全的，我不貪心……」

傅永傑提步向前，葉幸司卻起身拉住了他，「可是我貪心。」他再往前靠近了永傑，吻上永傑的脣。

傅永傑整個人愣住了，動也不動地，感受葉幸司主動給予的吻。他一直渴望能得到的這份溫暖，此刻在他的脣上慢慢地化開。

葉幸司吻完後挪開身體，用極度溫柔的表情看著永傑。

「我想要你是我弟弟，也是我的情人，這才是我的答案。」

傅永傑向來計畫周全，葉幸司的回答卻在他的預料之外，那原本淡漠的臉蛋難得露出錯愕的表情。看在葉幸司眼裡，此時的永傑有點傻、有點呆，甚至有點可愛。他忍不住笑了，正要再度吻上去時，永傑卻抓住他的雙肩，用力拉開距離。

「因為感激？」傅永傑問。

「我……」

葉幸司還沒回答，傅永傑打斷了他的話，「就算是因為感激，我也會當真，不會放手，惹上我很麻煩的，你要想清楚。」

葉幸司沒想到傅永傑反倒是擔心起他了，笑著說：「我已經想得很清楚了，永傑，我喜歡你，我會勇敢跟爸說，我們一起爭取爸的認同，我們一起回家。」

傅永傑很清楚，葉幸司的語氣和表情是認真說出這句話，他立刻上前緊擁住幸司，曾經冰封的那顆心，完完全全被眼前的幸司給融化了。此刻，永傑第一次打從心底開心地笑著，甚至激動地向天歡呼。

「葉幸司是我的了！我們在一起了！」

傅永傑實在壓抑不住這股興奮感，將葉幸司整個抱起來，旋轉了一圈。

葉幸司看著完全不同於以往的傅永傑，這才是永傑這年紀該有的表情，他也跟著開心地笑著，讓永傑背著他一起玩鬧。

＊＊＊＊＊

在蕭立呈幫忙葉幸司載運行李的這段時間，戴著耳機的藤沐仁很專注地坐在沙發上觀看手機影片。

這時，蕭立呈提著兩個便當和一打啤酒從外面回來。

「藤藤，你一定想不到我在車上聽到小葉說，他要和那小子在一起，他居然這麼想不開……」

因為藤沐仁戴著耳機，第一時間沒有發現蕭立呈回來，直到立呈走到他身邊，才猛地回過神，動作迅速地拔掉耳機，熄滅螢幕，把手機放在一旁，假裝沒事。

「你回來啦？怎麼送幸司回家去了那麼久？」

「中途去見他弟，你剛才看什麼？」蕭立呈問著。

「沒什麼，幸司跟他弟聯絡上啦？」

「不只聯絡上，還打算在一起，兩人同心對抗父親的反對，掀起一股家庭的腥風血雨啊。」

聽蕭立呈這麼說，藤沐仁就皺起眉頭，「幸司下了那麼大的決心？」

「是啊！為了跟永傑在一起，他可算是鼓足勇氣了。」

「面對他最愛的父親，他一定很痛苦……」

蕭立呈知道藤沐仁會心疼葉幸司，但事實上，幸司並非如沐仁所想的那樣，

「不，他很開心。面對反對肯定會傷心，但他不是一個人，而是兩個人一起，那就是苦中有甜。送他回去的路上，小葉的表情一直是笑著。」

蕭立呈邊說邊不著痕跡地要去拿藤沐仁的手機，被沐仁眼明手快地拿在手裡。

「你幹麼？」

「我好奇你剛才在看什麼那麼專心，還刻意戴上耳機。」

「沒什麼，就……在找約會地點之類……」藤沐仁故作鎮定。

「對，約會，我怎麼忘記了。」

想到即將要和藤沐仁約會，蕭立呈難掩欣喜的表情，這讓沐仁對方才的謊言有些心虛。

「我只是隨便找找……」

「不能隨便，這是我們交往之後的第一次約會，我來好好計畫，明天就去約會。」

「明天？」

「放心，交給我，你只要參加就好。」

蕭立呈興致高昂，親了一下藤沐仁的額頭，就拿出自己的手機開始查找。

＊＊＊＊

葉幸司回家住的隔日，與父母吃完早餐後，便幫忙李晴芳收拾餐盤，葉智輝則拿著熱茶走去客廳。

李晴芳瞄了一眼葉智輝，確定他不會聽見兩人的對話聲音，才壓低音量跟幸司開口。

「你跟那小子見面了嗎？」

「昨天見了。」

「還好吧？他有沒有逼你什麼？你可不要心軟被他吃得死死啊！這小子心眼真的很多。」

葉幸司知道李晴芳是在擔心他，笑了笑又露出不好意思的神情，向晴芳坦白，「我們決定在一起了。」

「你說什麼!?」

李晴芳這一驚喊，令葉幸司嚇了一跳，連待在客廳的葉智輝也走到餐廳關切兩人。

「怎麼了？」

「喔……沒事……」

「沒事妳叫那麼大聲？」

為了不讓葉智輝起疑，李晴芳靈機一動編了理由，「那個……幸司說昨天晚上看到蟑螂，應該是我沒打掃乾淨，等一下我就噴殺蟲劑。」

「有蟑螂的話，那就不只房間要噴，家裡各處都要噴一下才行。」葉智輝提醒著。

「沒錯，家裡殺蟲劑好像沒了，爸比，你去買。」

「好。」

葉智輝拿了錢包就出門。

待智輝離開，李晴芳立刻嚴肅地看著葉幸司。

「你們在一起？你真的願意？你不要同情他啊！」

「媽，妳也反對我們在一起嗎？」葉幸司問。

「我不是反對，我是擔心，你個性太溫柔，絕對會被那小子欺侮，你這麼容易就答應他，他現在肯定……」李晴芳忽地想到了什麼，「完了！我把你爸趕出門去，接下來他一定會去找你爸。」

「你放心，我有跟他說，我們的事先不要跟爸說，不要太刺激爸。」

「他要是會聽話他就不叫傅永傑，我得趕快把你爸 call 回家，免得被他逮到機會，直接衝到你爸面前要他成全。」

而此時，葉智輝從大樓走出來，朝超市前進。

不遠處，就如李晴芳所言，傅永傑從角落走了出來，正想上前叫住葉智輝，智輝卻接到李晴芳打來的電話，告訴他已經找到殺蟲劑，智輝就又轉身走回住處大樓。

傅永傑留在大樓外，看著逐漸走遠的葉智輝。

＊＊＊＊

這天是蕭立呈與藤沐仁交往後的第一次約會。

昨晚，蕭立呈說約會的事交給他，一早蕭立呈就神祕兮兮地不告訴藤沐仁要去哪裡約會，沐仁也放心地跟著他坐車。

抵達目的地後，藤沐仁有些訝異地看著眼前的陶藝教室，語氣不是很確定地問著蕭立呈，「我們約會的第一站是做手工藝？」

「不要小看手工藝，它可是製造甜蜜又實用，還有紀念性的好地方。」

「實用、紀念性我可以理解，但是甜蜜是什麼？」

「等一下你就知道了，包準你喜歡。」

蕭立呈神祕地笑著，笑得藤沐仁有些擔心。

「充滿藝術氣氛，你不覺得超適合我們嘛！」蕭立呈興奮地看了看擺在店內的成品，一道熟悉的聲音從遠方傳來。

「學長？」

蕭立呈聞聲轉頭，就見孫博翔帶著男友盧志剛迎面走來，立呈很驚訝會在這裡遇到舊識。

「你們怎麼也來這裡？」

孫博翔說：「來約會啊！」

「好巧，我們也是來約會。」

蕭立呈這麼一說，孫博翔就看向一旁的藤沐仁，露出了然的笑容。

「所以你就是學長的另一半。」

藤沐仁對孫博翔與盧志剛點點頭，大方地自我介紹：「你們好，我叫藤沐仁。」

「我叫孫博翔，他是我的寶貝，盧志剛。」

盧志剛朝藤沐仁溫柔一笑，沐仁也回以微笑。

蕭立呈也向他們介紹藤沐仁，「這是我寶貝。寶貝對寶貝！」

孫博翔驚訝地問：「你們也是來上陶藝課嗎？」

蕭立呈與藤沐仁點點頭，「你們也是嗎？那我跟藤藤先去逛一逛，待會見！」

蕭立呈正與藤沐仁討論待會要做的東西，立呈指著展示品說：「一個黑一個白，很適合我們。」

藤沐仁點點頭，但目光卻落在孫博翔與盧志剛的身上，看著他們拿起可以組裝成

「囍」字的對杯，然後就發現他們的手牽在一起，一點也不介意外人的眼光。

＊＊＊＊＊

他們參與的是陶瓷手拉坏體驗課程，老師先向學員示範手拉坏的工法。

在大家專注學習的時候，藤沐仁不時看向博翔與志剛，他們正在討論著要做杯子、碗還是盤子，沐仁心底不禁有些羨慕起他們的互動既親密又自然。

老師指導完之後，就進入手拉坏的實作體驗，當藤沐仁將陶土放在旋動的轆轤上時，蕭立呈來到他的身後。

「你站在我後面幹麼啊？」

「幫你製造一點甜蜜感。」蕭立呈說完，往前緊貼著藤沐仁的背，雙手覆在沐仁的手上，以環抱沐仁的姿態，一起做手拉坏。

一旁的孫博翔與盧志剛見到他們的姿勢，忍不住微笑，連指導老師都跟著笑了。此時的兩人儼然成為眾人注目的焦點，這令沐仁很難為情。

「你……」藤沐仁轉頭想要蕭立呈放開自己，不料這一轉卻讓自己親到了立呈，這一吻讓立呈極度開心。

「沒想到你比我還大膽，當眾親吻我。」

「是你靠太近。」

「我不喜歡我們之間有距離，這樣剛剛好，你不喜歡嗎？」蕭立呈說著，抱緊藤沐仁，但懷中的沐仁卻很在意他人的目光，看了看四周。

「……沒有人像我們這樣……」

「為什麼要跟別人一樣？我是獨一無二的蕭立呈，你是絕無僅有的藤沐仁，不需要模仿別人，我們就照我們自己的步調走。」

藤沐仁先是一愣，甜蜜的心情慢慢在心裡化開，向蕭立呈不好意思地說，「你發現我在偷看你的學弟他們……」

「他們在一起很久了，我們才剛開始，不用趕進度，也不用羨慕。以後我們絕對比他們還要甜。」

沒想到蕭立呈連他的小動作和心情都注意到了，藤沐仁微笑後點了點頭，就任由立呈吻了吻他的臉龐，抱著他一起做手拉坏。

盧志剛看著兩人散發出的甜蜜氛圍，也想和孫博翔親密一些，就靠在博翔的肩上，一起做手拉坏。

體驗課程結束之後，四人來到陶藝教室的餐飲部用餐。

「三杯熱美式，一杯冰的焦糖拿鐵。」

蕭立呈跟孫博翔點完餐正在等店家製作飲料，趁這段空檔，他們聊起正事。

孫博翔拿起手機點了點，下一秒蕭立呈的手機響起訊息音。

「已經傳給你了，寄影片的ＩＰ是你們公司的位置。」博翔說著。

「意思就是，是我們公司內部有人偷拍我和美芳，然後寄給大嘴巴的員工，讓他們散播出去。」

孫博翔認同蕭立呈的推測，「就是這個意思，另外我從影片裡找到了偷拍者的倒影，是一個女人。」

「女的？」蕭立呈很意外，認為自己應該沒有得罪過女員工。

「我把倒影放大，但顆粒很重，有點糊掉，不過你還是可以看一下，是不是你們公司的員工。」

蕭立呈聽著孫博翔的話，點開檔案，很注意地看著畫面，然後皺起眉頭，「不認識，不是我們公司的人。」

這回答讓孫博翔很苦惱，如果不是公司的人，「這樣的話要查起來是大海撈針，難度很高。」

蕭立呈伸手拍拍孫博翔的肩膀，很感謝博翔替自己煩惱，「不用麻煩了，以後我自己會多注意。這一次真的很感謝你的幫忙，改天讓我好好謝你。」

「要謝我很容易，給我打折就好。」

孫博翔露出十分幸福的微笑，蕭立呈很驚訝，馬上意會博翔的意思。

與此同時，藤沐仁和盧志剛正坐在位置上等他們拿餐點過來，在這段期間兩人也聊起天來。

藤沐仁一臉驚訝地看著盧志剛，「你們在一起八年？可是他喊蕭立呈學長……」

「我跟他在一起的時候，他還是高中生，我大他十二歲。」

藤沐仁沒多想地說：「哇！這麼猛？」

盧志剛因此用笑容來掩飾尷尬，藤沐仁立刻意識到自己說錯話，趕緊道歉。

「對不起，我沒有別的意思……」

盧志剛溫柔地笑著，「沒關係，你的反應已經屬於比較含蓄的。不過，博翔常跟我說，我們不需要看別人的反應過日子，因為幸福是屬於我們自己的。」

藤沐仁一聽，也忍不住露出微笑。

「這種論調有點像立呈，難怪他們這組學長學弟感情這麼好。」

盧志剛轉頭看向孫博翔，自然透露出溫柔的神情，「雖然我年紀比他大，但都是他在照顧我。」

盧志剛一臉幸福，藤沐仁也很替他開心。

「在一起那麼久還會出來約會，你們真的很恩愛。」

「我們今天是來做送給自己的結婚禮物。」

藤沐仁聽了很驚訝，「結婚禮物？」

「嗯！我們要結婚了！」

藤沐仁很驚喜聽到這個好消息，「恭喜！」

「謝謝！到時候你跟立呈都要來參加我們的婚禮喔。」

看著盧志剛露出幸福的笑容，藤沐仁立刻答應了這份邀約，拿起水杯，與志剛乾杯。

＊＊＊＊＊

晚間，葉幸司與父母吃完晚餐，李晴芳與葉幸司正在洗碗。這時，葉智輝像是要出門而往家門口走，晴芳見狀立刻大喊阻止。

「你要去哪裡？」

這一喊嚇了葉智輝一跳。

「出去買包菸，怎麼了？」

「等我十分鐘，我陪你去。」

「我只是去買包菸，很快就回來。」

李晴芳仍堅持要跟葉智輝一起出門，「你就等我十分鐘把碗洗好。」

「我買包菸幹麼要妳陪？妳今天是怎麼了，我一出門妳就緊張兮兮的。」

李晴芳趕緊解釋，「你最近身體不舒服，一個人出去多危險，要是在外面跌倒，或是突然心肌梗塞……」

葉智輝聽完簡直傻眼，「妳也太誇張了。」

在葉智輝與李晴芳對話的期間，葉幸司正好手機響了，趕緊把手擦乾淨，拿出手機一看，然後適時地開口。

「我出去買，爸，你就留在家裡，陪媽一起洗碗。」

「為什麼，我只是……」

葉幸司打斷父親的話，「媽這麼擔心，也是因為太在乎你啦！爸，你就待在家裡陪在媽身邊。」

葉幸司說完，推著父親進到廚房。李晴芳立刻順著幸司的話，對智輝撒嬌地說，「爸比，來陪我一起洗碗嘛，好多碗要洗。」

葉智輝咳了一聲，「真是……拿妳沒辦法……」智輝走到晴芳身邊，陪她一起洗碗。

葉幸司看著父母相親相愛，帶著羨慕的心情走出家門。

葉幸司來到住家附近的小公園，才正要四下張望找尋的時候，傅永傑就小跑步地悄悄來到他的身後，緊緊把他擁入懷中。

葉幸司笑著回眸，「怎麼這麼晚還突然跑回來？」

「想你。」

「昨天才見過面。」

「就是想你。」

葉幸司往後挪靠，對傅永傑說著，「我也想你。」

傅永傑看著葉幸司，思索一下後開口，「其實，我今天一整天都在家附近。」

葉幸司一愣，隨即離開傅永傑的懷抱，轉過身，看著他。

「我原本打算私下找爸坦白，但是想起我答應你，就一直忍耐。」

葉幸司欣慰地伸手摸了摸傅永傑的臉，因為永傑有好好遵守他們的約定，永傑卻一把抓住他的手。

「可是很難受，我不想忍，我想跟爸說。」

「可是爸的身體……」

「我知道，我是學醫的，我會注意。」

「好，你要約爸的時候，跟我說一聲，我們一起說。」

得到葉幸司的同意，傅永傑驚喜地用力點了點頭。

葉幸司便牽起他的手，說：「走，陪我去買包菸。」

微涼的夜色映照廣場設置的紫色聖誕燈，兩人買好了菸，就趁這難得能獨處的短暫片刻，並肩散步。

傅永傑的臉上已沒有往常的冷淡，取而代之的是淡淡的溫柔，目光捨不得離開葉幸司，而一直盯著看。

葉幸司感受到他的開心，忍不住含笑地說：「走路要看前面，怎麼一直看著我？」

「因為看著你，就感覺好幸福。」

「這樣就覺得幸福？」

傅永傑點頭，「嗯！因為這樣牽著你的手，走在你身邊，不再是你的弟弟，而是你愛的人。」

聽著傅永傑的話，葉幸司停下腳步，永傑也跟著停下。

葉幸司微笑地看著傅永傑，「想不想要更幸福？」

「想。」

「那向我撒嬌。」

傅永傑愣愣地看著他。

葉幸司說：「我是你的男朋友，你隨時可以跟我撒嬌啊！」

傅永傑皺眉，有點不知所措，「我……不會……」

「不會就學啊！來。」

葉幸司拉著傅永傑走到一處比較隱密的走道，然後對永傑開口，「我們已經是情侶了，你想要做什麼？」

「親吻。」傅永傑主動要吻葉幸司，卻被幸司摀住嘴，輕輕推開。

「現在是你要對我撒嬌，對我提出要求，開口要求我對你做什麼。」

傅永傑直截了當地說：「那你親我。」

葉幸司就側著臉，在傅永傑耳邊輕語著：「要求做到了，撒嬌呢？」

傅永傑皺著眉頭，看向葉幸司，他從沒有對人撒嬌過，無從下手。

葉幸司便莞爾一笑，決定不再捉弄傅永傑。

「撒嬌的第一步是靠近對方的身體，拉近距離。」葉幸司邊說邊拉起傅永傑的手，然後把他的手放在自己的腰後，主動讓兩人的身體靠近。

「接著就要緩緩地把臉貼過來，輕輕地碰觸。」葉幸司邊說邊讓兩人的臉頰輕貼著，最後再度輕語：「然後你就可以提出要求了。」

傅永傑順著葉幸司的指導，低聲呢喃著，「親我，好不好？」

「好……」

葉幸司說完，主動吻上傅永傑的臉頰，鼻尖，再來又落在臉頰，然後……

兩人在無人打擾的角落深情地擁吻著，彼此都不想這麼快分開。

＊＊＊＊

蕭立呈與藤沐仁結束約會的行程返回家中，立呈要沐仁先閉上眼，小心翼翼地引領他走進玄關。

「玩了一天的陶土，我想先洗澡，你別鬧了。」

「沒鬧，保證你會喜歡。」蕭立呈說話的同時，拿起早先放置在玄關的花束。

「好了。」

當藤沐仁睜開雙眼，眼前的是一片寫有交往一週快樂的氣球背板、兩人的合照、還有圍成愛心形狀的ＬＥＤ蠟燭燈。

藤沐仁想起今早蕭立呈神祕兮兮地把他趕緊帶出家門，原來是立呈早有準備，這份禮物的確驚喜到他了。

「藤藤，交往一週快樂！」

說完，蕭立呈不忘給藤沐仁一個吻。戀人炙熱的體溫透過唇瓣慢慢地湧進胸口，使沐仁心頭一暖，幸福地享受這甜蜜的深吻。

吻完後，藤沐仁雙眼迷濛地注視著蕭立呈。

「……哪有人在慶祝交往一週的？」

「我啊！我覺得我們在一起的每一天都應該慶祝。」

「我看你是中了那些生意人說什麼雙11、雙12的毒。」

「只要能讓你開心，以後我還會給你過交往雙週、交往滿月、交往雙滿月……」

藤沐仁忍不住打斷蕭立呈的話，「停，可是我什麼都沒準備。」

「你什麼都不用準備，你就是我人生最棒的禮物！」

蕭立呈帶著藤沐仁來客廳坐著，沐仁感到難為情，刻意潑了他冷水。

「就只會說甜言蜜語！」

「但這些全都是真心話。」蕭立呈從口袋拿出一個精緻的戒盒，裡頭是一對造型特別的中性對戒。

「你……你……」

「你什麼你，來，戴看看。」

蕭立呈將屬於藤沐仁的那枚戒指取出，要為藤沐仁戴上，沐仁卻完全沒有心理準備，將手收了回去。

「不是說好了，慢慢來。」

「是慢慢來啊，這只是情侶對戒。求婚要準備更大顆的！」

「我又沒有說要嫁給你……」藤沐仁說完，主動把手伸向立呈。

蕭立呈為沐仁戴上戒指，藤沐仁也幫立呈戴上，沐仁看著兩人的對戒，由衷說著：「分開時有自己的個性，在一起時又成為一體。」

「藤藤你說對了！這就是我選這個對戒的意義。」

藤沐仁忍不住問著蕭立呈：「你下次要送我什麼禮物？」

「你想要什麼，儘管說，我都買給你！」

「我要獨一無二的禮物。」

這讓蕭立呈陷入了一陣苦思，就趁機倒在藤沐仁的腿上思考，「買這個我想很久耶！我來想想下次獨一無二的禮物……」

＊＊＊＊＊

藤沐仁與蕭立呈第一次約會後的上班日，業務部裡每位職員都忙著分內工作，在處於十分忙碌的上午時刻，Zoe 拿了一個小紙箱來到藤經理的座位。

「經理，有你的包裹。」

「謝謝。」藤沐仁接過小紙箱，然後看到寄送的名稱後，立刻臉色丕變，面露驚慌，還下意識看向蕭立呈。

此時的蕭立呈正在跟俊偉交代事情，沒注意到藤沐仁的視線。沐仁便趕緊收回目光，卻發現 Zoe 正盯著自己看，心慌地拿起小紙箱立刻起身。

「我出去一下。」

藤沐仁拿著紙箱急匆匆離去，衝進男廁，然後找了隔間進去，關門上鎖。

他拿出鑰匙迅速割開紙箱上的膠帶，打開一看，紙箱裡頭放了一罐潤滑液和一盒保險套。

藤沐仁傻眼地看著包裹裡的東西，「潤滑液怎麼這麼大罐？」他把保險套塞進褲子口袋，但這麼大罐的潤滑液實在不知道要塞哪裡才不會引人注意，難為地待在男廁不知該如何是好。

＊＊＊＊＊

午後，蕭立呈結束出勤工作，拿著文件返回公司。經過一樓大廳時見到迎面走來的高副總，他看到了蕭立呈，隨即露出微笑。

「好久不見！」

蕭立呈沒說話，只是瞪著高副總。知道蕭立呈為何表情不悅，高副總便主動說明，「放心，我只是回來開會，沒有轉調回來。」

高副總經過蕭立呈身邊，卻又突然停下來看向蕭立呈，刻意壓低聲音對他說：「我現在才知道，原來你的目標也是他，難怪當初那麼生氣，把事情鬧到讓我待不下去。關於轉調這件事，我會好好回敬你。」

蕭立呈瞪著挺直背脊，趾高氣揚往外走去的高副總。

高副總充滿惡意的言語讓蕭立呈勃然變色，他實在難掩怒火而沉著臉走回業務部。

這時，俊偉悄悄湊到他身邊，壓低音量向他報告業二的狀況。

「老大，有新消息。」

蕭立呈睨了俊偉一眼，沒心情開玩笑。

「你現在是在演諜報片還是無間道？」

俊偉一臉無辜，因為業二的 Zoe 是他的女朋友。他曾答應過蕭經理，要回報藤經理的一舉一動，所以午休時間，他與 Zoe 吃飯時，得知了藤經理的最新情報。

「你之前不是給我五千塊，要我幫忙注意、打聽藤經理的一舉一動？」

「說到這個，五千塊還來，他已經是我愛人，不需要你注意打聽了。」

「話不是這麼說，夫妻之間還是有小祕密的。我女友 Zoe 跟我說，早上藤經理收到一個包裹之後臉色怪怪的。」

「包裹？」蕭立呈十分嚴肅地看著俊偉。

「是啊！一收到包裹就神情緊張衝出去，回來的時候臉色很不好，而且還刻意把包裹鎖進抽屜裡，很有問題。」

蕭立呈看向藤沐仁，不料，蕭立呈卻與藤沐仁對上眼，原來沐仁也在觀察他。但詭異的是，一對上眼，沐仁卻像受到驚嚇，十分心虛地移開目光，這讓立呈察覺有些蹊蹺。

「故意躲我？」

「對吧！真的有問題啊！所以那五千塊～～」俊偉趁機說著。

「不用還了，以後叫你女朋友繼續盯著，一條消息給一千。」

「Yes sir！」

蕭立呈注意閃躲的藤沐仁，畢竟他剛剛才遇到高副總，此時藤沐仁又收到不明包裹，不免低喃著，「……難道是高副總的威脅還是恐嚇？」

蕭立呈不希望藤沐仁再度陷入危機，得弄清楚此事才行。

＊＊＊＊

從俊偉口中得知包裹的事情之後，蕭立呈一直在找機會想探聽此事。但礙於業一業二這陣子工作繁忙，他就一路耐著性子，直到晚上返回住處，藤沐仁換上居家服，慵懶地坐在沙發上，拿起遙控器不時轉臺時，他才趁沐仁處於放鬆休閒的狀態下，坐在沐仁身邊，順道不經意開口問起包裹的事。

「藤藤，你記得我們說好的，什麼話都要講出來，不可以有一點點的隱瞞或猜疑。」

藤沐仁依舊看著電視，對他點點頭。

「那你今天收到的包裹是什麼？」

蕭立呈才說完，藤沐仁立刻看向他，那驚訝心慌的模樣全寫在臉上。

「你怎麼知道我有包裹？」

「不用管我怎麼知道，你可以告訴我，包裹裡面是什麼東西？」

藤沐仁支吾其詞，「那個……也不是什麼很重要的東西……」

「不要騙我，有人跟我說你收到包裹後臉色很不好，是不是裡面的東西有問題？」

「沒有問題，你不要多想。」

「那你說你收到什麼？」

蕭立呈不願藤沐仁被高副總威脅，但藤沐仁其實是不想把自己買了潤滑液和保險套的事情說出口，想趕緊離開客廳因而直接關掉電視。正要起身往浴室方向逃，手卻被蕭立呈抓住，被拉回沙發上。

「不准逃避，你是不是被威脅？高副總寄了什麼東西恐嚇你？」

藤沐仁很驚訝蕭立呈會提到這個名字，「你在胡說什麼？關高副總什麼事？」

「我今天看到他回公司，他已經知道我們兩個在一起的事，還說要回敬我。對我來說，現在最重要的就是你，他肯定會針對你，對付你，而且我感覺他對你還沒有死心。」

這情報讓藤沐仁很擔憂，他想到的不是自己，是先前的影片事件。

「那之前你跟美芳的影片該不會也是他搞的鬼？畢竟公司裡應該還有他的人在……」

蕭立呈打斷藤沐仁的話，因為影片不是重點，沐仁的安危才是最重要的，「不管是不是他，現在我要知道，那個包裹裡到底是什麼東西？」

話題又回到包裹，藤沐仁左右為難，婉轉地說：「那個包裹……真的不關高副總的事……」

「那就告訴我啊！」

蕭立呈難得這麼嚴肅，感覺是問不出來今晚就不罷休。藤沐仁咬咬下唇，猶豫了許久，才小聲說著：「好……我給你看……在房間裡……」

藤沐仁帶蕭立呈進到房間，此時的他正咬著手指，局促不安著。

蕭立呈看著紙箱裡的東西，將之拿了出來，一手保險套，一手潤滑液，臉上有了笑意。

「這是……你買的？」

藤沐仁不敢看蕭立呈，只是點點頭。

「你買這個是……為了……」

因為害臊到了極點，藤沐仁突然衝動地豁出去坦白一切。

「對啦，就是你想的那樣子啦！幸司要我跟你好好聊聊，我們之前不是為了那個吵架，現在交往了，問題還沒有解決啊！」

藤沐仁走了過去，一把搶走蕭立呈手上的保險套和潤滑液，發洩似地丟到床上，非常氣憤地繼續說：「你以為我買這個容易啊！我做了多少功課，下了多大的勇氣。你硬要問，有什麼好問的。」

蕭立呈急忙安撫著他，繞在他身邊，抱著他要求和好，「不生氣不生氣，是我的錯，我不應該逼問你。我只是看到高副總出現在公司裡，所以太擔心了嘛！」

蕭立呈一手摟著藤沐仁，一手輕撫著他的脖子。藤沐仁雖然還在氣頭上，但心情明顯被蕭立呈安撫下來，就這樣靜靜地讓立呈來回輕撫他的後頸，聽立呈放軟姿態地安撫，「是我太著急了，你不要生我的氣。」

「……我也沒有那麼生氣。」

藤沐仁這麼說，蕭立呈馬上露出笑容，「不生氣就好，那我們要現在討論嗎？」

「好啊……」蕭立呈放開藤沐仁，把床上的保險套和潤滑液放回小紙箱，接著牽起沐仁的手，拉著他，兩人一起坐在床沿。

「關於『那個』問題，我其實私下問過博翔，大概瞭解了真實的情況，我是覺得呢，既然相愛了，就不應該在體位上太過糾結。」

藤沐仁驚訝地看向蕭立呈，「你是說，你願意讓我……」

蕭立呈苦笑，「說實話，我是不願意的。不過既然愛了，就要有犧牲的決心，而且對象是你，所以我可以做好心理建設，讓你上。」

藤沐仁對蕭立呈所說的話很感動，「我也會好好思考，反正……反正我們才剛開始交往，還有很多時間可以慢慢討論……」

「對，未來我們還有很多時間，慢慢來吧。」

蕭立呈說完，主動吻了藤沐仁，沐仁也回吻著他，享受下班後甜蜜的兩人世界。

＊＊＊＊

葉智輝正走回家，抵達住家樓下時，突然有人叫了他。

「爸！身體還好嗎？」

葉智輝聽到熟悉的聲音，立刻止步。他知道是誰，停了幾秒，才緩緩轉過身，望著站在身後不遠處的傅永傑。

「沒事，回家看你媽啊？」葉智輝皺起眉頭。先前的事他尚未釋懷，但許久沒有見到傅永傑，對傅永傑也十分懷念，表情變得有些複雜，語氣也跟著僵硬起來。

「不是，我是來找你的，我有話想跟你說。」

葉智輝一聽，眉頭緊鎖，現階段他還不願接觸那些事。

「如果是要談那件事就不用了，沒什麼好說的。」

葉智輝拒絕和他溝通，轉過身繼續往大樓走。

「如果你真的在乎你兒子，你應該跟我聊一聊。」

葉智輝猛地轉過身，怒瞪傅永傑。

「我不是來激怒你的，我只是陳述事實，不想逃避。」

葉智輝看著面無表情、語氣平淡的傅永傑，明白傅永傑只是依照現況，過於理性而毫無婉轉餘地的說話而已。他重重嘆了口氣，怒氣也減了大半。

「你這孩子，從小就是這副樣子，不了解你的人會認為你在挑釁。連我這麼了解你，聽你這樣說話也很難不生氣。」

「對不起。」

葉智輝擺擺手，「算了，去聊聊吧！」

傅永傑帶著葉智輝來到家附近的小公園，葉智輝對他選擇聊天的場所感到有些詫異。

「怎麼會來這裡聊？」

「因為這是我第一次喊你爸的地方。」

葉智輝一愣，傅永傑則邁步向前，「就是這裡。那時候，你、媽和哥哥帶我來溜冰，因為你們三個已經像一家人，只有我還沒有融入，你和哥哥很努力想要拉近跟我的距離。」

聽傅永傑這麼說，葉智輝有些歉然，「抱歉，我忘記了……」

「沒關係，我第一次喊你，也只是想試試看，並不是真心的。我看到哥和你互動很好，我突然很羨慕，就想喊喊看，但還是不一樣，他喊的聲音有感情，我沒有。」

葉智輝聽了有些難過，「永傑，雖然我們沒有血緣關係，我一樣是把你當親生的對待，這麼多年來，難道你對我沒有一點父親的情感嗎？你怎麼可以這樣算計幸司？」

傅永傑垂下眼，葉智輝對他的好，他都銘記在心，「……我對你是有感情的，只是我更愛哥哥。」

提到這，葉智輝就心覺氣憤，「你們是兄弟！」

「爸，哥也喜歡我，他願意跟我在一起了。」

葉智輝不敢相信這個事實，面露震驚地看著傅永傑，「你說什麼？」

「爸，哥的性向你已經知道了，他只會跟男人在一起。與其讓另一個男人加入這個家庭，我，是他、也是這個家最好的選擇，因為我們本來就是一家人。」

葉智輝無語地看著傅永傑。

「我原本也以為他會因為你拒絕我，因為他明明最在乎你。」傅永傑說到這裡，突然露出微笑，「但是他願意為了我勇敢，他說要我跟他一起面對，讓你能認同我們。」

葉智輝看著面帶笑容的傅永傑，一時不知該怎麼反應，愣在原地。

「爸，我跟哥彼此相愛，真的讓你那麼難以接受嗎？」

面對傅永傑的問題，葉智輝一個字也說不出口。

他那保守的個性實在很難接受這麼衝擊的事實，矛盾與糾結使他轉過身，摘掉眼鏡，慢慢地離開傅永傑。

走到傅永傑看不見的地方後，他默默地擦掉眼淚。

就因為在乎葉幸司與傅永傑，所以他正與心底那個想抵抗事實的自己拉扯著，希望這份悲傷，最終能走向妥協。但他還需要一點時間……

葉智輝帶著沉重的心情返回住處，一打開家門，李晴芳便從廚房走出來，看到是葉智輝忍不住叨唸起來。

「你去哪裡了？打你電話也不接，我還以為出了什麼事……」

葉智輝沒說話，也不知道在想些什麼，李晴芳便來到他身邊，觀察著他。

「你……遇到永傑了？」

葉智輝的沉默，在李晴芳看來就是默認了。李晴芳著急地問他：「他跟你說了什麼？」

「他跟幸司在一起了。」

「這死小子，幸司不是跟他說先不要講嘛！」李晴芳非常火大，不小心說出了實情。

葉智輝聽見，失望全寫在臉上，「這個家的所有事情妳都知道，不論是幸司的性向，還是他們兩個在一起，我都是最後知道。」他對自己因為不願接受，而假裝沒察覺、沒看見的自己徹底失望。

看著葉智輝正在流淚，李晴芳不捨地向他道歉：「爸比，對不起……對不起……」

「妳打算瞞我多久？」葉智輝說完，便回到房間，連飯也不吃地關上房門。

＊＊＊＊

午餐時間，葉幸司與藤沐仁正待在會議室一起吃著便當，兩人聊起當時藤沐仁和蕭立呈討論1和0的事。

「立呈真的說願意讓你上？」葉幸司驚訝地說。

「嗯！」

「那他是真心很愛你。」

「我也這麼覺得，以往他跟女孩子談戀愛，出手都很快。」藤沐仁說。

「這次慢慢來，也是他要讓你當1。」說到這，葉幸司不禁調侃起藤沐仁：「哎唷～藤藤。」

既然都把話說開了，藤沐仁便難為情地想請教一下葉幸司前輩，「幸司，你第一次感覺怎麼樣？」

才剛把飯送進嘴裡的葉幸司突然被嗆到，咳了起來。

藤沐仁趕緊將餐巾紙遞給他。

「你怎麼會突然問我這個？」

藤沐仁有些彆扭，「就……立呈都有這樣的決心，我也有啊！反正又不急，彼此都可以再想想。」

葉幸司看著面露尷尬又害臊的藤沐仁，忍不住露出溫柔的笑容。

「你們兩個真的很相愛，那種幸福我都感受到了，很為你們高興。」

「你和你弟也很幸福啊，我看得出來，他對你很執著，絕對會愛你一生一世。」

葉幸司露出更幸福的笑容，「嗯，我相信他會。」

就在這時，葉幸司的手機響起訊息聲，拿起一看，是李晴芳傳來的訊息。

『傅永傑找你爸攤牌，你爸心情不好，連飯都不吃，一直關在房間。』

葉幸司看完訊息，笑容全沒了，心底擔憂起父親的身體狀況。

＊＊＊＊＊

午後，藤沐仁結束出勤工作，轉進婚顧公司門口，就見 Zoe 一臉焦急地拿著手機走來走去，一見到藤經理，立刻跑到他面前。

「經理，你回來得正好，我正猶豫要不要打給你！」

「這麼急？是汪小姐要取消簽約嗎？」藤沐仁皺眉一問。

「不是，蕭經理出事了！」

藤沐仁一愣，立刻走回業務部，果真看到蕭立呈表情嚴肅地與坐在自己位置上的高副總對峙。

另一位高層沈副總則一臉難為，其他職員都往他們的方向看去。

面對高副總的指控，蕭立呈不疾不徐地解釋，「我沒有從中抽取利潤，造成公司的損失。」

高副總指著桌上的那疊資料，「不管你怎麼說，證據就在這裡。」

蕭立呈反問高副總，「不知道高副總你的證據是從哪裡來的？」

「當然是有吹哨人看不慣你囂張的行為，偷偷收集資料，然後交到我手上啊。」

「那就叫他出來，跟我當面對質，看這份所謂的證據是真還是假！」

「哎！我也要保護願意伸張正義的同事，反正證據就在這，沈副總，你說怎麼辦？」

沈副總始終緊鎖眉頭，被高副總這麼一問，所有人都看向他。畢竟論職位，高副總比蕭經理還資深，他不想得罪高副總，便難為地開口：「這筆錢差了快五百萬，不是小數目，為了以示公平公正，公司會派第三方進行調查。這期間，蕭經理你就先不要來公司上班。」

此話一出，所有人都紛紛發出不贊同的聲音，竊竊私語著。藤沐仁更是直接站出來，嚴詞抗議。

「不可以！既然要調查，蕭經理當然得繼續上班，不讓他來公司不就是變相認為他有問題！」

高副總知道藤沐仁會替蕭立呈說話，在一旁假好心地提醒著，「藤經理，以你現在跟他的關係，還是不要幫忙說話才好，不然很容易被認為你跟他其實是一夥的。」

藤沐仁憤怒地瞪著高副總，「事情都還沒確定，你不要亂扣帽子。」

蕭立呈不希望藤沐仁捲入這場風波，尤其這件事又和高副總脫離不了關係，深怕沐仁又會身陷危險，便打斷沐仁的話，「我同意，在調查期間，我不會來公司。」

「蕭立呈!?」藤沐仁錯愕地看著蕭立呈，但立呈沒有看向他，而是緊緊瞪著高副總。

「高副總這份證據請好好保存，因為它會是證明我清白最重要的證據。」蕭立呈說完，就將識別證用力拍在桌上，背起背包，瀟灑地直接離開位置。

但藤沐仁不想他就這麼走了，緊緊抓住他的手。

「你不可以就這樣離開。」

蕭立呈不希望藤沐仁擔心他，便面帶微笑安撫著說：「沒事，我等你下班回家再說。」

蕭立呈拉開緊抓住自己的手，然後頭也不回地離開公司。

藤沐仁和其他職員都不捨且擔憂地看向蕭立呈的身影，只有高副總正得意地勾起笑容，還假裝親切地說著：「拜拜。」

第十章

居酒屋裡人聲鼎沸，客人們多半是結束一天辛勞的工作後來店內放鬆小酌，但葉幸司與藤沐仁的表情卻十分嚴肅，美味的小菜上桌皆乏人問津。畢竟高副總稍早指控蕭立呈盜用公款，兩人都沒了聚餐的心情。

「……高副總的證據我去找財務部核對了，很有技巧的栽贓，因為這些證據確實都跟立呈有直接或間接的關係。」

藤沐仁問著葉幸司，「意思就是不論是立呈自己的案子，或是立呈中途接手的都有問題？」

「沒錯！」

藤沐仁對此感到十分火大，連晚餐都要吃不下了，「這王八蛋，設計這些證據肯定花了不少時間。」

將領帶綁在頭上的蕭立呈相當認同這句話，「他轉調出去的這陣子應該都在忙這個。」說話時不忘拿起一串肉串，咬了一口連忙又說：「好燙！」

藤沐仁沒好氣地看向蕭立呈，他和幸司都很心疼立呈的處境，正為立呈打抱不平，事件主角卻在大口喝酒吃肉，心情絲毫沒被影響。藤沐仁不由得斥責了蕭立呈，

「你到底有沒有危機意識啊？」

蕭立呈看著生氣中的藤沐仁，就把手中的肉串遞給他吃，藤沐仁難掩怒氣，話說得比平常還要急促且大聲，「你到底知不知道嚴重性，要是沒把虧空公款這件事釐清，你不只在 Muse 待不下去，任何公司你都去不了了。」

藤沐仁情緒非常激動，蕭立呈就小心翼翼地把肉串嚥下去，然後抹了抹嘴角，為表懺悔而放輕語調說著：「我沒有不在意，我只是覺得清者自清，我沒做，肯定會查出真相的。」

「你怎麼自證清白？高副總拿出了證據，你的證據呢？」

藤沐仁問完，葉幸司也跟著提醒他，「人言可畏，立呈，你不能再用以往的態度來處理這件事，畢竟高副總是有備而來。」

蕭立呈明白兩人都在幫忙想反擊的辦法，「我會找證據證明自己沒有貪公司的錢。」

「要拿出行動。」藤沐仁說。

「反正接下來我都不用上班，我會努力行動，不要生氣了好不好？」

蕭立呈邊說邊溫柔地握住藤沐仁的手。不料，藤沐仁卻是眉頭深鎖，瞪著蕭立呈問：「你剛用哪隻手擦嘴巴？」

蕭立呈這時也才想起，尷尬地抬起握住藤沐仁的那隻手，「這一隻……」

藤沐仁露出一臉難以忍受的表情，蕭立呈就傻笑地把肉串遞給葉幸司。

＊＊＊＊＊

結束三人的晚餐時間，葉幸司回到家中。

李晴芳正在客廳等著葉幸司回家。

「爸還好嗎？」葉幸司看向葉智輝緊閉的房門，「爸睡了？」

李晴芳點著頭，問著剛返家的幸司：「吃過了嗎？」

「吃過了。」

李晴芳看著葉幸司始終望著葉智輝的房間，知道一直以來幸司總會把問題都歸咎在自己身上，不想要幸司沉浸在自責之中，她便拍拍身邊的椅子，想和幸司聊聊別的話題。

「上次我問你的話，你還沒有回答我。」

葉幸司就坐到晴芳身邊，疑惑地問：「什麼？」

「你不是同情那小子，他沒朋友，個性孤僻，覺得他很可憐，所以才答應跟他在一起？」

葉幸司明白李晴芳是在擔心他，便覺得心暖。從父親再婚以來，李晴芳一直把他當作親生兒子來疼愛，給予他濃厚的親情，他也總是會在晴芳面前，毫不保留地說出真心話。

「媽，妳知道跟永傑上床的隔天，最讓我傷心的是什麼嗎？」

「當然就是知道他故意灌醉你，設計你啊！你不是打了他一巴掌？」

「是兩巴掌。」

「打得好。」

聽了李晴芳的回答，葉幸司淺淺一笑，「其實我最傷心的，是他說，我不是他哥，他也不想叫我哥哥，我很受傷。我們沒有血緣關係，如果我不當他的哥哥，那我對他來說就什麼都不是了。我有一個朋友說過，愛情是可以從不同角度發生在任何時間點和關係上。」

「什麼意思？」

「就是我對傅永傑的愛，是從一開始的心疼、呵護，像親人一樣的感情，變成了愛情。其實在我心裡，我真的很在乎他。感情是一輩子的事，我不會委屈自己的。」

李晴芳明白了葉幸司對傅永傑的真正想法，也總算放下心中的大石，便推著幸司，「好啦！我知道了。時間也很晚了，趕快去洗澡睡覺，明天還要上班呢！」

葉幸司被催促的同時，看向父親的房門。

「爸那邊……」

李晴芳知道葉幸司掛心父親的狀況，便安慰起他，「不用擔心，你爸那邊我會幫忙盯著，隨時安慰他。」她推了推葉幸司，趕他去洗澡，幸司便起身離開。

「謝謝媽。」

葉幸司進房後，李晴芳起身，很謹慎地不想被幸司發現，躡手躡腳地往葉智輝的房間走去，壓低音量說著，「我要進去囉！」就轉門進入房間。

從葉幸司回家後，葉智輝就站在門邊偷聽他們的對話。

「爸比，葉幸司的心聲你都聽到了吧？」

葉智輝點點頭，坐回床沿，表情從沉重中有了一絲放鬆。

李晴芳坐到葉智輝身邊，握住他的手，「你現在是怎麼想的？」

葉智輝重重地嘆口氣，一時之間沒有說話。

「剛剛葉幸司被我趕去洗澡回房的時候，一直看你的房門，他真的很在乎你，很擔心你呀，爸比～」

「你覺得我對他的在乎，有比他對我的在乎還少嗎？」葉智輝說完，無奈地再嘆了口氣。

葉智輝的無奈，李晴芳是看在眼裡，「如果你還是反對，那我建議就繼續維持現狀。葉幸司住家裡，讓傅永傑住在外面，眼不見為淨。」

「我只有一個想法，我希望他能夠開心，我希望他能夠幸福，在我離開以後，還有人可以陪在他身邊……」

「我知道，但那個人不一定非傅永傑不可啊。幸司是個貼心的孩子，他很在意你的感受，不然現在出櫃的人那麼多，又不是什麼天大的事，他幹麼遲遲不敢跟你說？總之你也不要遷就他們，你的感受也很重要，你要先過了你自己這一關，我們再來想其他的事。」

葉智輝聽完李晴芳的話，陷入沉思。

李晴芳握著葉智輝的手，勸著他，「爸比，你可以不要生氣了嗎？」

＊＊＊＊＊

深夜時分，藤沐仁拿著杯子準備到廚房倒水，經過蕭立呈的房間，卻見到門縫透出了燈光。他納悶著蕭立呈怎麼還沒睡正準備敲門時，裡頭傳來立呈正在講電話的聲音。

「俊偉，財務部那邊有消息嗎？喔，好的，我知道，麻煩你了……」

「博翔，不好意思這麼晚打給你，前幾天我發給你的那個檔案，你看了嗎……沒關係，謝啦！」

藤沐仁不想驚動蕭立呈，只是稍微推開門。此時，立呈正一邊看著筆電，一邊積極和俊偉、博翔聯繫，全然沒有發現身後的沐仁。

藤沐仁悄悄地把門關上，心疼蕭立呈這麼晚沒睡還在找證據。

「笨蛋，在大家面前故作輕鬆。」也因為這樣，藤沐仁悄悄在心裡下了決心，「我一定要找到證據！」

藤沐仁想替蕭立呈早日洗刷罪名，隔日便與劉美芳在會議室商討對策，想找到曾被高副總性騷擾的男員工，藉此抓住高副總的把柄。

「妳之前說公司有男員工被高副總性騷擾，妳能把這個人找出來嗎？」

劉美芳難為地說：「我也是聽說的，究竟是誰，其實大家都傳得很隱晦，根本找不到人了。」即便美芳也想出份力，但她才剛進公司不久，流言也只是聽說……

「也是。我們之前都沒聽過，就表示這事情很隱密。」

藤沐仁失望的神情，劉美芳全看在眼裡。

「藤經理，你是想找出高副總的把柄，然後反將一軍？」

藤沐仁隨即點頭，「不過找不到人，一切都是空談。」

「那個……蕭耶還好吧？」

藤沐仁想起今天凌晨蕭立呈忙著找線索，就和美芳說著：「他啊，嘴巴說沒事，心裡其實很在乎。」

「你這麼關心他，替他想方法，都是因為愛～～」

劉美芳一臉陶醉地看著藤沐仁。藤沐仁摸著蕭立呈送給他的對戒，因為愛著立呈，所以他要盡快讓立呈回到工作崗位。

但無從得知被性騷擾的員工身分，藤沐仁就先暫時放掉這條路，思索其他的可行對策。在沉思的同時，與劉美芳前往茶水間，卻無意間聽到其他部門同事正議論起蕭立呈的事件。

「蕭經理真的有汙錢嗎？看不出來……」女同事說著。

「知人知面不知心，高副總跟他又沒恩怨，幹麼故意害他。」

「可是……」

「有時候看起來最無害的人，其實最可怕。」男同事說話的同時，女同事注意到藤沐仁，示意要他別再說下去，兩人匆匆離開茶水間。

劉美芳很不高興地看著他們，說：「都還在調查，就認定蕭耶汙錢……太過分了！」正想上前去跟那位男同事嗆聲，卻被藤沐仁拉住制止。

「不用去理論。」

「為什麼？」

「人言可畏就是這樣，你嗆了這個人，還會有下一個、下下一個。只要沒有證據證明清白，最後所有人都會認定立呈偷拿公司的錢。」

「那怎麼辦？去哪裡找證據？」劉美芳不忍蕭立呈被批評。

「解決事情的方法，有時候不一定要正面迎敵。」

劉美芳一臉不解地看著藤沐仁，而此時，藤沐仁已下定決心，午後，他得去見一位幫手，這時間對方應該正和戀人吃午餐。

＊＊＊＊

結束了短暫的午餐約會，傅永傑主動牽著葉幸司的手，與幸司手牽手漫步走回公司。

由於這時間很多公司同事會出外買午餐，葉幸司擔心會被同事撞見，因而抽離了手。

「大街上牽手太張揚了，而且快到我公司，被看到不好。」

「讓大家知道你只喜歡我為什麼不好？」傅永傑說著。

「我不是這個意思，只是被公司的同事知道，會覺得很不好意思。」

傅永傑一聽，就勾著葉幸司的手，對他撒嬌地說：「我喜歡你介紹我是你的情人。」

對於傅永傑當眾對自己撒嬌起來，葉幸司先是一愣，而後對他的學習力既感到佩服又有些無奈。

「這麼快就學會撒嬌了？」

「你是我的男朋友啊！」傅永傑說。

「你也是啊！」

傅永傑一聽，心情大好，摟著葉幸司，親暱地將頭靠在葉幸司的肩上，「你會永遠愛我對吧？」

「對，所以你不要沒有安全感，我已經接受你，就不會輕易改變。」

「其實……我很擔心，因為爸還沒答應。」

「我重視爸，也重視你。」

「真的一樣嗎？」

「如果不是一樣的，你明明答應我要一起面對，卻自己一個人跑去找爸說，我應該很生氣，不理你。」

傅永傑一聽，身體僵住了，緩緩拉開與葉幸司的距離，看著幸司，忐忑不安地向幸司道歉。

「對不起。」

「對你，我已經沒氣可生了，你就是不按牌理出牌的人，但是相信我吧！你跟爸對我來說是一樣重要，不要看輕自己。」

有了葉幸司的保證，傅永傑總算露出安心的笑容，搭著葉幸司的肩。

「我相信你。」

「那……這個週末我們一起回家面對爸爸？」

「這麼快？」

葉幸司點點頭，露出心意已決的笑容。

「我準備好了，不想再拖，這次我們一起面對！」

傅永傑點點頭，「嗯！一起。」

聊天的同時，兩人已經走到葉幸司的公司樓下。

「好啦、好啦，公司到了。」葉幸司拿開傅永傑的手，與他道別後，進到一樓大廳。

傅永傑站在原地，目送完葉幸司後，正要轉身離去，有人卻喚了他的名字。

「傅永傑！」

傅永傑停下腳步，回頭一看，叫住他的是藤沐仁。

他面無表情地盯著藤沐仁朝自己走來，沐仁也不拐彎抹角，單刀直入地問他，「最近哪天晚上有空？」

「你想幹麼？」傅永傑皺眉問著。

藤沐仁找到了計畫中的幫手，此時，傅永傑還不曉得藤沐仁有何用意。

＊＊＊＊＊

深夜，蕭立呈疲憊地返回家中，第一眼就注意到倒在沙發上等他回家的藤沐仁。

即便被高副總誣陷，搞得他得四處奔波收集資料，但只要見到藤沐仁，他的心便得到救贖，臉上也有了一絲的笑容。

蕭立呈悄悄走到藤沐仁身邊，拿條毯子想替沐仁蓋上，沐仁卻因為這個舉動醒來，睜開雙眼，看著他。

「回來了？好晚……」

蕭立呈用著輕柔的語氣告訴剛睡醒的藤沐仁，「去找參加過之前那些case的人問細節，花了比較多時間，好累……」說完，他直接癱坐在藤沐仁身邊，對沐仁撒嬌著。

「餓嗎？我去煮麵給你吃……」

藤沐仁才剛起身，就被蕭立呈拉下來。蕭立呈直接倒在藤沐仁的腿上，閉上眼。

「我只要你陪我……」

藤沐仁心疼地看著一臉倦容的蕭立呈，撫著立呈的頭髮。

被藤沐仁撫摸的感覺很舒服，蕭立呈閉上雙眼，依賴戀人的觸摸稍作歇息。

＊＊＊＊＊

早晨，藤沐仁起了個大早，想替忙於奔波的蕭立呈煮份早餐。

但不擅長下廚的他，把料理檯面弄得亂糟糟的，和他以往愛乾淨的形象背道而馳。

「藤藤！」

蕭立呈走進餐廳，藤沐仁就趕緊催促著他，「你醒了！趕快去吃早餐。」

「好。」

此時，餐桌上擺滿了不同種類的早餐，藤沐仁不知道味道如何，但大致上他都按照了網路教學的步驟做，如果沒把調味料拿錯的話，應該還可以吧？

雖然心裡實在是忐忑不安，但表面上藤沐仁依然冷靜，說著：「活力的一天從早餐開始，好好享用吧！」

「哇！這都是藤藤你做的啊？」

「是啊，我特製的愛心早餐！」

「那我一定全部吃完！」蕭立呈趕緊坐了下來，拿了吐司大咬一口，立刻咳了一下。

「怎麼了？不好吃嗎？」藤沐仁還在料理最後一道菜。

「好吃啊！」蕭立呈繼續咬著下一口。

「那就好，雖然我不常下廚，但我就想做頓早餐幫你打打氣。」

藤沐仁把剩下的料理盛盤，端到蕭立呈的面前，坐到立呈身邊。

「我惹上這麼大的麻煩，你還對我這麼好。」

蕭立呈感動地繼續吃桌上那盤刻意圍成愛心形狀的鐵板麵。

藤沐仁心裡明白，蕭立呈是因為在慶功宴上從高副總手中救了他，與高副總槓上，才會被灌上這莫須有的罪名。

在這五年的相處之下，蕭立呈是什麼樣的為人，藤沐仁最清楚不過了。立呈絕對不可能虧空公款。所以這次，藤沐仁下定決心，換他來拯救蕭立呈。
「你放心，我們一定會找到證據，還你清白的！」藤沐仁拿起餐具，準備開動，蕭立呈卻阻止了他。
「我以為這是做給我吃的。」
「什麼意思，我自己做的早餐，我不能吃喔。」藤沐仁夾了一口放進嘴裡，一股奇妙的味道從嘴裡化開，立刻皺緊眉頭，「這麼難吃，你怎麼吃得下去啊！」
「你做的都好吃啊！」蕭立呈又吃了一口，藤沐仁趕緊阻止他。
「欸，立呈！」
「真的啦，吃了你做的早餐，我就像電玩角色一樣，吃了滿血一百！」說完，蕭立呈嚥下一口後，突然噎了一下。
「你幹麼勉強自己……」
「你做的闇黑料理，不是，安嘿料理，可以保平安，又可以讓你嘿嘿笑的那種，我已經覺得自己充滿活力，馬上就可以找到證據。」
藤沐仁靠近蕭立呈，吻著他的臉頰，說：「我對你有信心。」
彼此在瀰漫著粉紅泡泡的幸福氛圍之下凝視了一會兒，這時，藤沐仁放在口袋中的手機響了，他接起電話，另一頭傳來傅永傑的聲音。
「今晚準備行動。」
藤沐仁回著他：「知道了。」
藤沐仁說完，臉色突然變了。蕭立呈察覺到他的異樣，立刻問著：「誰啊？怎麼你臉色突然變得很難看?」

「喔，沒有啦，是一個客戶，我晚點跟客戶有約。」他親完蕭立呈後，就走回房間準備一下。

對於藤沐仁突然的離去，蕭立呈正一臉狐疑地望著他。

＊＊＊＊

到了葉幸司與傅永傑約好要一起面對父親的週末。

葉智輝與李晴芳坐在沙發上，葉幸司和傅永傑則坐在一起。

由於四人沉默不語，氣氛變得相當沉重。傅永傑見到葉幸司正害怕地緊握雙手，就主動握起幸司的手，想給幸司力量，而讓彼此的手十指緊扣。

傅永傑給予的溫度的確讓葉幸司蓄足了勇氣，他看向永傑，決定不放手，與永傑一起面對父親。

然而他們手牽手的舉動刺激了葉智輝，他移開視線，重重地嘆了口氣。

李晴芳率先責備起讓葉智輝嘆氣的始作俑者，「傅永傑！有你這樣刺激你爸的嗎?」

「連牽手都受不了，還能談什麼?」傅永傑說完，握得更緊。

「做父母的心情你懂嗎?你這個只會考慮自己的自私鬼。」

李晴芳不悅地瞪著永傑，葉幸司在一旁想平緩氣氛，說著:「媽，永傑還小，妳不要怪他。」

李晴芳立刻駁斥：「小個屁。」

一旁的葉智輝始終沉默。

葉幸司深吸了口氣，認真地看著父母，「爸、媽，我跟永傑互相喜歡，我們決定要在一起，這是我深思熟慮過後的決定，不是一時衝動，希望你們可以成全我們！」葉幸司不再躲避，迎著父親的目光。

相較於被葉幸司的話感動到嘴角上揚的傅永傑，葉智輝卻搖著頭，充滿無奈。「說真的，永傑是我看著長大。從一個小孩子，一點點拉拔到這麼大，從陌生到喊我爸爸，他就是我兒子，你們兩個都是我的兒子。」說完，葉智輝哽咽了起來。

看著傷心的爸爸，葉幸司跟著難過起來，緩緩垂下頭。傅永傑見狀，握著幸司的手更緊了些，臉上也流露出難過與愧疚。

「爸，對不起……」

葉智輝不忍聽見葉幸司的道歉，他站了起來，背對三人，在這股沉重的氛圍下，葉智輝重新整理好情緒，才轉過身說出他的回答：「我無法接受。」

葉智輝注視著一臉失落的葉幸司，幸司是他最重視也最愛的孩子，回想這幾年來，幸司因為性向的問題不敢住在家裡，想著幸司因為害怕他不能接受，而一直苦惱地隱瞞祕密，然後現在，幸司因為他的一句無法接受，而失落得無所適從。

即便葉智輝傳統保守的性格不能接受這個事實，但在他心裡，更不能接受看見幸司難過。深吸了口氣，他嚴肅地繼續說：「但我願意成全。」

葉幸司不可置信地抬起頭，看著父親，他的雙眼逐漸泛紅。父親的成全讓他的眼眶鼻間湧進一股感動的暖流，傅永傑也受寵若驚地看向葉智輝。

「幸司，你喜歡男人是你的天性，而我的選擇是繼續愛你，所以也會愛你的選擇。而且有一件事永遠不會變，你是我兒子，我們還是一家人。」

葉幸司感動得上前握住爸爸的手，「爸……謝謝你……」

得到葉智輝的應許，傅永傑也上前謝謝葉智輝，「爸，請相信我，我絕對會好好照顧幸司，好好孝順你跟媽。」

葉智輝點頭，最終也露出笑容。

三人坐回座位，在傅永傑認為一切就像他所推測那樣，正走向完美發展的時候，李晴芳卻吸了口氣，抹掉眼淚，「好，爸比說完，輪到我了。身為你們的媽，尤其是傅永傑親生的媽，有幾個條件你們得遵守。」

傅永傑一聽，頓時有種不祥的預感，皺眉看著總能和他心靈相通的母親。

「永傑才二十歲，年紀還小，再加上要我們兩個老的在家裡看你們卿卿我我，這畫面有點太美，我們需要時間適應，所以！」李晴芳盯著傅永傑，這話明顯是說給他聽。

「在永傑還沒從醫學系畢業之前，你們在家裡不可以有『不可描述的事』發生。」

傅永傑立刻抗議，「我還有四年才畢業！」

李晴芳撒嬌地看著葉智輝，「爸比，四年時間應該可以慢慢適應了喔？」

葉智輝和葉幸司都忍不住露出尷尬的表情，不知該怎麼回答。

「家裡不可以，那我搬去外面住。」傅永傑繼續抗議著。

「都說我們是一家人，一家人當然要住在一起，所以你趕快搬回來！」李晴芳駁回了他的意見。

「妳剛才說我小個屁，現在又說我年紀小，自打嘴巴。」

「打就打，怎樣？現在還是你爸在賺錢養家，話當然是我們說了算，對不對，爸比。」

葉智輝輕咳了一聲，拿起茶杯喝了一口茶。

傅永傑不服地說：「我也有錢！」

「不要以為你有錢就跩，你那些錢夠未來五、六十年花嗎？小子，別忘了這世界還有『通貨膨脹』！」

傅永傑難得生氣，不爽地起身抗議，「哪有妳這樣刁難自己兒子的！」

李晴芳猛地站起身也回瞪過去。

「我就是刁難，怎樣!?」

「我到底是不是妳親生的啊！」

「你是撿回來的！怕了吧！」

「我早就知道，難怪妳整天罵我！」傅永傑說完，立刻吃了李晴芳一拳。

「我哪有罵你！」

「爸，你看媽啦！」

母子兩人正怒氣沖沖地對峙著，誰也不讓誰，惹得葉智輝與葉幸司忍不住笑了起來，欣賞母子倆日常的鬥嘴畫面，氣氛瞬間變得輕鬆有趣。

利麵。

＊＊＊＊＊

知道藤沐仁不擅長煮菜，蕭立呈就特地下廚，煮了沐仁最喜歡吃的青醬海鮮義大利麵。

看了看時間，藤沐仁說要去見客戶，「都這麼晚了，怎麼還沒回來？」

正當他拿起手機要和藤沐仁聯絡時，接到俊偉的來電。

「老大，我收到一份關鍵報告！」

蕭立呈欣喜地聽著這個好消息。

與此同時，藤沐仁正來到位於地下室的高級酒吧。

為了突顯他的優勢與魅力，今晚的他穿著與以往有別的服裝獨自坐在二人座位。

他的存在吸引了不少客人們的目光，但他卻不以為意。直到那個人走進酒吧裡，他才露出笑容。

高副總正趾高氣揚地朝他走來。

「這麼晚約我出來，有什麼重要的事要跟我談？」

「當然是為了蕭經理的事，希望高副總高抬貴手。」藤沐仁邊說邊邀請高副總入座。

高副總則打量著藤沐仁這身裝扮，很是滿意，直接入座。

「你這話說得不對，是蕭經理貪心，自己害了自己，怎麼會是要我高抬貴手呢！」

「是！我說錯了，應該是希望高副總幫個忙，讓蕭經理可以度過難關，為了展現誠意……」藤沐仁說完，伸手招來酒保，「來兩杯『Between The Sheets』。」

扮演酒保的人正是傅永傑，他點點頭，開始動手製作雞尾酒。

但高副總並不認識傅永傑，只在乎藤沐仁點的雞尾酒，那名字似乎意有所指，饒有興致地挑了挑眉。

「約我出來喝一杯雞尾酒，藤經理，這就是你展現的誠意？」

「當然不只這些。」藤沐仁拿出一張房卡放在桌上，緩緩地推向高副總。

高副總立刻意會，露出淫穢的笑容。

＊＊＊＊

傅永傑調的雞尾酒成功灌醉了高副總，藤沐仁就和傅永傑一左一右扛著爛醉如泥的高副總走進飯店房間，然後隨便一拋，丟在床上。

「媽的，這麼重。」藤沐仁說。

傅永傑看著被用力丟到床上也沒醒的高副總，「這表示他已經完全沒有意識了。」

「你給他的那一杯酒精多少啊？」藤沐仁問著。

「五十左右吧！」

「會不會酒精中毒啊？」

傅永傑被這麼一問，冷冷地看著躺在床上的高副總，「酒醉就是一種即興酒精中毒，症狀包括雙頰發紅、心跳加速、步態不穩、說話含糊不清……」

「我只想知道他會不會死。」藤沐仁打斷了傅永傑的話。

「不會。」

「好，今天謝謝你幫忙，你可以走了。」

藤沐仁似乎還要繼續留在房內，傅永傑對此有些疑惑。

傅永傑擔心如果藤沐仁做了蠢事，讓葉幸司難過就不好了。畢竟葉幸司曾經說過，沐仁和立呈是他最要好的朋友，所以，永傑仍留在房內，想了解一下沐仁接下來的計畫。

「你想對他做什麼？」

藤沐仁說：「他要陰整立呈，我當然要整回去。」

「怎麼整？」

「他喜歡男人，我就幫他叫女人好好服務他，然後錄下影片，之後可以威脅他。」

「很有創意。」傅永傑想了想，提議：「3P比較刺激。」

「好主意。」藤沐仁拿出手機開始搜尋叫小姐。

傅永傑離開前，看了一眼藤沐仁放在桌上的另一張房卡，思索一下，不動聲色地就把房卡摸走。

走出飯店，傅永傑隨即拿出手機傳訊：『幸司，給我蕭立呈的電話號碼。』

與此同時，蕭立呈正將蒐集到的資料一份又一份攤在桌上，專注地查看。

找了一陣子，他突然眼睛一亮，欣喜地拿起其中一份資料。

「Yes！抓到你了！」

正當蕭立呈興奮不已的時候，手機響起，他看了一下是未登錄的名單，就接起電話，用業務的口吻問著：「喂？」

「蕭立呈？」

「我是，您哪位？」

「傅永傑，你的男朋友現在很危險，他為了幫你，決定跟高副總上床。」

「你說什麼！」蕭立呈震驚地站了起來。

傅永傑依然冷靜地說：「我傳地址給你，房卡我寄放在櫃檯。」

「喂？你為什麼……」

此時，傅永傑已掛斷電話。就算問不到詳細狀況，蕭立呈也刻不容緩地衝出家門。

＊＊＊＊＊

還待在飯店房間裡的藤沐仁將高副總的衣服全脫個精光，只剩下內褲。

他站在床邊擦了擦汗，盯著仍呼呼大睡的高副總，脫掉醉漢的衣服比他想像得還要耗費力氣，坐在床沿稍作休息，拿起手機等待小姐的消息，心想，怎麼這麼久都還沒來？

這時，房門突然被打開，蕭立呈一臉凶惡地衝了進來。

藤沐仁錯愕地看著蕭立呈，「你怎麼會來？」

然而蕭立呈看見全身赤裸只剩一條內褲的高副總，火氣都上來了。

「你真的跟他開房間？」

「不是，你誤會了，我幫他叫了……」

不等藤沐仁說完，蕭立呈一把抓起藤沐仁，拉著他往房外走。

「我現在很生氣，你最好不要說話，有什麼話等回家再說。」

蕭立呈此時怒不可遏，抓著藤沐仁的手也很用力。沐仁不敢說話，只是乖乖地跟著立呈離去。

蕭立呈把藤沐仁帶回家中，一把將他拉進房內。

明明是待在自己的房間，藤沐仁卻相當緊張，因為眼前的蕭立呈正怒火中燒，都快能看見他周圍飄散的火氣了。

「我……我可以說話了嗎……」

「說什麼？說你為了我跟他開房間？」蕭立呈氣憤地拍著房門。

「我不是……」

「不是為了我？」

「是為了你，但是……」

蕭立呈不讓他繼續說，上前用力吻了上去，堵住藤沐仁還想說什麼的嘴。具有侵略性的吻幾乎是又嚼又咬的，藤沐仁被吻得無法呼吸，想往後退開，蕭立呈卻壓著他的後腦勺不放，不准他躲開這個吻。

火燙的舌尖侵入了他的嘴中，磨著他的上顎，並交疊翻攪那被動的舌肉。藤沐仁無法抗拒蕭立呈強勢的舌吻，凶猛的快感讓他幾乎快忘了呼吸，理智瞬間被拋到腦後，忘情地享受，耳邊不斷充斥著吻聲，直到蕭立呈吻夠了，才挪離身子。

藤沐仁被吻到神色迷濛，看著失去理智的蕭立呈。

「藤沐仁，你聽好了，你只能是我蕭立呈的，只能是、我、的！」

說完，蕭立呈也不等藤沐仁回應，繼續吻著，從嘴一路吻至頸肩，鎖骨，只要一想到高副總看著藤沐仁的眼神，想到曾被下藥的藤沐仁差一點就栽在高副總的手上，他便不斷地吻著沐仁，想要把沐仁的全身都占有起來，不准任何人碰觸他的藤沐仁！

藤沐仁也被蕭立呈激起了慾望，兩人跪坐在床上，扯掉彼此身上礙事的衣服。強烈的占有慾讓蕭立呈激進地吸吮著藤沐仁，在白皙的皮膚上留下一道道的紅印，並將藤沐仁壓到床上。

藤沐仁被蕭立呈吻得神智恍惚，垂著臉龐，被蕭立呈吻過的地方，從嘴唇、臉頰、耳畔、胸膛各處就像被埋下酥麻的火種。當蕭立呈一邊啃咬舔吻著他的乳尖，一面抬眸，與蕭立呈四目相接時，全身上下都被立呈激進的情慾給點燃了。

正當蕭立呈往他的下腹移動，即將吻向那雙腿間的部位時，藤沐仁捉住了他的手，兩人輕喘著氣，凝視著彼此。

「怎麼了？」蕭立呈不理解藤沐仁為何要阻止他，但藤沐仁只是搖著頭，打開一旁的抽屜，拿出潤滑液。

藤沐仁難為情地看著蕭立呈擠進他的身體，將他的雙腿張開，啃咬著他所有的敏感帶，並握住他的分身，一手先磨蹭刺激著性器的前端，一面與他深吻，並從根部箍緊，上下磨蹭著。

「嗯……呼哈……」從體內湧現的陣陣快感讓藤沐仁忍不住在嘴中低吟，這呻吟讓蕭立呈的下半身繃緊亢奮，藤沐仁也解開蕭立呈的褲襠，伸手摸進了他那根早已將底褲撐起的性器，溼濡的舌瓣在彼此的嘴中瘋狂地纏繞，手也不停地愛撫擼動彼此的分身。

「讓我上你，好嗎？」蕭立呈一邊吻著藤沐仁的耳畔，一邊說著，當初他說過為了藤沐仁他願意當0的，也說要時間調適。但現在藤沐仁所有的反應都挑起蕭立呈想侵入的慾望。那沾滿潤滑液的手指從性器根部慢慢往下搓揉著囊袋，甚至滑到了穴口。腦中不斷想要快點捅入這溫熱的甬道裡，想快點占有藤沐仁，讓彼此合而為一。

藤沐仁頂著通紅的面頰，主動張開雙腿，「要我當0，就不要讓我痛。」

蕭立呈用手指先代替了自己早已硬挺的性器，埋進裡頭，「我怎麼捨得讓你痛……裡面好熱……好緊啊……」抽出手指，將潤滑液倒在手上，再次埋進那狹窄的甬道。

「……待會真的插得進去嗎？」蕭立呈邊說，邊插入第二根手指，當他勾起手指，觸碰到離穴口不遠處，某個觸感不同的位置時，藤沐仁的身體突然忍不住地發顫了一下，聲音也變得不同以往。

「啊啊……嗯……」

「這裡舒服嗎？」

「……嗯。」藤沐仁低吟的同時，蕭立呈的手指已經全力進攻那一敏感處，只要指腹不斷磨蹭那個觸感不同的地方，沐仁就會粗喘著氣，情不自禁地扭動著身體。沉溺於情慾中的藤沐仁持續挑起蕭立呈的性慾，便將火力集中在藤沐仁的前列腺位置。

這從未有過的快感令藤沐仁舒服得雙眼泛紅，他不知道這強勁的快感從何而來，害怕地抓住蕭立呈的手，想扯掉那隻埋在他後穴裡的手指。

蕭立呈立刻上前吻著藤沐仁，加快頂弄那一處。

舒爽的感覺已讓藤沐仁全身無力，他弓起了上身，在立呈的手中達到高潮。但性器前頭溢出的是前列腺液，不同以往的射精，光打手槍是不可能得到這種快感。

室內只剩下彼此的喘息與心跳聲。蕭立呈向前吻著藤沐仁的雙脣，給了一個溫柔的吻。

此時，藤沐仁的雙臉已經紅燙到不行，他原先想要跟蕭立呈一起舒服，結果自己先高潮。就在前列腺高潮的餘韻中，藤沐仁伸手摸向蕭立呈的腿間，用力將蕭立呈壓倒。

蕭立呈猝不及防地往後倒在床上，望著背光跪坐的藤沐仁。在室內燈照射下的男人平時高冷，就像不可褻玩般的存在，那樣的男人此時卻用充滿情色的目光看著自己。

「躺著，不要動！」

藤沐仁一聲令下，蕭立呈一動也不動，看著藤沐仁就這樣傾下身，埋進他的雙腿間，張嘴含住他血脈賁張的肉棒。那紅潤的雙脣從根部箍緊，在那已經腫脹的莖身上快速吞吐。

藤沐仁正在他腿間上下移動著，柔軟的髮絲不斷地觸著蕭立呈的大腿，他忍不住搔弄沐仁那頭黑髮。被他這一碰，沐仁抬起雙眸，在四目相接時，將那整根硬物吞入嘴中，甚至頂上了喉嚨。

一股強烈的快感從蕭立呈的體內四處亂竄，立呈急促倒抽一口氣，要是馬上就射了，豈不成為「太快的蕭立呈」。他抿緊嘴角，壓制著因為藤沐仁的一個眼神就可能馬上射出來的情慾。

硬物就在愛人的吞吐下不斷被磨蹭，藤沐仁吞吐了一陣子，便從雙唇間伸出溼濡舌肉，來回舔拭著莖身，並滑過前端的凹陷處。當沐仁含住了前頭，改以手指箍住那根性器來回擼動時，蕭立呈覺得自己就快不行了。

「哈啊……啊……」

藤沐仁緊盯著蕭立呈，立呈想閃躲也難，爽到不行的表情，以及腦袋一片空白後，繳械喘息的模樣，全被藤沐仁看進眼裡，然後就看見沐仁的喉結動了一下，吞下了他的精液。

這畫面來得太過凶猛，蕭立呈冷不防地又被激起了衝動。

以為射精之後會稍微頹萎的性器，此時依然硬邦邦地立著。藤沐仁用手碰了一下，蕭立呈就抓住藤沐仁的手，把藤沐仁整個摟進懷中。

「一想到你要跟高副總上床，心裡就充滿要讓你爽到以後不能沒有我的想法。」蕭立呈說得越來越激動，手也用力收緊，「我不想你為了我受傷，更不願你的身體被我以外的人碰觸，我從沒有過這麼強烈的占有慾。所以……答應我，以後不管發生什麼事，你都不能出賣自己的身體。只要有我在，我一定會解決問題，不讓你受到牽連。」

藤沐仁停下抵抗，側著臉，貼在蕭立呈的胸膛，耳中充滿著蕭立呈那急促的心跳聲。

心臟跳得好快，蕭立呈真是個……「笨蛋。」

「啊？」蕭立呈疑惑著，藤沐仁又再罵他一次「笨蛋」。

「是你不讓我說完，今天我是約了高副總，但，是要叫小姐服侍他，再抓他嫖妓的把柄。」

「什麼？叫小姐？」

「我請永傑幫忙，他調的酒成功灌醉了高副總，我們就合力把高副總抬進房間。」

蕭立呈這才驚覺自己不該沒和藤沐仁事先確定，就相信那小鬼的話。

「所以我不會有事。」

藤沐仁說完，撐起上身，看著眼前的蕭立呈。蕭立呈也坐起身，上前再次擁住藤沐仁不放。

「這樣也不行，要是高副總突然醒來，你就危險了，也不知道他獸性大發後會做出什麼。以後有關高副總的事，都交給我來對付。」

「嗯。」

得到藤沐仁的答覆，蕭立呈上前吻著藤沐仁，兩人再度深情地擁吻，那溼濡的舌肉像在預告待會要做的事情，不斷纏繞交疊。深吻讓彼此的嘴角都淌出了些許的唾液，等到蕭立呈發現藤沐仁似乎又快忘了呼吸的時候，他稍微挪離了身體，抹去藤沐仁嘴角的唾液，再舔了舔沾了唾液的手。

「可以繼續嗎？」

「嗯。」藤沐仁點著頭，從抽屜拿出保險套，讓彼此都戴上保險套。

記得藤沐仁曾說想在上面，蕭立呈就讓藤沐仁跨在他的身上，用那直挺的性器在藤沐仁的臀間滑動，來回了幾次，藤沐仁有些搔癢難耐，低喃著：「別鬧了，快進來。」

「我在想是不是要再擴張一陣子，畢竟我的這麼粗大，擠得進去嗎？」

「……這種時候還在強調大小。」藤沐仁一手撐在蕭立呈的腹肌上，一手握住蕭立呈的肉棒，自己坐了下來，讓那被擴張過的穴口吞進這根硬邦邦的性器，但才擠進一點，藤沐仁立刻鎖緊眉頭，咬著唇角。

從沒被入侵過的後穴，此時吞進了比想像中還粗硬的性器，藤沐仁感覺到有些疼痛而皺起眉頭，他不知道該退出還是繼續坐下去，進退兩難地看著蕭立呈。

此時蕭立呈比他想像中還驚慌失措，瞪大雙眼問著他：「會痛嗎？痛的話我還是先拔出來！」

藤沐仁原先還在猶豫，但蕭立呈這擔心過度的模樣反倒讓他想跨出這一步，忍著異物入侵的奇妙感與被粗大的陰莖擠壓的疼痛感，慢慢地坐下，直到整根性器都埋進了他的身體，才開始急促地呼吸。

「嗯……都進去了……」藤沐仁很驚訝自己做到了。

藤沐仁的甬道緊緊包覆著蕭立呈硬挺的性器，裡頭又燙又緊得讓蕭立呈按捺不住，想要主動，藤沐仁卻制止了他，「我先動。」

等了一會兒，藤沐仁調整好呼吸，開始緩緩地上下擺動，讓那根粗硬的前端淺進淺出，敏感的地方又再度被硬物填滿，舒服的感覺逐漸取代了疼痛，動作也從原先的小心翼翼，逐漸因為沉溺於快感而縱情擺動。

蕭立呈看著藤沐仁騎乘在自己身上，在緩緩往下看著自己的正插入抽出藤沐仁的身體，壓抑不住慾火地嚥了口口水。雖然被命令了不要動，但蕭立呈還是禁不住誘惑，伸手握住藤沐仁腿間正因搖擺而晃動的性器，讓沐仁在扭腰的同時，前面也同時被刺激。

蕭立呈覺得自己做對了，當他箍緊藤沐仁的性器時，沐仁就開始加速擺動，窄道也變得更加緊綳，像是咬著他的性器不放似的，整個被溫熱的內壁吸住，讓他再也忍耐不住，主動撞入沐仁的體內。

「哈啊……啊……」蕭立呈不停用力撞入藤沐仁的體內，甚至往更深的地方猛鑿，藤沐仁的身體就像被往上頂，又因為重量而坐了下去。

蕭立呈的主動，比藤沐仁自己動時更加用力劇烈，他所有的敏感處都被蕭立呈磨蹭頂撞。

「不行……太快的話……啊哈……」藤沐仁不想這麼快就射，但後穴被插入前面也被箍緊套弄的雙重快感，讓他舒服地不由自主呻吟著，身下的蕭立呈也跟著粗喘氣息。

房內充斥著激進的臀肉碰撞聲響，強烈的快感讓藤沐仁全身綳緊，不自覺地倒抽著氣，凝視著也快到頂點的蕭立呈。如果不是蕭立呈，他不會有這麼舒服的感覺，正因為對象是蕭立呈，他才願意當0號。

一陣抽搐，藤沐仁的性器在蕭立呈的手中解放了，當沐仁宣洩慾望的時候，整個窄道就突然收緊，蕭立呈不斷往裡頭頂送，讓那又緊又燙的內壁磨蹭那已經冒筋的莖身，激烈抽插了好幾回，蕭立呈也在溫熱的窄道中解放了。

高潮過後，兩人凝視著彼此好一陣子，直到呼吸與心跳都緩和下來，才不約而同地掛上笑容。

當藤沐仁抬起雙臂，讓蕭立呈的性器離開自己身體的時候，蕭立呈趕緊坐起身，上前吻著藤沐仁的唇，摟緊滿身汗水的沐仁，一邊撫摸沐仁的後髮，一面在沐仁的耳畔說著：「好愛你……真的好愛你。」

藤沐仁也伸手摟著他，「我也愛你。」

說完，蕭立呈突然用力把他整個人抱起，他驚呼的同時，蕭立呈帶著他走進浴室，壓著他的身體，讓他的背緊貼在牆上，以抱姿被蕭立呈再度深吻。

「再來挑戰一個體位好嗎？」

「……我想先睡一覺。」

「我的藤藤體力就只有這樣嗎？」

「當然不是，要做二種、三種體位都可以！」藤沐仁說完，要蕭立呈把他放下來，「但先把身體洗乾淨再說吧！」

把用過的保險套扔掉，蕭立呈就拿著蓮蓬頭，等待變成溫水之後，將水淋在藤沐仁的身上，藉由想替藤沐仁洗乾淨的理由，緊貼著藤沐仁的身體，手指滑進那雙臀間，輕輕揉著穴口，並插了進去。蕭立呈大膽地直接插入二根手指，被抽插過的內壁似乎連第三根也吞得下去。

「你幹麼又插進來。」

「我想說把裡面的潤滑液清乾淨……」蕭立呈抽出手指，擠了些沐浴乳，要藤沐仁背對著他，緩慢將泡沫撫上藤沐仁的背脊與胸前，且不經意擦過那挺立的乳尖，從身後環住了沐仁。

懷中有全身赤裸且淋溼的藤沐仁，彼此間有綿密的泡沫，他忍不住蹭著沐仁的身體，「藤藤你說過做二種三種都可以對吧？」

藤沐仁回眸一看，不知蕭立呈的分身什麼時候又探起頭來。

不過，藤沐仁並不排斥做第二次，因為蕭立呈熟知他的敏感處，撫摸的同時，一面在他的耳畔、頸處舔吻，早就被激起了性慾，他就扶著牆面，讓蕭立呈從後面再做一次……

＊＊＊＊＊

翻雲覆雨激戰過後的隔天早晨，藤沐仁已經穿上睡衣，背靠著床頭枕墊坐在床上，很專注地看著手中的每一份資料。

蕭立呈拿了盤水果走進房間，開始餵起藤沐仁吃蘋果。

「所以你發現了真正虧空公款的人？」藤沐仁很專注看著文件，嘴巴也很聽話地張開，讓蕭立呈餵食。

「對，我跟那些離職同事個別聊過，過程中有個人名一直被提起，可是我在財務部給的資料上完全沒看到這個人。高副總把他的名字隱藏起來，他就是之前美芳聽說的傳聞男主角。」

藤沐仁錯愕地想著，「是被性騷擾的男員工？」

「對，他要求高副總付封口費，高副總就縱容他拿公司的錢。」

「你確定？有證據。」

「你寶貝我做事當然講求證據……看，這份資料。」蕭立呈從藤沐仁手裡的資料挑出其中一份給他看，「我去拜訪當初的客戶，要了匯款的資料，好幾筆公司該收的款項，輾轉匯款，最後都匯到了同一個帳戶，戶名就是他。」

有了這證據，藤沐仁總算是放下心來，臉上也有了笑容。

「這下子終於能證明你的清白了。」

「清白確定，接下來該做正事了。」蕭立呈說著，露出曖昧的表情。

但藤沐仁不是很理解，「什麼正事？」

「檢查你那邊有沒有受傷啊！」

立即意會的藤沐仁，隨即瞪大眼睛，拿起枕頭砸向蕭立呈。

「誰受傷啊……你給我閉嘴！」

「藤藤，我是關心你，昨天晚上那麼激烈……」

藤沐仁害臊地怒吼著：「滾！」

蕭立呈把棉被蓋在兩人身上，開始對藤沐仁來個全身檢查。

＊＊＊＊＊

另一邊，得到父親的允許，傅永傑搬回家裡住。

這天，葉幸司幫傅永傑把帶回來的行李一一歸位。葉幸司對於能向父親坦白，父親也能接受他與永傑的關係，永傑還能搬回來住，這幸福的結果讓他心情愉悅，臉上掛滿了笑容。

一旁的傅永傑卻很不高興，葉幸司便捏了捏永傑的鼻子。

「能夠搬回家一起住，高興一點啊。」

對比葉幸司這愉悅的語氣，傅永傑十分沮喪地說：「什麼都不能做。」

於是，葉幸司就捏著傅永傑那張面露不愉快的臉頰，「你還是學生，不要一天到晚都想那種事，要把心放在課業上。」

「難道你不想？」傅永傑凝視著葉幸司，認真一問。

「不想！」

葉幸司睨了傅永傑一眼，繼續整理屬於永傑的物品。

即便葉幸司的不想讓傅永傑大受打擊，但他還是凝視著在自己房間裡幫忙整理的幸司。現在出現在他眼前的是真實的葉幸司，不是他夢中或想像出來的幸司。他上前，從後方摟住幸司，感嘆地說著，「你回來了，真好。」

「是啊！搬出去這麼多年，我沒有想到可以這麼快就搬回家，一家人生活在一起，這都要謝謝你。」

聽到這裡，傅永傑更是緊緊抱住葉幸司，「從你離開的那一天開始，我就想著要怎麼樣才能讓你回到我的身邊。讓你受傷嗎？我捨不得；把你關起來？那你肯定不會再對我笑了。」

葉幸司推開傅永傑，用帶有責備的眼光瞧著他。

「不要把你自己講得那麼可怕，其實你骨子裡不是這樣的人。」

「我都不知道我應該是什麼樣的人，連媽都說她摸不透我，我真實的個性早就已經扭曲了吧！」

「不管你的性格有多麼扭曲，我都喜歡。」

聽了葉幸司這麼說，傅永傑終於露出了笑容，上前想親吻幸司，幸司也迎著他的吻，慢慢閉上眼睛。

就在兩人即將吻上的前一刻，李晴芳馬上打開門，用力咳了幾聲，兩人聞聲嚇了一跳。

「大丈夫一言既出，死了馬都不能反悔啊！」李晴芳語氣嚴肅地提醒傅永傑。

傅永傑抗議地說：「接吻不算是不可描述的事。」

「算不算由我定義。」李晴芳轉向葉幸司，語氣變得和善溫柔，「幸司，到廚房幫媽的忙。」轉到傅永傑，立刻又恢復嚴厲語氣，「你！趕快把東西整理好，拖拖拉拉，今天沒整理完不准睡覺。」

李晴芳說完，拉起葉幸司的手，把他帶離房間。

葉幸司用眼神示意著傅永傑，催促他趕快整理。

留下的傅永傑，一臉憤怒，認命地整理行李。

＊＊＊＊

在熱烈的鼓掌聲中，蕭立呈回歸營業部，同事們都十分欣喜迎接蕭經理回到工作崗位，Zoe還將大家準備的鮮花獻給蕭立呈，俊偉更是激動地一把抱住立呈。

「經理，我好想你。」

蕭立呈嫌棄地推開俊偉，「鬆開鬆開，我現在可是有男朋友的人，不能隨隨便便被其他男人抱的。」

「蕭經理，我們都相信你絕對不會拿公司的錢。」Zoe在一旁說著。

蕭立呈卻反駁了這句，「錯！我怎麼可能不拿公司的錢。」

此話一出，眾人都愣住了。

蕭立呈繼續說：「我這麼努力為公司賣命，公司當然要給我薪水還有獎金啊！」說完，大家瞬間笑出聲音。

藤沐仁則是一臉無奈看著這種時候還開玩笑的蕭立呈，不過心底仍為立呈的回歸感到開心。

「好了好了！我回來是應該的，不要懈怠下來，趕快多談幾筆大case，荷包賺飽飽才是正途，gogogo！」蕭立呈一聲令下，業務部同事們都回到自己的工作位置，充滿幹勁地工作起來。

蕭立呈則樂得拉著藤沐仁，走往一間會議室，把門關上後，對沐仁笑得很開懷，期待會得到沐仁的稱讚，「看你寶貝這麼受歡迎，是不是與有榮焉啊！」

藤沐仁掩不住笑意，沒有什麼比蕭立呈證明清白，回到工作崗位來得開心了。

「這一次多虧博翔幫了很多忙，你要好好報答人家。」

「早就安排好了。」

蕭立呈拿出一張精緻的喜帖，是孫博翔和盧志剛的婚宴邀請卡。

「這是美芳設計的，婚禮會場的布置由小葉動用設計部門幫忙設計，婚禮當天攝影部和外燴餐飲部也都針對流程正在調配和規劃。」

「打幾折？」

「對折。」

藤沐仁很驚訝，「公司願意給這麼高的折扣？」

「當然不可能，親朋好友只有八折，多的那三折，我出。」

蕭立呈說完，立刻裝可憐地摟著藤沐仁，「藤藤，我之前把這麼多客戶推掉，你知道我少賺了很多，但是沒關係，我有你就夠了。」

藤沐仁拿他沒辦法，看著賣弄可憐的蕭立呈，兩人凝視著彼此，緩緩地靠近，甜蜜地親吻。

＊＊＊＊

葉幸司下班後，就到了相約的地點等著傅永傑。時間似乎算得剛好，傅永傑一見到葉幸司已經到了，立刻小跑步地來到他面前。

兩人手牽手地走在住宅區，葉幸司問著傅永傑：「你想好晚餐要煮什麼了嗎？」

傅永傑自信滿滿地看著葉幸司，「你放心，看我表現！」

但葉幸司就過去的經驗來說，傅永傑似乎沒有下廚過，他也沒吃過傅永傑的料理，不免有些擔憂而調侃著永傑，「我看我還是先買胃藥好了，爸媽年紀都大了。」

「欸，幹麼這樣！要對我有信心啊！」傅永傑握緊葉幸司的手，這就要說起昨晚的事了。傅永傑突然在家人面前宣布，說今晚將由他來掌廚。

李晴芳對此感到十分驚喜，因為傅永傑曾經對「家」的感情很淡薄，現在卻說要煮晚餐給全家人吃。

葉幸司也看得出來，傅永傑正用自己的方式感謝爸媽的成全，甚至想拉近家人間的關係，他便提議，下班後想與傅永傑一起去超市買菜。

雖然葉幸司自己也不擅長做菜，但至少，他還是有挑菜的經驗。

返家後，葉幸司原本想進廚房幫忙，卻被傅永傑拒絕。永傑認為自己已經精通了料理書上寫的步驟，可以掌控這一切。

葉幸司就端了盤水果到客廳，看著待在沙發上等待的父母，「爸媽你們肚子餓了，先吃水果，很快就好，你們再等一下。」

爸媽笑了一下，畢竟傅永傑一人掌廚，已經足足過了兩小時之久。

就聽傅永傑在廚房抱怨著：「這牛肉怎麼還這麼硬！」

李晴芳瞪著廚房方向，早知道就別心軟把廚房的位置讓給傅永傑了！

「爸比，我看還是我去煮好了，不然我們晚餐都要等成宵夜了。」

葉智輝搖搖頭，「媽咪，妳給永傑用嘛！難得他有孝心，要煮東西給我們吃。」

葉幸司主動按摩母親的肩膀，「媽，妳平常太辛苦了，今天就當太后吧！」

李晴芳就忍下來，吃著葉幸司端來的水果，「幸司在家，我們就可以享福了。」

她才剛說完沒多久，傅永傑就生氣地大喊著：「媽，鹽巴咧！妳幹麼亂放害我找不到！」

「好好好，我去找。」李晴芳正要起身，就被葉智輝勸著留下，說他要去。

葉智輝走進廚房，看著傅永傑目前正在煎雞排，就叮嚀著他：「皮要煎得焦才會香。」

又示範給傅永傑看，怎麼把洋蔥切丁。

父子兩人就在廚房裡一個示範，一個演練，藉由做菜，聯繫起父子的感情。

有葉智輝的幫忙，餐桌很快就擺滿了美味佳餚，李晴芳驚豔地看著這些料理。

「哇～～爸比這些都是你做的啊！」

「嗯。」

葉幸司小時候就常常吃到父親煮的菜，到現在印象還很深刻，「其實爸爸很會煮菜，以前我上學的時候，如果是爸煮的便當大家都搶著吃。」

傅永傑語重心長地說著：「早說嘛！這樣就不用每天吃媽煮的。」說完，李晴芳立刻揍了他一拳。

「你還敢說喔，你日記裡不是說學做菜。」葉幸司原先還感動著傅永傑有記住他不太會做菜的這件事，沒想到最後還是爸爸出手，他們才有晚餐可以吃。

「我會啊，你再給我一點時間。」

葉智輝開心地替全家人倒酒，並與李晴芳一起舉起酒杯，對葉幸司和傅永傑說著：「來，我跟媽咪敬你們兩個，祝你們永遠幸福，也敬我們一家人，祝我們永遠幸福。」

四人的酒杯撞在一起，葉幸司也對他說：「爸，謝謝你。」

葉智輝和葉幸司再一次乾杯。

葉幸司便握著傅永傑的手，此時，葉智輝也習慣了他們的十指交扣，便主動對大家說：「來，開動！」

「開動開動！」李晴芳夾了一口雞肉，立刻驚豔地稱讚葉智輝：「嗯，好好吃喔～～」

「永傑有參與這道菜喔！」葉智輝大力推薦著這道，葉幸司便也吃了一口。

「好吃耶！」

聽到葉幸司這麼稱讚這道菜，傅永傑就得意了起來，「當然，我做的耶！」

此刻，和樂融融的氣氛正籠罩著整個葉家。

＊＊＊＊

婚顧公司這次要籌辦一場大型婚宴，為了這場重要的案件，業務部的蕭經理、藤經理與設計部門的總監葉幸司正聚在會議室討論整體規劃。

看著手中的資料，蕭立呈由衷感嘆地說著：「這次是我們業一業二共同籌辦的婚禮，我好期待。」

藤沐仁很認同他的想法，「公司對這場婚禮很看重，畢竟現在是多元社會，也是未來的趨勢。」

「藤藤，你是不是想來一場浪漫的婚禮，我馬上跟公司申請。」

蕭立呈說完，馬上用腳蹬了地板一腳，辦公椅順勢滑到電腦前，真的打算去向公司申請案件。

葉幸司見狀，莞爾一笑，藤沐仁趕緊出手阻止蕭立呈。

「是誰說自己破產的？」

「哎唷，我不是還有你嗎？我出力，你出錢～～包準辦一場世紀婚禮！」

藤沐仁無語地看著想到什麼就做什麼的蕭立呈。

「現在在討論博翔跟志剛的婚禮，扯我們幹什麼！」

即便藤沐仁說完，就得到蕭立呈一臉委屈的模樣，但他還是想拉葉幸司來念一下蕭立呈，便看向一直在旁邊默默不語的葉幸司，「小葉……」

此時的葉幸司正看著手機微笑，藤沐仁與蕭立呈對此相視一笑，蕭立呈就拿出他的法寶「尖叫雞」對著葉幸司叫了一下，葉幸司立刻回神，嚴肅地回覆他們：「抱歉，剛回客戶訊息。」

蕭立呈一看到葉幸司的表情就知道他在跟誰傳訊了，「客戶？那個小鬼什麼時候變成我們的客戶。」

「看來小葉和永傑說不定會成為我們公司承辦的第二對同婚婚禮。」藤沐仁和蕭立呈一樣，忍不住想調侃一下洋溢幸福氛圍的幸司。

「哎唷，你們在胡說什麼，永傑還小，要也要等他畢業。」

蕭立呈二話不說，「等啊！你呢？」

藤沐仁也不加思索表示，「當然等啊，如果是你的話免費幫你們做。」

葉幸司決定暫時把手機收好，專心投入在這場婚宴的討論上，便對兩位友人說著，「好了，不要鬧了。你看我們設計部對場地的規劃，有些是室內有些戶外，你們要哪一種……」

＊＊＊＊

晚間，傅永傑收到葉幸司的訊息，說今晚要留在公司加班，他想，幸司應該忙到連晚餐都沒吃吧？便主動買了點宵夜，到婚顧公司替幸司送點吃的。

他漫步走進漆黑的辦公室，此時，裡頭只留會議室的那盞燈，辦公室裡只剩葉幸司一人還留下來加班。

傅永傑悄悄推開會議室的門，就見葉幸司趴在文件堆中睡著了。他脫下外套，想幫葉幸司罩件衣服，才剛走近，葉幸司就突然挺起上身，拉著他，把他抱在懷中。

「我吵醒你了？」傅永傑說著。

「我根本沒睡，你怎麼來了？」

「看你這麼辛苦又加班，幫你送宵夜。」

「如果我沒有加班，你哪有機會從家裡出來。」

葉幸司說完，便主動吻向傅永傑。因為葉幸司知道，這麼晚已經不會有職員再回來公司，他便起身拉著傅永傑到會議室裡的雙人座沙發上，一邊吻著，一邊誘導傅永傑，讓他也幫忙脫去自己的衣物。

在家裡什麼也不能做，彼此的忍耐都到了極點。

被葉幸司主動誘惑，傅永傑立刻把他壓在椅墊上，用力地吻著他。用那炙熱的舌尖探入他的嘴中，舌肉激烈翻攪了幾回，舌尖滑過他的口腔上顎，慢慢地退出，並輕嚙了一口他的下脣。

之前爸媽在家的時候，兩人也偷偷接吻過，但從沒像這樣放縱地深吻。

葉幸司凝視著傅永傑，他年長永傑八歲，也比永傑有經驗。他摸向傅永傑被激起慾火而發燙的臉頰，慢慢地順著下眼皮，摸向眼尾，誘導著傅永傑。

「摸我……」

傅永傑順著葉幸司的要求，開始摸索著葉幸司的身體。從鼻尖、嘴脣、臉龐一路摸向喉結、鎖骨……看著葉幸司褪去衣物的上身，他情不自禁地彎身啃咬著葉幸司的身體，吻著那凸起的喉結，指腹搓揉那因酥麻而挺立的紅肉，從胸口慢慢往下吻至腹肌，並舔著葉幸司的肚臍。

因為很癢，葉幸司發出了笑聲，但傅永傑沒停下動作，繼續吻向他的下腹部，解開那礙事的皮帶，要葉幸司稍微抬起腰桿，替幸司脫去西裝褲。

他將一個一個的吻落在藏著性器的底褲上，同時手指從底褲側邊探入，撫摸搓揉著葉幸司的囊袋，並滑過陰莖根部，慢慢地往上撫摸至前頭。

葉幸司從發出笑聲轉變為在鼻間發出舒服的悶聲。

葉幸司早已事先準備好保險套和潤滑液。他拿出潤滑液，牽著傅永傑的手，將潤滑液倒在傅永傑的手上，讓那隻手探入他臀間的密穴。

傅永傑便試著用手指繞著溫熱的內壁，並稍微勾起手指指節，磨蹭著接近穴口的那個位置。

葉幸司立刻舒服地扭動身體，吐出甜美的呻吟。那埋藏在底褲下的性器因為傅永傑的手指來回進出後穴，變得越來越腫脹，底褲都已經被那根性器頂凸了。

「啊啊……就是那裡，再多一點……哈啊……」

傅永傑想聽葉幸司更多的喘息聲，便加入第三隻手指，加快摩擦著幸司的前列腺。為了讓自己獲得更多的快感，幸司就主動擼動自己的分身，配合傅永傑對他前列腺的撫摸。

不久後，葉幸司就前列腺高潮了，前頭擠出了一些前列腺液，把內褲都給弄溼了。

傅永傑用手指觸著溼了一塊的底褲，脫去葉幸司的內褲，並掏出那變硬的分身，想頂入那溫熱的甬道，卻被葉幸司阻止了。

傅永傑不明白葉幸司為何要把他推開，但接著，葉幸司就跪坐在他的面前，張嘴含住了他硬挺的性器。

此時的葉幸司正用雙脣箍緊傅永傑的莖身，溼濡的舌肉還在裡頭舔拭那舒服的前端與凹槽。

坐在沙發上的傅永傑伸手摸著埋在他腿間吞吐的葉幸司。「舒服嗎？」葉幸司抬起頭，刻意伸出舌頭，讓傅永傑看清楚他從根部舔至前端的模樣。傅永傑點了點頭。

「想要更舒服嗎？」

「嗯。」

葉幸司挪離了身體，礙於室內只有雙人座沙發，他便爬上沙發，跨坐在傅永傑的身上，緩緩地坐了下來，讓傅永傑昂首的肉棒擠進他那溫熱的甬道。

硬挺的前端緩緩擠進穴口時，葉幸司皺了一下眉頭，直到整根性器都埋進他的體內後，他彎身摟著傅永傑。

傅永傑也伸手緊緊環住了葉幸司，兩情相悅後，他們終於結合了。他吻著幸司那溫熱的胸膛、頸肩，然後凝視著挪離一些距離的幸司，不一會兒，雙唇又交疊在一起，深吻了一遍又一遍。

等到甬道適應了之後，葉幸司開始緩緩扭動身體，找尋自己最舒服的位置，當性器頂到那位置時，幸司就微張著嘴，吐出一口舒爽的氣息，貪戀更多快感的他便開始扭腰擺臀了起來。

傅永傑不知在腦內幻想了多少次，葉幸司騎在他身上，主動擺動身體，用那火燙的後穴吞吐他那根硬挺的肉棒，那些想像中的葉幸司都沒有比真人來得煽情誘人。

傅永傑嚥下唾液，葉幸司不僅擺動身體讓那根性器抽插甬道，甚至自己握住了在雙腿間晃動的性器，配合擺動的頻率套弄分身。

被這些情色畫面刺激的傅永傑，已經無法忍耐只讓葉幸司一個人動了。他在性器還插入的狀況，抱起幸司，並順勢把幸司壓倒在椅墊上，提起腰桿，讓那即將要爆發的性器往幸司的體內推送。

他不斷地吻著葉幸司，侵入葉幸司的嘴，同時也侵入那沾上潤滑液而溼黏的窄道。

「哈啊、啊……永傑……嗯……」葉幸司似乎被撞得頭暈，喘著淺短的氣息，而傅永傑則握住了他的性器，在撞入的同時，替他擼動莖身。

「啊啊……哈啊……」

此時不只是葉幸司，就連傅永傑也發出舒爽的低吟。臀肉碰撞的聲音、因快速抽插潤滑液所製造的水聲以及兩人的喘息都越來越快也越來越放肆，貪求著彼此都能獲得最大的快感，已經到達最高點了，當傅永傑緊抓著葉幸司的手，葉幸司感覺到傅永傑在他甬道裡射出了精液，陰莖陣陣的抽動，他也跟著宣洩了慾望。

直到全都射了出來，彼此凝視了好一會兒，傅永傑才緩緩鬆開手指，盯著葉幸司那對迷濛的雙眼。

「舒服嗎？」這次換傅永傑問著葉幸司。

「嗯。」葉幸司點頭，自己都射精了，怎麼可能會不舒服呢。

傅永傑雖然還想埋在葉幸司的裡頭，但想到還戴著保險套，他便抽出性器，趕緊把那東西打結。

「很乖，今後都要戴套，知道嗎？」葉幸司又想摸他的頭，但這回，沒有即時制止自己，已經摸上去了。

被摸著頭的傅永傑眼眶逐漸變紅，葉幸司不知道這個行為竟然會讓傅永傑哭出來，他趕緊抽手，要說抱歉的時候，永傑開了口。

「第一次是我灌醉了你，才得到你的身體。」那一次，傅永傑用強迫的手段得到葉幸司，當時的幸司肯定承受了宛如世界末日的情緒，只要一想到幸司那時的心情，永傑便深覺愧疚，哽咽地繼續說著：「這次，我終於和你兩情相悅。我等這一天等好久了……真的……好幸福。」

傅永傑或許是不想讓葉幸司看見他感動到落淚的樣子，上前摟住幸司，窩在幸司的頸肩處。

「我也很幸福。」葉幸司也緊緊抱著傅永傑，把自己的心情毫無保留地說了出來。熱流就快從傅永傑的眼眶滿出來，他一面忍耐地哽咽著，一面吻著葉幸司的側頸。

葉幸司在他的耳邊說著：「無論現在或是未來，我都會陪在你身邊，不會讓你一個人為了我而煩惱，為了我做出一切的付出，從今以後，我們都一起面對。」說完，幸司就上前吻著永傑的額邊。不論什麼時候，這宛如魔法的呼呼都具有效力，永傑立刻笑了出來。

「好。休息一下，可以再一次嗎？」

葉幸司看著比自己年輕、精力旺盛的戀人，實在是無法抗拒傅永傑的邀約呢。

兩人相視一笑，往前緊緊的相擁著。

＊＊＊＊＊

睡前，藤沐仁洗完澡從浴室走出來，正拿毛巾擦著頭髮，就見蕭立呈拿把吉他坐在住處的娛樂室。

蕭立呈開始彈起自己創作的曲子，撥著優美的旋律，對他深情演唱。

藤沐仁愣愣地望著蕭立呈，因為此刻的立呈和平時的形象大相逕庭，讓他有些受寵若驚。

演唱完畢，藤沐仁給了蕭立呈掌聲，「這就是你給我的驚喜？」

「怎樣？是不是很有魅力？被我電到了？」

藤沐仁立刻點頭，「你偷練了很久吧！」

蕭立呈把吉他放到一旁，霸氣地伸手一抓，把藤沐仁往自己懷裡摟著。

「為了你，多久都值得。這是我寫給你獨一無二的曲子。」

藤沐仁對這獨一無二的禮物十分感動，主動吻向蕭立呈。兩人擁吻了好一陣子，蕭立呈被挑起慾望，正要將藤沐仁推倒，藤沐仁卻掙扎著起身。

「今晚不行，明天還要參加婚禮……」

藤沐仁一陣害臊，快步往自己房間走去。打開房門一看，錯愕地站在房間門口。此時，他房裡的枕頭、床單、被套都不見了，只剩下光禿禿的床墊。

「我的床組……」

「在我房間裡啊！」蕭立呈走到藤沐仁身後，環抱著他，「藤藤，你不覺得我們應該睡在一起了嗎？」

「可是你的床那麼小，我們一起睡很擠。」

「我們可以抱緊緊，或者疊在一起睡呀！」

蕭立呈又準備吻上藤沐仁，沐仁立刻推開他，皺眉跑進立呈的房間，然後關門，上鎖。

蕭立呈驚訝地趕緊到房門前拍門求饒。

「藤藤，把門打開，讓我進去。」

藤沐仁在裡頭說著：「今天你睡我房間。」

「不要開玩笑了，你房間的被子全被我拿到我房間，晚上這麼冷，沒被子蓋我會著涼。」

「讓你冷一下也好，把火滅掉。」

蕭立呈繼續敲著門，「藤藤，哪有挑起人家的火後就不管的，你開門啊！」

「開門就沒辦法滅火了！」

蕭立呈趕緊說：「滅了滅了，現在一點火苗都沒了，你快把門打開。」

「你還是睡我房間吧！怕冷可以多穿幾件我的大衣，晚安！」

「沒有你我睡不著啊！藤藤～」

藤沐仁就真的打開門，蕭立呈以為有機可乘，卻從裡頭扔出了一個玉蜀黍的抱枕。他寂寞地啃著那顆枕頭，默默走去藤沐仁的房間。

＊＊＊＊＊

隔日，綠油油的草皮上，有Muse婚顧公司精心籌劃的戶外婚宴，而歐式的花園會館中，正舉辦著孫博翔與盧志剛的婚禮。

此時，兩人在證婚人與賓客的見證下，說出誓言。

「我，孫博翔願意把我的愛、我的心，我所有的一切交給盧志剛，與你在愛中共同成長。從今以後，你快樂的時候，我陪你快樂，當你憂傷的時候，我陪你憂傷，謝謝那一天，讓我遇見了你，我們這一輩子永不分離，我愛你。」

盧志剛聽著孫博翔的誓言，難掩感動而哽咽地說出：「還記得第一次在健身房的相遇，你的一舉一動都吸引著我，偶然的相識，故作鎮定的我，只能裝酷的給你一個微笑，但那一刻，只有彼此知道，我和你已經成為了我們，謝謝你當年鼓起勇氣向我告白。雖然我一次又一次地將你推開，但你不顧一切，把我拉進你的世界裡，謝謝你教會了我再一次快樂，謝謝你教會我勇敢的接納自己，謝謝你教會我重新擁抱愛情。We are the one, let's build a home together, I love you.」

兩人說完相視一笑，互相為彼此套上婚戒，會場頓時洋溢幸福的氛圍。

證婚人在眾人面前宣示，「在這裡，我鄭重宣布，孫博翔先生、盧志剛先生正式結為合法夫夫，在場的所有賓客與我一起見證他們在未來的歲月中能夠互幫互助、白頭偕老、地久天長。」

證婚人說完，孫博翔與盧志剛便在眾人的熱烈鼓掌聲中相吻，禮炮同時響起。

兩人散發出的幸福氛圍，渲染了在場的所有賓客，站在後方的藤沐仁看著有些感動：「雖然認識他們不久，但好為他們開心，這樣的愛情真讓人感動。」

「這也是做我們這一行幸福的地方，可以見證到各種愛情開花結果的模樣。」蕭立呈說完，藤沐仁便揚起笑容。

口哨聲、歡呼聲絡繹不絕。在賓客群中的劉美芳滿是歡喜地看著兩位新人。葉幸司也被這股幸福的氛圍感染，一旁的傅永傑看出了他的感動，牽起他的手，握得緊緊的。

「我會給你一場最美好的婚禮。」傅永傑對葉幸司許下承諾。

葉幸司感動地笑著，「你相信婚宴的誓言嗎？」

「不信。」

傅永傑的話讓葉幸司一愣。

「無論愛情還是婚姻，存在的意義不是它們本身，而是擁有它們的人。我不相信愛情，也不相信婚姻，可因為是你，我什麼都願意相信。」

傅永傑說完，吻著葉幸司的手。

架設在戶外的婚宴桌上有各式的西點蛋糕，前來參加婚宴的夏恩、夏得與高群圍在孫博翔與盧志剛身邊祝賀，因為項豪廷人在國外無法前來，他們打算拍幾張照片和影片傳給他。

眼看公司籌辦的婚宴圓滿落幕，蕭立呈就牽著藤沐仁的手散步在花園廣場上。

「結束後跟我去一個地方。」蕭立呈說。

「去哪？」

「我們的未來。」

蕭立呈給了藤沐仁神祕的笑容。

＊＊＊＊＊

婚宴結束，蕭立呈就帶著藤沐仁來到位於市區的某棟新大樓。

蕭立呈牽著藤沐仁的手，走進兩人往後的住所，見到藤沐仁十分驚喜地看著房內，蕭立呈心裡正得意著，「這裡交通便利，生活機能好，採光舒服，空間也很充足。」

「這就是我們的未來？」藤沐仁邊問邊看著屋況。

「是啊！幸司搬走了，我想可以找一個屬於我們的地方正式同居。再說，你不是一直很想在三十歲以前買房子，所以我就買了。」

原本正在看房屋格局的藤沐仁一聽到蕭立呈的話，表情有些僵住。

「買了？不是租的？」

蕭立呈理所當然地點點頭。

「當然是買的，我們的未來怎麼可以用租的！」

蕭立呈語帶幸福對藤沐仁細語著：「這房子是我再三比較之後選的，喜歡嗎？」

藤沐仁見蕭立呈忐忑不安又期待聽到答案的模樣，馬上心軟，「喜歡。」

蕭立呈頓時鬆了口氣，「喜歡就好，我緊張死了。如果你說不喜歡，我都不知道該怎麼辦。之前我說變窮不是亂說的，為了這房子我把所有的積蓄 show hand。」
藤沐仁一聽，笑容全僵了。
藤沐仁不想破壞蕭立呈的心情，他緩緩吸了一口氣，克制自己不要動怒，保持微笑地再問：「我可以問貸款多少嗎？」
「放心，我算過了，我們的能力絕對付得起。」
「到底是多少!?」
「二千五百萬。」
藤沐仁瞬間傻住了，「二千五百萬？」
蕭立呈點點頭，「貸款三十年的話，一個月差不多付十萬出頭……」
「背二千五百萬貸款三十年，蕭立呈，你是腦袋進水還是根本沒東西。」
「藤藤，這是我們愛的結晶啊！我們未來會賺更多錢的！」說完，蕭立呈就給了藤沐仁一個溫柔的吻。這吻軟化了藤沐仁的情緒，想想反正早買晚買都會買房子，就對蕭立呈點點頭。
「好啦，謝謝你，我們一起努力。」
藤沐仁的這句話，宛如愛神丘比特的箭，蕭立呈像被射到了一樣，跟在藤沐仁身邊，宣示著：「那我們再買一間！」

番外篇一

連日寒流來襲，原以為今天也是個低溫到讓人想待在被窩裡賴床的日子，外頭卻出了大太陽。

罕見的晴朗天氣讓蕭立呈抱著愉悅的心情，起了個大早，為兩人烹煮早餐。

因為今天是他與藤沐仁交往滿一週年的紀念日。

好天氣加上重要的紀念日，蕭立呈心情特別好，熟練地甩著鍋，讓食材完美地翻了半圈。

要說自己有哪裡改變，大概是廚藝大幅進步吧。

藤沐仁對食物的要求十分講究，要討藤沐仁歡心，就得在料理下點功夫，他甚至私下拜託王姊教他做家常菜，還向朋友討教了廚藝。

想起某次藤沐仁吃了他特製的青醬海鮮螺旋麵，一臉喜悅把它吃光的模樣，蕭立呈便幸福地嘴角上揚，同時把荷包蛋、法式吐司和燻鮭魚沙拉盛好盤端上桌。

藤沐仁似乎是被廚房的聲音和早餐的香味給喚醒，此時，他打開房門，盯著餐廳方向。

「藤藤你醒啦，一週年紀念日快樂！～你開不開心啊！」

藤沐仁看向穿著圍裙的蕭立呈，才剛睡醒，腦袋有點混沌，想了一下，他才點頭說著：「嗯，開心！」

蕭立呈跑到藤沐仁面前，抱緊沐仁，「今晚我們來大肆慶祝！我已經準備好要請全～公司同仁喝咖啡，讓全公司的人都為我們祝賀。你覺得我要不要多買個蛋糕還是乾脆包下餐廳，午餐來慶祝一番。」

「……不要忘了房貸在你背後。」

「厚～不是說好我們要一起努力還嘛！不是我，是我們～」蕭立呈邊說，邊點了一下藤沐仁的鼻尖。

蕭立呈這一說，惹來藤沐仁的瞪眼，他趕緊改口：「好、好！別生氣，這個月我努力談多點 Case，沒問題啦！一切都包在我身上。」

「我也想請業二吃午餐慰勞大家的辛勞，就一起請吧。」

「藤藤～愛你！那你趕快去刷牙洗臉，早餐已經煮好了。」

藤沐仁點點頭，就走進浴室。

看著浴鏡中的自己，不自覺地勾起了笑容。他又趕緊拍拍臉頰，恢復平常的高冷模樣。

沒想到和蕭立呈交往已經滿一年了，時間過好快啊！

＊＊＊＊＊

這天上班日，蕭立呈與藤沐仁和平常一樣各忙各的業務，午餐時間與全公司同事們一起去義式餐廳吃飯，因為餐廳剛好都是四人座，他們就與葉幸司、傅永傑同桌。

「記得我是請公司同事吃飯，什麼時候小鬼你也變成我們公司職員？」

蕭立呈看著自動入座的傅永傑，他不說還好，一說，傅永傑就瞪向他。

「今天我本來就跟幸司約吃飯，是你臨時請客！」害他都不能享受與幸司的兩人世界。

「欸，吃免錢的你還嫌啊！」

「只是一週年而已，又不是結婚，請什麼客。」傅永傑說完，再向隔壁的藤沐仁說：「他這樣亂請客亂花錢，遲早會把你的錢敗光。」

「呸呸呸！小孩子別亂說話。我們一起背房貸都背了快一年了，收入支出運作得很好。而且我跟藤藤的愛，不是用金錢就可以買到的東西！」說到這裡，蕭立呈就特別驕傲，因為今天是好日子，他就不計較傅永傑的這些話，甚至替大家倒了檸檬水。

點完餐，藤沐仁看著服務生端來的餐點，突然抬起頭，對座的蕭立呈立刻意識到他要什麼，舉手喚了服務生，「請給我起司粉。」

藤沐仁吃到一半，抬起頭，蕭立呈趕緊幫他倒滿水，心想沐仁這次改點奶油培根麵果然很容易膩吧。

然後吃到最後，藤沐仁又抬起頭，蕭立呈立刻抽了一張餐巾紙，遞給他。

傅永傑看著這一切，突然哼笑了一聲。

「忠犬與主人。」說完，對座的葉幸司就伸手輕拍了他一下，用眼神示意要他別亂說。但聽在蕭立呈耳裡，他卻十分開心這個說法，對藤沐仁拍拍胸膛。

「對吧，我又忠心又護短，還是藤藤的貼身保鏢，以後就叫我忠犬蕭立呈！嗷嗚——汪！」

藤沐仁無奈地看著被傅永傑調侃還不自覺的蕭立呈，想起自己曾經被立呈咬過，還說過要在陽臺放個狗窩給立呈住，想像了畫面，他又噗哧笑了出來。的確有點像二哈……

「哎唷？我們家藤藤笑了，是想到什麼啊～」蕭立呈伸手捏了捏藤沐仁的臉頰，甚至亂揉了一下。

「快吃啦，你一直顧我，都沒什麼吃。」藤沐仁難為情地拍開立呈的手，眼角餘光發現隔壁桌的劉美芳與王姊正瞄著他們，麵都沒怎麼吃，臉上卻掛著滿足的笑容。他便咳了一聲，轉向一直埋頭吃麵的葉幸司，想轉移話題來掩飾自己的害臊。

「幸司，那道好吃嗎？」藤沐仁點餐時，其實也猶豫要點幸司的那盤，但最後還是禁不住奶油的誘惑。

葉幸司就順手捲了一圈麵，用湯匙接著，直接遞到沐仁面前，「要吃吃看嗎？」

「好啊。」

傅永傑深吸了口氣，目睹葉幸司用吃過的湯匙餵食藤沐仁，他立刻轉頭，用凶惡的目光瞪著藤沐仁。

但藤沐仁專注在咀嚼口中的青醬雞肉義大利麵，沒有注意到傅永傑的情緒轉變，「果然還是青醬好吃。」

蕭立呈皺著眉頭，拍拍葉幸司，吵著說：「我也要！小葉餵我！」

葉幸司拿蕭立呈沒辦法，也捲了一圈麵，餵食立呈。

傅永傑瞪著正在咀嚼麵條的蕭立呈，上前要求幸司，「你也餵我，我想吃！」

葉幸司看著傅永傑的那盤麵都還沒動，「你的還剩這麼多，先吃完，如果還很餓我再餵你。」

「我想吃青醬口味。」

「還是我跟你交換？」

「我要吃你餵的。」

傅永傑想起葉幸司教過他，要求時要撒嬌，就伸手握住幸司，語氣放軟地說：「餵我吃嘛。」

傅永傑用了不同以往的語氣和眼神要求。蕭立呈與藤沐仁都驚住了，但表面上仍冷靜地吃著自己的麵。

「好啦，這個先給你吃。」葉幸司叉了一塊雞肉，傅永傑就張開嘴，滿足地吃著雞肉。好不好吃不是重點，重要的是幸司的餵食。

葉幸司拿著紙巾，伸手擦掉永傑嘴角的青醬，兩人互相凝視之後，都勾起了微笑。

劉美芳突然趴在桌上，忍著不激動不尖叫忍到就快內傷了，就算麵都沒吃，用眼睛看都看飽了。

心想，在這裡上班真的好幸福啊～

＊＊＊＊＊

下班回家，蕭立呈握著藤沐仁的手，帶他來到餐桌前，要他先等著，自己便走到廚房料理兩人的晚餐。

交往滿一週年的今天，蕭立呈特地為藤沐仁下廚，做了沐仁喜歡的牛排。

「你怎麼會挑牛排，我對牛排很講究。」藤沐仁聞著飄逸出來的香氣，忙碌了一整天，肚子都餓了。

「為了藤藤，我可是向大師討教過，以後藤藤要吃牛排的時候，不用去外面吃，交給我就行了！」蕭立呈拍胸膛保證。

「難怪你每週二晚上都會消失一段時間。」

「剛好有認識的朋友是餐館廚師，跟他偷學了一下，怎麼樣，還可以嗎？」

藤沐仁切了一塊吃，咀嚼了一會兒，點點頭，「好吃耶。」

蕭立呈如釋重負地鬆了口氣，「太好了，我還擔心不好吃怎麼辦。」他也入座，跟著藤沐仁享用晚餐。

蕭立呈用心地數著他們在一起的時間，這讓藤沐仁既開心又覺得不好意思。細想每一次去超市買菜的時候，蕭立呈總是依照他的喜好挑選；新房子的室內裝潢、牆壁顏色、家具風格也都按照他的喜好採購；連看電影，都挑他喜歡的鬼片看。這麼一想，他們相處時有很多時候都是蕭立呈在讓步。

「吃不下嗎？」蕭立呈大口吃著自己煮的牛排，確認一下味道。

「不是，我覺得很不好意思，每次的慶祝都是你在準備。」

「有什麼關係，誰來準備都一樣啦！而且我喜歡看你驚喜的樣子啊！只要你喜歡的，我什麼都願意做。」

藤沐仁想了想，突然認真看向蕭立呈，「你說的是真的嗎？」

「當然，只要藤藤喜歡，我使命必達！」

藤沐仁擦了擦嘴角，其實這件事埋藏在他心底有一段時間了，看今天也差不多滿一年多了。

藤沐仁面色凝重，蕭立呈吞了口水，洗耳恭聽著沐仁的要求。

＊＊＊＊

於是結束晚餐，蕭立呈就被藤沐仁帶進主臥的廁所。

「我很在意那天你究竟看到我什麼樣，所以……你可以重演一遍嗎？」藤沐仁站在浴鏡前，盯著正在解開鈕釦的蕭立呈。

「就是在我面前把衣服全脫光。」蕭立呈很常與藤沐仁袒裎相見，脫光對他來說不是難事，況且他的身材這麼棒，更希望藤沐仁能時常看著他的裸身。

「那接下來呢？」

「就……你覺得很熱很難受，我替你在浴缸裝水，你就按捺不住地打手槍。」

「嗯。」藤沐仁不安地咬著手指，盯向蕭立呈。

「我知道了，想看我打手槍？藤藤你就睜大雙眼看我是怎麼高潮的吧。」

蕭立呈想著洗澡時偶爾會做的事，就握著此時還垂落在腿間的性器，壓了壓前端，開始擼動自己的分身。

剛開始，蕭立呈正沉浸在自己的手感與力道中，當他開始有感覺的時候，眼角餘光看見了藤沐仁正緊盯著他不放，在喜愛的人注視下打手槍，那快感遠遠超過一個人的時候。

蕭立呈就與藤沐仁相視著，手不停地擼動著那硬挺的陰莖，他舔了舔因喘息而乾澀的唇瓣，繼續盯著藤沐仁看。

此時，藤沐仁覺得自己就像被緊盯住的獵物，連咬著手指的動作都停下了。一動也不動地看著蕭立呈那沉浸在快感中的眼神，與被套弄到冒筋的性器，他忍不住吞了口水，就見立呈的身體突然顫抖了一下，性器前端就射出了熱液。

藤沐仁目睹了蕭立呈自慰的過程，立刻轉過身，看著鏡中面露慌張的自己。那天，他記得自己打手槍打了好幾次，蕭立呈也全程目睹了一切。他現在的情緒，也許就是立呈那時候的感覺。

當藤沐仁想著這些的時候，蕭立呈已經從身後擁住了他，「有性慾了嗎？」藤沐仁感覺到後面正被硬物頂住，蕭立呈的性慾還未消退，明白是自己提出的要求，就應該要承擔接下來會發生的事情。

蕭立呈替他解開腰帶釦環，拿著一旁的潤滑液，在一手緊摟著他的同時，一手擴張著他的後穴。

兩人交往的這一年不知道做了多少次，這裡已經可以很快就適應蕭立呈的兩根手指甚至第三根，藤沐仁從鏡中看著自己因心慌而燙紅的臉頰，以及身後像要把他給吃乾抹淨的蕭立呈。

平常蕭立呈在跟他做愛時，起初也會很衝動，但在中途會收斂些，並小心翼翼觀察他的感受。今天的蕭立呈，不管是緊抱住他胸膛的力道，或是擴張他後穴的速度，都深具侵略性。

蕭立呈似乎已經等不了了，就在整片浴鏡的前面，提起腰桿，用那硬挺的分身插入了藤沐仁的體內。

蕭立呈不給藤沐仁喘息的空檔，開始擺動著腰桿，撞入他的體內。

「啊……好舒服……才進去而已，你的裡面好燙，太誘人了。」

藤沐仁不想在鏡子前露出享受快感的模樣，抿緊嘴角，似乎連呼吸都忍住了，但蕭立呈已經慾火焚身，持續頂刺著他舒服的位置。藤沐仁幾近窒息地趴在檯面，與蕭立呈相連的那一處竄出強烈的快感，實在忍耐不住了，在每次被挺入與抽出的時候，就在手中輕喘低吟。

當他抬頭看著鏡中的自己時，發現蕭立呈也從鏡中看著他。既害臊又興奮的複雜情緒在體內起了化學反應，他不想被蕭立呈繼續看，就轉頭與蕭立呈深吻著。

蕭立呈伸手壓著藤沐仁的後腦勺，讓兩人能更深入彼此的口中，身體也不停止地擺動。激烈的臀肉碰撞聲、嘴中與交合處的水聲迴盪在整間浴室裡。

藤沐仁因目睹了蕭立呈打手槍，早已激起了性慾，他比蕭立呈早一步到達高潮。在藤沐仁全身一陣抽搐，腦袋空白的此時，蕭立呈仍沒有停下抽插，持續頂入那高潮過後變得極其敏感的甬道。

蕭立呈覺得自己的分身像被藤沐仁的內壁吸住一樣，他貪戀這股緊縮的感覺，並想追求更舒爽的快感，他揉著藤沐仁的胸膛，傾下身吸吮著藤沐仁的後頸，並一路吻著背脊。

「沐仁，我好愛你……」

「好愛、好愛你……」

藤沐仁感覺到蕭立呈加快了速度，可能快到高潮了。

因為在蕭立呈抵達高潮前，都會像這樣對他告白。嘴唇再度被立呈侵入，感受到立呈在他嘴中翻攪交疊的同時，也在他體內釋出慾望。

兩人停滯了一段時間，浴室只剩下他們激情過後的喘息。

蕭立呈那深具侵略性的情緒逐漸緩和了下來，很快地，又恢復到以往的蕭立呈。

「藤藤，這次好舒服啊！你也這麼覺得對吧！」藤沐仁從鏡中看著把重量全壓在他身上的蕭立呈，方才的野獸立刻變回大型犬了。

「我想泡澡。」

「我現在立刻去裝浴缸水。」蕭立呈說完，從藤沐仁體內拔出，藤沐仁縮緊了眉心，前端較粗的地方磨蹭到穴口附近，還是令藤沐仁有些難耐。

好險蕭立呈已經轉身去裝水，沒注意到他這細微的表情，不然也許會大戰第二回。

「買這間房子真是對了，藤藤你看，這浴缸可以容納我們兩人。」

藤沐仁不予置評，因為背房貸，他都快不能享受人生了。

等水放好了，藤沐仁就泡進浴缸裡，蕭立呈也跟著進去。

「為什麼會想要我重現你那天的行為啊？」蕭立呈不解地看著仍面頰泛紅的藤沐仁，心想，方才是不是太激烈，而伸手摸了摸沐仁的臉頰。未料沐仁就閉上雙眼，像是陶醉在他的撫摸之下，這讓蕭立呈心頭一揪，立刻上前抱住他。

「我想知道站在旁邊，什麼也不能做的心情。我現在明白了，你當時什麼也沒對我做，表示你的忍耐力很強。」

「對吧，藤藤這麼性感，我卻忍住了，因為這是我對藤藤愛的表現。」

「但理財方面就有待加強。」

蕭立呈收緊手臂，「我會更努力賺錢的，藤藤，今天你屬於我的，好好躺進我懷裡吧。」

因為今天特別，藤沐仁就聽話地躺到他前面，被他抱著洗澡。

＊＊＊＊＊

聞著濃烈的香味，藤沐仁瞬間撐開眼皮，想起今天輪到自己做早餐，他匆匆走出臥室，就見穿著圍裙的蕭立呈已經將做好的早餐端上桌。

「抱歉，應該是輪到我做。」

蕭立呈把餐具擺好，就來到藤沐仁身邊，輕摟著他，「我做和你做還不都一樣，而且昨晚這麼激烈，身體應該吃不消吧！要不要我餵你吃。」

被蕭立呈擁著呵護著的感覺固然很幸福，藤沐仁還是不免想抗議一下，「每次做完你都說我身體吃不消，我也想問你的腰有沒有閃到。」

「怎麼可能，我肌力發達，持久力一流，藤藤你不也體會到了？」

藤沐仁無語地推開蕭立呈，他現在肚子也餓了，要吃早餐。

蕭立呈也趕緊入座，享用自己的那份，邊吃早餐，邊和藤沐仁聊著：「我訂了電影票，去看你期待已久的那部恐怖片。」

「不要每次都依我，看你喜歡的吧！」

「沒關係啦，我想看藤藤做喜歡的事情時的表情。」

「還說呢，你上次看到一半就睡著了。」藤沐仁不敢相信上次兩人去看鬼片，蕭立呈居然勾著他的手睡著了。

「那是因為我想更靠近你一點嘛！所以就靠在肩上睡著了。」

兩人邊吃早餐邊聊著下午的約會行程，「看完電影跟幸司約飛鏢吧。」

「好啊，讓那小鬼吃醋一下。」蕭立呈邊說，邊伸手抹去藤沐仁嘴邊的沙拉醬，將之放進自己嘴裡，然後對沐仁揚嘴一笑。

「我說你啊……真的是……」

「什麼？」

「都不知道害臊為何物。」藤沐仁臉紅地吃著早餐。

今後還有更多幸福的日子正等著他們，一想到這裡，兩人都不自覺地掛上笑容。

番外篇二

傅永傑撐著臉龐，瞪向桌上的四組餐具。

好不容易要和葉幸司兩人一起出遊，途中，幸司卻接到蕭立呈的電話，問幸司要不要和他們一起吃午餐。永傑是不願意啦，但幸司問他的時候滿臉笑容，也不好意思拒絕，就變成四人一起在餐廳用餐。

「我跟藤藤待會要去看鬼片，你們要不要去？」蕭立呈問著葉幸司。

「不去！」回答的人卻是傅永傑，他用力插起德國豬腳切片，放入口中慢慢咀嚼，直視著蕭立呈。

「哎唷？難不成……小鬼不敢看鬼片？怕了？」

蕭立呈對傅永傑挑了挑眉，傅永傑知道蕭立呈想聽到他說「看就看，誰怕誰」。但激將法對永傑根本沒用，他只想趕快結束午餐時間，跟幸司獨享下午和晚餐的約會時光。

「怕……我怕死了……所以幸司，我們可不可以不要去看電影？」傅永傑抓著幸司的手臂。這一年不斷嘗試對幸司撒嬌，多次的演練終於派上用場了，幸司摸摸他的手，「好，我們不要去。」

藤沐仁看著傅永傑收回手後露出的笑容，察覺到永傑正在演戲。

「也不一定要去看電影，我們可以去玩射擊遊戲，像是雷射對戰。」藤沐仁提議完，蕭立呈馬上附和。

「那我鐵定是最後的生還者，我可是人稱神射手蕭立呈！」

「……你自稱。」傅永傑對上了蕭立呈。

「不然我們就來比一場，看誰可以活到最後！」

＊＊＊＊

對傅永傑而言相當珍貴的約會時間，就這樣被蕭立呈和藤沐仁帶去玩射擊遊戲。

傅永傑換上感應背心，拿著雷射槍擋在葉幸司前面，「待會你就走到我後面，我保護你！」

葉幸司就不搶永傑的鋒頭，順著永傑的意思，走在後面。

傅永傑打算速戰速決，把蕭立呈和藤沐仁一網打盡之後，就可以帶著幸司離開遊戲會館。

兩人穿梭在會場中央的迷宮戰場，傅永傑突然感應到了什麼，一個回身，抬起雷射槍射向原本要從後方突襲的藤沐仁。沐仁身上的感應背心瞬間少了一條命，但傅永傑沒想到，當他轉身射擊時，蕭立呈已經出現在他的背後。

「我要替藤藤報仇——」身上燃起復仇火焰的蕭立呈，帥氣地衝了出來，殺掉傅永傑的一條命。

葉幸司看著如此認真射擊的三人，也配合地抬起雷射槍，朝立呈射了一槍，現在除了幸司以外，大家的命都只剩下兩條。

葉幸司看著傅永傑一邊牽著他的手，一邊左顧右看，深怕會有突襲。還好這只是一場遊戲，如果現實必須要讓永傑深陷這種危機的話，他會捨不得。

當傅永傑成功突襲了蕭立呈與藤沐仁之後，場中只剩下他們兩人。

「永傑，你知道嗎，這場遊戲真正的贏家只有一個人喔。」葉幸司對著傅永傑說。

相較於永傑只剩下一條命，葉幸司還有滿滿的三條。幸司將雷射槍對準永傑的感應背心，「你願意讓我殺死你嗎？」

傅永傑二話不說把雷射槍放到地上，張開雙臂，走向葉幸司，抱緊他心愛的幸司，「我願意。」

「你也逃一下吧。」葉幸司被傅永傑這麼一抱，根本沒辦法射擊。

「有啊，我已經逃進你心裡了。」

「你什麼時候變得這麼會撩人。」葉幸司挪離了身體，為了早點結束遊戲，就把永傑的最後一條命殺掉。

不過葉幸司覺得蕭立呈輸得很突然，感覺立呈和沐仁是為了讓永傑在最後敗在他手中，才鋪了前面的路。

「我們的贏家果然是幸司啊！不愧是可以讓永傑服從的溫柔大魔王～」蕭立呈歸還背心和雷射槍的時候，邊和沐仁聊天。

「永傑只會敗在幸司的手中。」藤沐仁跟著附和。

傅永傑用力關起置物櫃門，冷淡地對他們說：「玩也玩夠了，你們應該還有其他行程吧？先說拜拜了。」永傑說完，再溫柔地對著正穿上外套的幸司說：「我們晚點要去飯店吃晚餐，時間也差不多了，走吧。」

葉幸司看了看時間，沒想到都這麼晚了，就先與兩位好友道別。

＊＊＊＊

葉幸司搖著酒杯，紅寶石色的香檳在裡頭晃了晃，倒映著對座正深情凝視他的傅永傑。

兩人喝著酒聊起今後的旅遊計畫，主廚推薦的雙人套餐也陸續上桌。

「其實……我今天在樓上訂了一間房。」當最後一道甜點上桌時，葉幸司把這計畫說了出來。

傅永傑就將經典起司蛋糕切成三份，三口就把甜點解決了。

葉幸司點的紅酒熔岩巧克力蛋糕才剛上桌，永傑就急著吃完甜點。

「等你吃完就走吧。」

葉幸司對如此心急的傅永傑露出笑容。雖然大家都說傅永傑總是面無表情，性格冷血，但在他眼裡，永傑就像小孩一樣，會把心裡的感受完完全全地表達給他知道。

葉幸司也不辜負他的期望，很快就把蛋糕解決。

兩人牽著手，進到葉幸司預定的客房。

「我們到床上做吧。」

葉幸司的要求，傅永傑當然欣然接受。他拿著幸司的包包，快步走向飯店的床邊，把兩人的包包都放到座椅上。

傅永傑就將葉幸司壓倒在床上，迫不及待地脫去上衣，同時也迅速解開葉幸司襯衫上的鈕釦。

葉幸司攤開雙手，傅永傑往前一靠，被他緊擁住。

傅永傑才剛要吻葉幸司，幸司的手機就響起。他趕緊從還未褪去的西裝褲後口袋拿出手機，示意要傅永傑等一下。

「喂？立呈，嗯，你在公司啊？喔，你說的文件放在……找到了嗎？好，沒事，不會打擾，先這樣了。」

傅永傑冷冷地瞪著那支手機，葉幸司一面解釋，一面把手機放到床頭櫃檯面，「立呈和沐仁臨時去公司拿資料，因為資料我昨晚拿去用了，所以……」

「嗯，了解。」傅永傑明白了葉幸司不能不接的理由，再度傾下身，吻向幸司，讓彼此的雙脣緊緊交疊，撫摸著幸司的臉龐，揉著幸司的耳畔，探索著幸司嘴中的每一處，並吸吮著那雙甜美的嘴脣。

就在此時，又響起了手機鈴聲，傅永傑這回施加了身體的重量，不想讓幸司去接電話，但幸司依然用力推開了他。

「抱歉，可能還有公事上的問題要跟我說。」葉幸司趕緊接起放在床頭櫃上的手機。

「立呈嗎？嗯，什麼，你說要提醒永傑戴……」

傅永傑一把搶走他的手機，直接按下關機。瞪著熄掉的螢幕，眼神一瞬間變得冰冷。

「你知道嗎？如果念力可以殺人，我現在就想殺了蕭立呈。」

「你別這樣，立呈是我的好朋友，永傑你也不是這種人。」

「他一定是故意的，也不想想我是他們上床的最佳助攻手……」傅永傑把手機放進抽屜裡，不再讓任何人來礙事。

傅永傑拿出事前準備好的潤滑液和保險套。將液體倒在套上保險套的手指上，探進幸司的雙臀間，並緩慢地揉著那緊閉的密穴。

異物的入侵讓幸司不安地從鼻間發出了悶聲。永傑又抽出手指，再塗上一層潤滑液，再次進入，緩緩地用二指撐開穴口。

這姿勢令幸司感到難為情，他捉著永傑的手，想抵抗，永傑卻繼續揉著內壁，「才剛開始而已。」永傑不想要幸司感到疼痛，忍住體內不斷湧現的慾望，耐著性子替幸司擴張。

有潤滑液當媒介，手指與內壁頻頻發出咕啾咕啾的水聲，傅永傑又是插入，又是輕吻安撫著葉幸司。擴張了一陣子，等到能順利放入第三根手指，永傑抽出埋在幸司體內的手指，此時的幸司眼神迷濛，輕喘著氣，他挪動身子，吻著幸司那火燙的臉頰，並在耳邊呢喃著：「我要進去了。」

傅永傑脫去自己的長褲，掏出那昂揚的性器，往前擠入了葉幸司的體內。

就見葉幸司皺著眉頭，緊抓住被單，弓起上身。傅永傑正緩慢推進幸司的體內，炙熱的硬物撐開了幸司那狹窄的內壁，並往更深處鑿入。推入的同時，永傑牽起幸司原本抓著被單的手，讓那雙手握緊自己的手，並將整根分身都埋進了幸司發燙的體內。

看著葉幸司原本皺緊的眉頭慢慢舒緩下來，傅永傑輕輕地舔吻幸司的臉頰，開始緩慢擺動腰桿，用那硬物緩進緩出幸司的身體。

傅永傑低頭看著自己的分身，確定自己正用性器進入葉幸司的體內。在抬眸看向幸司，目光流轉間充滿著渴望，將幸司的整個窄道塞滿，不斷地進出磨蹭那裡。

埋在葉幸司體內的性器比一開始進來時還腫大，抽插的速度也比一開始更猛烈快速了，陣陣的酥麻感從幸司的脊椎竄至後腦，令他情不自禁地抬起雙腿，讓永傑挺進更深的地方。

粗硬的性器正劇烈抽插著葉幸司的體內，洶湧澎湃的快感席捲了傅永傑的全身。他握緊幸司的手，擺動腰桿用力撞入那溫熱的甬道，同時感覺到內壁就像有生命一樣，正緊緊吸住他的性器不放。

「哈啊……哈啊……」

葉幸司頻頻呻吟著，似乎就要到達高潮了。永傑也舒服地垂下頭，看著自己與幸司交合的那一處，想著自己此刻正在抽插最愛的幸司，激進的快感和感動讓他全身肌肉繃緊，提起腰桿擺動。

因為在家什麼都不能做，彼此已經忍耐了好一段時間了。兩人十指緊扣，房內充斥著激烈的臀肉碰撞聲，整個床架和身體都因此前後晃動，聲音也越來越快速。

傅永傑舒服得腦袋一片空白，埋在葉幸司窄道裡的性器正抽搐著射出陣陣熱液，葉幸司也射了。

原本劇烈的聲響，此時只剩下彼此的喘息。高潮後，傅永傑仍緊摟著葉幸司的身體沒有退出，也許是還處在餘韻中，情感沒有馬上緩和下來，葉幸司也就讓他這麼抱著。

過了好一會兒，傅永傑才退出葉幸司的體內。

「我買了好幾盒保險套，這個月應該夠用。」

葉幸司頓了一下，意會到傅永傑的意思。

「你應該考慮一下我的年紀，一個月要用完好幾盒!?」葉幸司下意識想逃離，卻被傅永傑捉住了手。

「光著身子你要去哪裡？」

「逃避現實。」

葉幸司又被拉回床上，被傅永傑緊緊擁入懷中，自己也回抱著永傑。

「今晚要在這裡睡，還是回家睡？」

傅永傑這麼問的時候，葉幸司把身體重量壓了下去，讓兩人都躺在床上，他看著永傑，「我想回家。」說完，永傑果然有些落寞。或許永傑希望和他一起睡。

葉幸司便改口，「我想明天早點回家。」

傅永傑馬上笑了出來，點點頭，「好，今晚我可以跟你一起睡了。」

「那麼喜歡跟我一起睡啊。」葉幸司問著，傅永傑便趁機把他的手拉到臉龐，認真地看著他。

「在你睜開眼的時候，我想成為第一個跟你道早安的人。」傅永傑說完，打從心底的笑容讓葉幸司看得有些入迷。

「怎麼了？」傅永傑看著沒說話，一直盯著他看的幸司。

「沒事。」

「先讓我休息一下，待會再一起洗澡吧。」葉幸司閉上雙眼，覺得方才那一剎那，傅永傑露出了很開心的表情。

就這樣，在傅永傑緊擁之下，葉幸司逐漸沉入夢鄉中。

葉幸司被映入室內的豔陽喚醒，他蹭了蹭眼前溫暖的胸膛，許久後，才緩緩睜開雙眼。

「早安，幸司，睡得還好嗎？」

葉幸司看著臉上已經了無睡意的傅永傑，不曉得永傑比他早起多久，又看了他的睡臉多久。

「現在幾點了？」

「八點。」

「八點!?我還要回家換件衣服再去上班。」葉幸司匆忙地掀開棉被，對於上班族來說，這時間已經不早了。

就在葉幸司急著去浴室梳洗的時候，傅永傑一一撿起地上的衣服，從容地穿上，再將衣物交給葉幸司。

他替葉幸司把釦子一顆顆扣好，幸司則扣上皮帶，邊說著：「你應該早點叫我起床。」

「看你睡這麼熟，我不忍心叫醒你。」

待葉幸司整裝完畢，永傑才緩緩道出：「今天是禮拜天。」

葉幸司穿好衣服，愣了一下，想起昨晚入住是週末，這才鬆了口氣。

傅永傑牽著幸司的手，拿著房卡走出飯店房間，說：「今晚我要下廚，煮晚餐給你們吃。」

「我們的永傑大廚又要大展身手了？」

「這次絕對可以做出滿漢全席，要讓媽吃驚，爸也不用進來幫忙。」

傅永傑邊說邊緊握葉幸司的手，兩人 Check out 離開飯店。

「那去超市以前，我們先回家一趟。」

永傑點著頭，使力握緊幸司的手，兩人十指緊扣地朝捷運方向前進，回到屬於他們幸福的家。

近距離愛上你
Close to you
HIStory4

原著編劇／邵慧婷、藍今翎
作　　者／夏天晴
發 行 人／黃鎮隆
總 經 理／陳君平
經　　理／洪琇菁
總 編 輯／呂尚燁
執行編輯／曾鈺淳
美術監製／沙雲佩
美術編輯／李政儀
國際版權／黃令歡、梁名儀
企劃宣傳／邱小祐、劉宜蓉
文字校對／施亞蒨
內文排版／謝青秀

國家圖書館出版品預行編目資料

近距離愛上你：HIStory4 / 夏天晴小說；邵慧婷，藍今翎原著編劇．-- 1版．--［臺北市］：城邦文化事業股份有限公司尖端出版：英屬蓋曼群島商家庭傳媒股份有限公司城邦分公司發行，2021.05
面；　公分
ISBN 978-957-10-9994-1（平裝）

863.57　　110004639

出版／城邦文化事業股份有限公司　尖端出版
台北市 104 中山區民生東路二段 141 號 10 樓
電話：（02）2500-7600　傳真：（02）2500-2683
讀者服務信箱：7novels@mail2.spp.com.tw
發行／英屬蓋曼群島商家庭傳媒股份有限公司城邦分公司　尖端出版
台北市 104 中山區民生東路二段 141 號 10 樓
電話：（02）2500-7600　傳真：（02）2500-1979
劃撥專線：（03）312-4212
戶名：英屬蓋曼群島商家庭傳媒（股）公司城邦分公司
劃撥帳號：50003021
※ 劃撥金額未滿 500 元，請加付掛號郵資 50 元
法律顧問／王子文律師　元禾法律事務所　台北市羅斯福路三段 37 號 15 樓

台灣地區總經銷／中彰投以北（含宜花東）　楨彥有限公司
電話：（02）8919-3369　傳真：（02）8914-5524
雲嘉以南　威信圖書有限公司
（嘉義公司）電話：0800-028-028　傳真：（05）233-3863
（高雄公司）電話：0800-028-028　傳真：（07）373-0087
馬新地區總經銷／城邦（馬新）出版集團 Cite（M）Sdn Bhd
電話：603-9057-8822　傳真：603-9057-6622
E-mail：cite@cite.com.my
香港地區總經銷／城邦（香港）出版集團 Cite（H.K.）Publishing Group Limited
電話：852-2508-6231　傳真：852-2578-9337
E-mail：hkcite@biznetvigator.com

版　次／2021 年　5 月 1 版 1 刷　Printed in Taiwan